Nemici ancestrali

Danielle Paquette-Harvey

1984 -

Questa storia è un'opera di fantasia. Nomi, personaggi, luoghi ed episodi sono frutto dell'immaginazione dell'autore o sono utilizzati in modo fittizio. Qualsiasi somiglianza con persone reali, vive o morte, eventi o luoghi è del tutto casuale.

ISBN : 978-1-998458-04-2
Prima edizione: Aprile 2023

Traduzione: Davide Seidita e Sabrina Fava

Pubblicato da : Danielle Paquette-Harvey

http://daniellephauthor.com

https://www.instagram.com/daniellephauthor

Iscriviti alla mia mailing list per non perderti nulla!

daniellephauthor.com

Seguitemi

- Facebook : Danielle Paquette-Harvey
- Instagram: daniellephauthor

Altri libri dell'autrice

Prequel della serie

- **La profezia** (*disponibile su Amazon*)
  ISBN 979-8362447281

Serie Anima gemella del desiderio

1. Nemici ancestrali (*disponibile su Amazon*)

2. Un peccato d'amore (*disponibile su Amazon in inglese, presto in italiano*)

Danielle Paquette-Harvey

Nemici ancestrali

Prologo

La nebbia fluttuava a livello del suolo. Sentivo la freschezza della rugiada sotto i piedi, camminando nella morbida notte estiva. Nel cielo, la luna era piena e bagnava la natura con la sua luce soffusa. Nell'aria aleggiava l'odore terroso della pioggia sull'erba, risultato dei leggeri rovesci caduti in precedenza. Mi avvicinai silenziosamente alle forme nella nebbia, nascondendomi in un cespuglio vicino. Dietro le ombre si stendeva l'acqua tranquilla di un lago. Ero spaventata, ma troppo curiosa per allontanarmi.

"Qualcuno ti ha visto?" mi chiese l'uomo.

"No, non ti preoccupare, nessuno mi ha visto" rispose la donna.

"Beh, l'hai portato?"

Senza rispondere, la donna prese qualcosa dalla sua borsa.

"Eccolo... Sei sicuro?"

L'uomo sembrò riflettere per un momento. "È l'unico modo".

La donna annuì e abbracciò l'uomo.

"Tornerò qui tra una settimana, te lo prometto" la baciò teneramente.

"È meglio che sia così, sai cosa succederebbe se qualcuno scoprisse che è scomparso".

L'uomo aveva un'espressione molto seria. "Lo so".

Non capivo bene cosa stesse succedendo, ma sapevo che non dovevano esserci testimoni di quell'incontro. Mi sembrava di conoscere quell'uomo, ma non riuscivo a vederlo chiaramente nella nebbia, nonostante il mio avanzato senso della visione notturna. Anche il suo odore era familiare. Avevo anche un olfatto avanzato, ma non completamente sviluppato, perché ero così giovane.

Mentre cercavo di avvicinarmi a loro, una lucciola si posava sulla punta del mio naso, facendomi starnutire.

"Starnuto!"

Al suono del mio starnuto, la donna indietreggiò, ansimando. L'uomo fece un passo verso la mia direzione.

"Chi c'è?" chiese con tono minaccioso, emettendo un ringhio dal petto.

Avevo paura, ma sapevo che era troppo tardi per cercare di nascondermi. Non potevo scappare, non ero abbastanza veloce. Mi avrebbero preso di sicuro. Feci qualche passo verso di loro, con il cuore che mi batteva forte. Mi presentai a loro al chiaro di luna.

"Sono solo io".

Ora che ero più vicino a loro, potevo vederli entrambi chiaramente. Riconobbi quell'uomo come lo zio Zach. Mi sono sentita sollevata.

"Ciao zio Zach".

Lo guardai e sorrisi. Sospirai di sollievo. Il suo volto si addolcì guardandomi.

"Ciao Kate. Oggi ti sei alzata tardi", mi incalzò. "I tuoi genitori sanno che sei qui?"

Credo che avesse soprattutto paura che altre persone arrivassero e scoprissero il suo incontro con la donna misteriosa. Scossi la testa.

"Sono una ragazza grande ora, sai... ma... non dirai che sono fuori di casa, vero?"

Zach rise beffardo alla mia domanda.

"Hai ragione, ora sei una ragazza grande. Cinque è davvero grande, quindi... Che ne dici di renderlo il nostro piccolo segreto?".

Zach fece l'occhiolino. Mi era sempre piaciuto, era il migliore.

Mi sentii sollevata dalla sua proposta. Non avrei voluto finire nei guai per essere uscita di nuovo da sola. Felice, annuii e lo abbracciai.

Poi voltai la testa per guardare la donna in piedi accanto a lui.

"Hanno sorriso entrambi alla mia domanda".

Zach rispose: "Si può dire così".

La guardai, era molto bella. Aveva lunghi capelli lisci neri come l'ebano e la pelle bianca come la neve. Le sue labbra erano rosse come il sangue e nei suoi occhi rifletteva un bagliore dorato.

Non ricordavo di averla vista prima. C'era qualcosa di speciale nel suo odore, ma non sapevo cosa fosse.

In passato avevo sentito sia l'odore di lupo mannaro che quello di un umano, ma lei non era né l'uno né l'altro, quindi non ero sicura di cosa si trattasse esattamente.

"Verrà a giocare con noi domani? Sembra simpatica".

Si inginocchiò per guardarmi nel volto. "Temo che al momento non sia possibile, mia cara..."

La sua risposta mi deluse. Lei si accorse di questo, perciò si affrettò ad aggiungere: "Ma forse presto lo sarà".

Sentirle dire questo mi fece sorridere. Sembrava davvero simpatica e speravo che potessimo diventare amiche. L'abbracciai, cosa che all'inizio parve sorprenderla, poi ricambiò il gesto. La sua pelle era fresca al tatto, mi piaceva. Mi auguravo che venisse a trovarci di tanto in tanto.

Zach mi guardò. "È ora che tu vada a letto, signorina".

"Oh... Ma non voglio" protestai con un broncio.

Anche se non volevo ammetterlo, mi stavo stancando. Volevo rimanere sveglia, ma stare in piedi tutta la notte era sempre più difficile. Le mie palpebre sembravano appesantirsi. Dovevo ancora tornare a casa a piedi, pensai con fatica.

"Ok... hai ragione" risposi, con riluttanza.

"È meglio che torni a casa prima che i tuoi genitori si accorgano della tua assenza" aggiunse la donna con un occhiolino. Annuii.

Zach accarezzò il volto della donna con le mani e la baciò. Il modo in cui la guardava faceva invidia alla luna. Era come se fosse il tesoro più prezioso del mondo.

"Ci vediamo presto, amore mio", le disse.

"Aspetterò".

Zach mi prese la mano. "Andiamo?"

Sbadigliai e annuii, strofinandomi gli occhi assonnati. Tornammo a casa a piedi, Zach mi portò in braccio per gli ultimi metri. Ero troppo stanca per camminare.

Tutto era tranquillo, le luci erano spente. Zach mi rimboccò le coperte prima di andare in camera sua. Mentre scivolavo nel sonno, i miei pensieri andavano alla donna che avevo incontrato stanotte. Chi era? Non avevo nemmeno pensato di chiederle il nome. Cosa aveva dato allo zio Zach? Avrei potuto chiederglielo il giorno seguente. Ero così stanca che caddi in un sonno profondo.

Capitolo 1 (Kate)

Vacanze estive

Diciotto anni dopo

Aprii gli occhi. I raggi del sole filtravano attraverso le tende della finestra. Sentivo già l'aroma del caffè fresco che proveniva dal piano di sotto.

Mi alzai e mi vestii. Era il primo giorno di vacanza. Lavoravo come contabile nel centro di Montreal. Mi piaceva il mio lavoro, ma avevo bisogno di una vacanza. Mi augurai che oggi avrei trascorso una giornata fantastica.

Non vedevo l'ora di andare nel bosco. Quando uscii dalla mia stanza incontrai Bianca nel corridoio. Sembrava eccitata quanto me.

"Ciao sorellina" mi disse sorridendo. "Sta ancora dormendo". Indicò la stanza di nostro fratello.

Risi. Will dormiva sempre fino a tardi. Doveva prendere lezioni di notte per diventare un giorno il capo dei protettori d'élite del branco, dal momento che era uno dei lupi più forti. E il fatto che nostro padre fosse l'Alfa significava che Will era ancora più grande e più forte della maggior parte degli altri lupi.

I nostri genitori avevano grandi speranze per lui. Ma per quel motivo, rimaneva sempre sveglio fino a tardi la notte. Così, naturalmente, quando arrivava il mattino, trovava difficile alzarsi.

Pensavo che si stesse allenando troppo duramente, ma lui diceva sempre che bisognava essere pronti a tutto, non si sapeva mai cosa poteva succedere. Sapevo che dava tutto se stesso, prendendo sul serio il suo ruolo di protettore. Tuttavia, sapevo che non sarebbe stato contento se fossimo andati nel bosco senza di lui.

"Lo sveglio io, tu vai a preparare la colazione, ok?" riferì a mia sorella.

Bianca annuì prima di dirigersi verso la cucina. Andai nella stanza di mio fratello e cercai di svegliarlo dolcemente.

"Ehi, dormiglione. È ora di svegliarsi".

Si girò su un fianco e ringhiò: "Lasciatemi dormire".

Feci spallucce. "Come vuoi tu. Tra poco andremo comunque nella foresta a trovare Steven".

A quelle parole, lo sentii sospirare. Will aprì gli occhi. "È vero, me ne ero dimenticato".

Steven era nostro cugino. Era il suo compleanno: oggi compiva diciotto anni. Avevamo deciso di andare tutti insieme nella foresta come facevamo da ragazzi. I diciotto anni erano un'età importante per i licantropi, in quanto eravamo ufficialmente maggiorenni e potevamo trovare la nostra anima gemella. Anche se la maggior parte di noi trovava l'anima gemella solo più tardi nella vita.

A Will piaceva particolarmente combattere contro Steven, poiché anche lui era uno dei lupi più forti del branco. Era un ottimo avversario per l'allenamento. Dopo tutto, anche sua madre, nostra zia Suzan, aveva sangue Alfa nelle vene. Anche se non era la capobranco, era comunque più forte della maggior parte dei membri del branco.

Guardai il mio fratellino, che non era più tanto piccolo, visto che ora aveva ventun'anni ed era alto quasi un metro e ottanta. Con tutto l'allenamento, stava diventando molto bello. Un giorno avrebbe reso felice una lupa. Ma per me era il mio fratellino che amavo.

"Bene, allora ci vediamo di sotto per il pranzo".

Mi sorrise. "Ok, sorellina, sto arrivando. Aspettatemi prima di uscire".

Scesi in cucina. Mia madre e mio padre stavano parlando con Bianca. Mia madre, Sarah, sembrava ancora giovane e bella, non ancora cinquantenne. Mio padre, Sam, è sempre stato un forte alfa. Amavo i miei genitori. Anche se avevo un appartamento mio a Montreal, trascorrevo tutte le vacanze nella tenuta dei miei genitori con il resto del gruppo. Come licantropi, era importante restare uniti e proteggersi a vicenda.

Mio fratello era la copia esatta di mio padre: alto, largo e muscoloso, con i capelli castano scuro, ma con gli occhi azzurri, a differenza di quelli verdi di mio padre. Io invece somigliavo a mia madre: capelli corti, castani e occhi nocciola.

Nessuno sapeva davvero chi fosse mia sorella Bianca. Aveva lunghi capelli biondi, quasi bianchi, e occhi blu penetranti simili al ghiaccio. Per quanto si potesse dire, era umana, come mia madre. Aveva ormai vent'anni. Non si era trasformata in lupo nemmeno una volta.

Di solito, i licantropi come noi si trasformavano per la prima volta quando raggiungevano l'età di dodici o quattordici anni al massimo. Ma Bianca non si era mai trasformata, e non mostrava alcun segno di mutamento precoce in un lupo. Pensavamo che non avesse i geni licantropici, a differenza di mio fratello e di me. Li avevamo avuti da nostro padre. Non ne parlavamo molto, perché sapevamo che sperava ancora di trasformarsi in lupo, un giorno.

La colazione era già a tavola e una tazza di caffè caldo tostato mi aspettava. L'odore del caffè mescolato alle uova sembrava irresistibile. Abbracciai i miei genitori prima di tuffarmi nel mio piatto. Poco dopo, mio fratello ci raggiunse e divorò la sua colazione. Non appena finimmo di mangiare, ci scusammo e andammo nella foresta.

Di solito, quando Will e io andavamo insieme nella foresta, assumevamo la forma di lupo, perché era più veloce correre in quel modo che su due gambe. Inoltre, quando eravamo nella nostra forma di lupo, avevamo quel senso di libertà e sentivamo il vento che soffiava sulla nostra pelliccia. Dato che Bianca era con noi quel giorno, restammo nella nostra forma umana. Non volevamo che si sentisse esclusa.

Corremmo insieme, conoscendo bene la strada per raggiungere il nostro punto d'incontro preferito in riva al fiume. Il sole splendeva e riscaldava. Gli uccelli cantavano sugli alberi.

Avvicinandomi al fiume, vidi in lontananza un grande lupo bianco con gli occhi azzurri. Era Steven, era arrivato prima di noi. Non c'erano molti lupi bianchi da quelle parti, ma il padre di Steven ne era uno e lui lo aveva ereditato.

Le guance di Bianca diventarono rosse. Sapevo che le piaceva vedere il lupo di Steven e anche lui ne era consapevole. Lo faceva di proposito tutte le volte che poteva ad ogni occasione. Amava l'effetto che aveva su di lei. Anche se era nostro cugino, sapevo che Bianca era innamorata di lui. Non me ne ero mai preoccupata troppo, perché nessuno dei due aveva ancora trovato l'anima gemella. Il giorno in cui era successo, lei aveva perso interesse per Steven e anche lui altrettanto.

Quando ci fummo avvicinati, Steven si nascose dietro un cespuglio per riprendere la sua forma umana. Prese una borsa accanto a sé e si vestì.

Ogni volta che passavamo da una forma all'altra, eravamo completamente nudi, quindi tenevamo sempre dei vestiti di ricambio nascosti nei boschi vicini. Era completamente vestito quando fummo al suo fianco.

"Ehi Steven! Buon compleanno!" gli dissi, abbracciandolo.

"Ehi, buon compleanno" gli disse Will, dandogli una pacca sulla spalla. Fecero una specie di stretta di mano segreta da ragazzi, che si concluse con un pugno di ferro. L'avevo visto fare molte volte, ma non riuscivo mai a ricordare le mosse.

Steven guardò Bianca. Lei si mise timidamente di fronte a lui. "Buon compleanno, Steven".

Lui si passò le dita tra i capelli. "Grazie! Sono così felice di vederti".

Ci sedemmo tutti di fronte al fiume, ai nostri soliti posti. Bianca accanto a Steven, poi Will e infine io. Noi quattro ci stavamo godendo il sole, parlando e scherzando, godendoci la vita. Quando stavamo insieme in quel modo mi sembrava di essere tornata all'infanzia, senza preoccupazioni, godendomi appieno la vita.

La giornata passò velocemente. i ragazzi andarono a cacciare qualche preda da mangiare. Bianca e io raccogliemmo della legna e accendemmo un fuoco mentre aspettavamo che tornassero. Mi piaceva l'odore del fuoco e il suono scoppiettante della legna che bruciava. Quando i ragazzi tornarono, arrostimmo la carne sul fuoco e la mangiammo.

Non c'eravamo nemmeno accorti del tramonto. Era buio, ma la nostra visione notturna era buona, grazie ai nostri geni di licantropi. La luna era in cielo e le stelle brillavano. Ridevamo e parlavamo, la vita era davvero bella.

"Ehi Steven", disse Bianca, "ho un piccolo regalo per te".

La guardammo tutti. Tirò fuori dalla tasca un piccolo ciondolo, che aveva la forma della luna.

"L'ho fatta io" aggiunse con un grande sorriso.

Steven la ricambiò. "Allora sono sicuro che mi porterà fortuna. Puoi legarmelo al collo, per favore?".

Senza guardare, sapevo che Bianca sarebbe arrossita in quel momento. Si inginocchiò e cominciò a legare il ciondolo al collo di Steven. Nel farlo, perse l'equilibrio. Steven le mise le braccia intorno alla vita, per non farla cadere.

Guardai mio fratello. "Ehi Will, perché non vieni con me, andiamo a casa" gli dissi, con un occhiolino.

Si rivolse a Bianca e Steven e ridacchiò. "Sì, ok, ci raggiungerai più tardi". Non aspettammo la risposta. Mi alzai con mio fratello e insieme ci avviammo verso casa.

Mentre camminavamo, mi chiesi come sarebbe stato quando avrei finalmente trovato la mia anima gemella. Molto tempo fa, Will e io c'eravamo promessi che ci saremmo raccontati quando avremmo trovato la nostra anima gemella, il nostro partner perfetto, quello che la dea della luna ha scelto per noi. Finora nessuno dei due sembrava aver avuto successo.

"Allora Will, qualche segno della tua anima gemella?"

Mio fratello mi guardò. "No. Sai che te l'avrei detto se l'avessi fatto... nel frattempo, ho un appuntamento con quel bel lupo biondo".

Sospirai. "Non Marie?"

Will rise. "Cosa? Cos'ha che non va?".

Ringhiai; non sopportavo Marie. "Sai che non mi piace. Inoltre, metà del branco ha visto il suo culo".

Will ridacchiò. "Beh, non ci vedo nulla di male a divertirmi un po' finché non avrò trovato la mia compagna".

Risi al suo commento. "Sì, credo che tu abbia ragione", ammisi.

Anche se non mi andava a genio, almeno non era la sua anima gemella, il che era un sollievo. Sennò avrei dovuto sopportarla per sempre. Inoltre, non era che non avessi mai avuto un appuntamento. Alcuni lupi mannari non avevano mai trovato il loro compagno. Non si sapeva mai quando o se si sarebbe trovato, quindi era bene godermi momenti di piacere, nell'attesa.

Mentre ci pensavo, fui colpita da uno strano odore. Smisi di camminare. Guardai Will e dalla sua espressione si capì che anche lui l'aveva sentito. Non era l'odore di un lupo o di un umano. Non ero sicura della sua origine. Stranamente, ebbi l'impressione che non fosse la prima volta che lo sentivo.

Ci guardammo intorno in silenzio, cercando di capire da dove provenisse. Un brivido mi attraversò il corpo, facendomi rizzare i peli sulla nuca.

All'improvviso un uomo uscì dalla boscaglia. Era alto e robusto come mio fratello. Aveva lunghi capelli castani con ciocche che ricadevano fino alla schiena, barba curata e piccoli baffi.

Dal modo in cui ci guardava, sapevo che non era amichevole. I suoi occhi erano rossi e la sua pelle era pallida. Probabilmente era un vampiro. Ma cosa ci faceva un vampiro nel nostro territorio? Quella era una violazione del trattato di pace.

"Corri!" mi gridò mio fratello prima di assumere la sua forma di lupo.

Stranamente, lo sguardo dell'uomo sembrava ipnotizzarmi. Mentre mi osservava, sentivo che stava fissando la mia anima. Sapevo che avrei dovuto correre o attaccare, ma non riuscivo a muovermi. Per qualche motivo il mio lupo voleva vederlo di più, mi sentivo attratta da lui.

Will gli saltò addosso, facendo sì che l'uomo interrompesse il nostro contatto visivo. Non appena mi svegliai da quello sguardo ipnotico, corsi il più velocemente possibile verso casa nostra.

Ero spaventata a morte. Il mio cuore batteva forte. Non potevo fare a meno di chiedermi se ci fossero altri vampiri in giro. Sarei stata attaccata mentre correvo? Cercai di allontanare quei pensieri e continuai a correre più veloce che potevo, finché i polmoni non mi fecero male. Per mia fortuna, arrivai a casa nostra pochi minuti dopo.

Quando entrai in cucina, i miei genitori erano entrambi seduti sul divano. Mio padre stava leggendo un libro. Non appena entrai nella stanza, alzò gli occhi dal libro e mi guardò. Poteva sentire il mio respiro e percepire lo stato di panico in cui mi trovavo. Stavo tremando.

"Che cosa è successo?", chiese ansioso.

"Siamo stati attaccati!"

Mia madre si alzò e corse da me. "Stai bene? Sei ferita, cara?", chiese.

"Sto bene" risposi, cercando di riprendere fiato.

"Cosa ti ha attaccato?" chiese mio padre.

Quella domanda mi ha riportò alla mente tutto quello che era successo con l'immagine di quell'uomo che mi iponotizzava.

"Era un vampiro. Ho visto i suoi occhi rossi e la sua pelle pallida".

Mio padre ringhiò. "I vampiri! Come osano infrangere il trattato di pace? Dove sono gli altri?".

"Will stava lottando con lui quando sono corsa a casa. Bianca si trova con Steven al fiume".

Mi venne un vuoto allo stomacco. Avevamo lasciato Bianca e Steven indietro. Speravo che stessero bene. Bianca non poteva trasformarsi in lupo, quindi era vulnerabile. Per fortuna Steven era un forte combattente, l'avrebbe protetta, ne ero certa, o almeno così cercavo di convincermi.

Con tutto quel trambusto, mio zio Zach scese al piano di sotto. Viveva con noi. Anche alcuni dei lupi più grandi del branco vivevano con noi in casa. Il resto del branco era sparso nelle case vicine. Restavamo vicini per proteggerci a vicenda.

"Cosa sta succedendo?" chiese.

Senza rispondere, mio padre assunse la sua forma di lupo. Mia madre andò alla porta per farlo uscire, ma prima che potesse farlo, la porta si aprì di botto. Bianca e Steven entrarono in casa.

Steven teneva tra le braccia un lupo ferito. Riconoscevo quel lupo nero ovunque: era mio fratello.

"Will!" urlai mentre andavo da lui.

Era stato ferito, ma non sembrava essere fatale. Se solo fossi rimasta a combattere con lui.

Non sarei dovuta tornare a casa. Sono stata la peggiore delle sorelle maggiori. Le lacrime cominciarono a scendere sulle mie guance. Dietro di loro, mia madre chiuse la porta a chiave. Sentivo mio padre che tornava alla sua forma umana e Zach che veniva a controllare Steven e Bianca.

"Ehi, ehi, qual è il dramma?" chiese una voce stuzzicante.

Guardai Will. Era sul pavimento nella sua forma umana.

"Ehi tu! Non scherzare su queste cose! Mi hai spaventata!" esclamai.

Feci il broncio e gli gettai addosso una coperta. Will rise, ancora sdraiato sul pavimento.

"Non stavo scherzando. Credo di avere la caviglia slogata o qualcosa del genere. Steven mi ha portato in braccio per sfuggire all'uomo che ci ha attaccato".

"Ti ha fatto male?" chiese mio padre ansioso.

"Ha cercato di mordermi e di graffiarmi con le unghie".

Il volto di mio padre si oscurò mentre mio fratello si affrettò ad aggiungere: "ma è scomparso prima che potessi fargli davvero del male".

"Che diavolo ci fanno qui?", chiese mio padre con rabbia, "Zach, dobbiamo fare subito una riunione d'emergenza del consiglio"

"Sì, Sam, subito" rispose Zach.

Zach andò di sopra a raccogliere alcune cose. Mio padre si inginocchiò accanto a mio fratello.

"Sei sicuro che non ti abbia morso?"

"Sì, sono sicuro"

"Allora ci vediamo nel mio ufficio" rispose mio padre prima di salire al piano superiore.

Non sapevo cosa pensare. Non avevo mai visto un vampiro prima d'ora. Perché ero così ipnotizzata da lui? Non potevo attaccarlo. Non potevo fare altro che fissarlo. Anche in quel momento, ricordo così chiaramente il suo sguardo. Potevo vederci dentro il mio riflesso. Sembrava ipnotizzato dai miei occhi come io dai suoi... Ma non era il momento di pensarci, ricordai a me stessa. Avevamo affari urgenti da sbrigare.

Mio fratello era ancora a terra con la caviglia slogata. Lo abbracciai forte.

"Mi dispiace averti lasciato solo". Mi sentivo davvero in colpa, saremmo dovuti rimanere tutti insieme. Avrei dovuto essere lì per lui.

Mi fece l'occhiolino. "Non preoccuparti, non sarei un buon fratello se lasciassi che succedesse qualcosa a mia sorella"

"Eppure sarei dovuto rimanere con te a combattere". Gli lanciai addosso dei vestiti.

Mio fratello mi guardò e mi prese in giro dopo essersi vestito. "Non sembravi comunque intenzionata a combattere".

Non sapevo come rispondere. Era come se fossi ipnotizzato dal vampiro. Mi sono sentita ancora peggio per quel motivo. Non solo ero scappata, ma ero rimasta bloccata sul posto invece di attaccarlo.

"Sì, lo so... non so cosa mi sia successo".

Mio fratello alzò le spalle. "Non preoccuparti. Dovremmo andare alla riunione".

Aveva ragione. Come primo figlio dell'Alfa, ero l'attuale Beta, la futura Luna del branco. Il compagno che avrei scelto io invece sarebbe diventato il futuro Alfa. Si trattava di un ruolo importante. A volte mi sentivo sotto pressione per questa cosa. Non volevo davvero il titolo, ma ero la più anziana. Avrei dato volentieri il titolo a mio fratello. Le responsabilità erano tante. Eppure dovevo partecipare alla riunione, così come mio fratello e mia sorella.

Ho aiutato mio fratello ad alzarsi. Mise il suo braccio muscoloso intorno alla mia spalla.

Zoppicava un po'. Anche se la caviglia gli faceva male, stava ancora abbastanza dritto sulla gamba. Come lupi mannari, avevamo poteri di guarigione. Essendo i figli dell'Alfa, i nostri erano più forti degli altri licantropi. Sapevo che il dolore della sua caviglia sarebbe passato in pochi minuti. Per il momento, ero felice di essere al suo fianco e di permettergli di appoggiarsi a me.

Entrammo nell'ufficio di mio padre. Le luci rendevano l'ambiente caldo e giallognolo. Alcuni membri del branco erano già presenti.

Steven era lì, come uno dei principali combattenti del branco. Bianca era al suo fianco. Si guardarono l'un l'altro mentre aspettavano l'arrivo di tutti. C'era anche Zach, uno dei consiglieri più fidati del branco.

Mio padre era in piedi dietro la sua robusta scrivania di legno. Studiava tutti, contando mentalmente chi era presente e chi ancora mancava alla riunione. Mia madre era in piedi accanto a lui, con una mano sulla sua spalla. Si poteva vedere la tenerezza nei suoi occhi. Mio padre era sempre un po' nervoso quando doveva tenere questo genere di riunione. Lei riusciva sempre a calmarlo, era la sua roccia nei momenti di stress.

Sentivo dei sussurri intorno a noi. La gente faceva ipotesi sul perché mio padre avesse convocato una riunione con così poco preavviso e soprattutto di notte.

Quando arrivarono tutti, mio padre fece cenno a Zach di chiudere la porta. Tutti tacquero, aspettando che iniziasse a parlare. Non menò il can per l'aia ed andò dritto al punto. "Siamo qui riuniti perché un vampiro è stato visto nel nostro territorio".

Alcune persone sobbalzarono e si levarono mormorii nella stanza. Mio padre si schiarì la gola, aspettando che tornasse il silenzio. "Come se non bastasse la violazione del nostro territorio, ha aggredito mio figlio".

Una donna si alzò in piedi. "Cosa faremo? Avete un piano?"

Iniziarono a sorgere alcune domande qua e là, soprattutto da parte di persone che chiedevano quale sarebbe stata la nostra risposta.

Un giovane alzò la mano. "Perché i vampiri ci attaccano?"

Mio padre gli rivolse uno sguardo severo. "Hai dormito durante la lezione di storia?"

Tutti gli occhi erano puntati sul giovane, che all'improvviso diventò rosso barbabietola.

Mio padre emise un pesante sospiro. "Per coloro che non lo sanno, credo sia giunto il momento di ricordare la nostra storia", poi guardò Zach. "Ti dispiace?".

Zach fece un piccolo inchino a mio padre e prese il comando.

"Qualche migliaio di anni fa, i vampiri ci hanno attaccato, cercando di eliminarci. Vedevano i licantropi come una minaccia, un concorrente delle loro prede, gli umani. Hanno una bassa opinione di noi, pensando che siamo solo bestie, animali. Ci odiano. Era una guerra feroce e noi non eravamo abbastanza forti. Stavamo cadendo uno dopo l'altro. Abbiamo perso molti branchi di lupi in quella guerra. Alla fine, tutti i branchi di lupi rimasti si unirono e combatterono contro i vampiri. Siamo riusciti a eliminarne molti. Alla fine, con entrambe le parti indebolite e ferite, fu firmato un trattato di pace. Si è convenuto di lasciarci in pace e di non invadere il territorio dell'altro".

"Ma stanotte", continuò mio padre a voce alta, "questo trattato è stato infranto dai vampiri! Il che significa che il nostro nemico ha dichiarato guerra! Dobbiamo prepararci e combattere!".

La gente iniziò ad esaltare per mio padre. Ero scioccata. Non potevo credere a quello che stavo sentendo! Una guerra contro i vampiri? Sembrava tutto così surreale. Non ascoltai il resto delle divagazioni degli altri membri del branco.

All'improvviso, una delle vedette irruppe nella stanza. "Sono all'ingresso! Siamo sotto attacco!"

La voce di mio padre era autorevole. "Abbiamo bisogno di voi laggiù per difenderci. Bianca, Kate, Sarah. Ragazze, tornate nelle vostre stanze e chiudete a chiave le porte"

"Cosa? Voglio combattere anch'io!" protestai.

Nessuno sano di mente metterebbe in dubbio l'autorità dell'Alfa. A meno che non abbiate un desiderio di morte. Volevo davvero aiutare a difendere il mio branco, in quanto figlia dell'Alfa. Non appena pronunciai quelle parole, con gli sguardi che tutti mi rivolsero, mi pentii subito di essere andata contro la volontà di mio padre. Mio padre mi guardò con lo sguardo duro dell'autorità di Alfa. Nessuno poteva resistere all'autorità dell'Alfa. Guardai a terra, inchinandomi un po'.

"Farai quello che ti dico" mi ringhiò mio padre.

"Sì, padre" risposi timidamente, senza guardarlo, cominciando a lasciare la stanza.

"Non preoccuparti, sorellina", mi sussurrò mio fratello mentre uscivo con mia madre. "Ti terrò al sicuro".

Gli uomini cominciarono a prepararsi per combattere i vampiri.

Bianca andò subito in camera sua senza fare domande. Camminavo lentamente. Ero arrabbiata con mio padre. Tornai nella stanza con mia madre.

"Perché non posso combattere anch'io? Ho sangue Alfa, posso combattere, non è che sono inutile".

Mia madre sospirò. "Sai che tuo padre vuole proteggerci. Il suo lupo diventa un po' pazzo quando ha paura di perdere le persone che ama. Lo faceva anche quando uscivamo insieme. Lo fa solo perché ti ama, tesoro".

Sapevo che aveva ragione. I licantropi, soprattutto i maschi, erano molto protettivi nei confronti della loro compagna e della famiglia. Si poteva avere una sola anima gemella per tutta la vita, scelta dalla dea della luna. Se questa morisse, si rimarrebbe soli per il resto della nostra vita. Sapevo che mio padre era molto protettivo nei confronti di mia madre prima che io nascessi. Non conoscevo tutti i dettagli, ma avevo sentito che mia madre era stata rapita e che lui l'aveva salvata.

"Sì, credo che tu abbia ragione. Ma vorrei comunque che mi lasciasse combattere per il branco. Io sono il Beta. Voglio far parte del nostro branco e proteggerci con la mia vita, se necessario".

Mia madre mi abbracciò. "Non preoccuparti mia cara, avrai la tua occasione. Lascia che tuo padre ti protegga finché può. Un giorno sarà vecchio e toccherà a voi.

Le sorrisi. Sapeva sempre come confortarmi. Le madri lo sapevano bene. La abbracciai e andai in camera mia. Mia madre andò nella sua stanza, un po' più avanti.

Sono andato in camera mia. A dire il vero, ero un po' esausta per tutto quello che era successo oggi. Era buio. Non mi ero preoccupata di accendere le luci. La luna illuminava la stanza abbastanza da permettermi di vedere. Mentre mi dirigevo verso il mio letto, sentivo il trambusto fuori casa. Non ero sicura di riuscire a dormire con la battaglia in corso, ma credevo che dovessi almeno provarci.

Avvicinandomi al mio letto, sentii qualcosa di strano. Sentii i peli sulla nuca rizzarsi. Poi l'odore mi colpì. Era lo stesso odore della foresta. Era vicino, ne ero sicura. Ma perché l'odore era così delizioso? Notai i suoi occhi rossi nell'angolo della mia stanza. Era nascosto nell'ombra.

"So che sei lì. Fatti vedere!" dissi con tutta l'autorià possibile, cercando di nascondere la mia paura.

Il vampiro entrò sotto la luce della luna. Sembrava avere circa trent'anni, qualche anno più di me. Aveva un petto largo e muscoloso ed era vestito elegantemente. Sarebbe molto bello, se trascurassi il fatto che era un parassita succhiasangue che avrebbe potuto uccidermi. Appena lo vidi, il mio cuore iniziò a battere più forte. Il mio lupo voleva uscire. Credevo che la paura mi stesse assalendo. Mi sforzai di mantenere il controllo del mio lupo e di cercare di calmarmi. Mi fissava senza muoversi, proprio come nella foresta.

"Cosa vuoi da me?" Mi ritrovai di nuovo ipnotizzato dai suoi occhi.

"Ti prego, non voglio farti del male" rispose lui a bassa voce.

Stranamente, sentivo che stava dicendo la verità. Non sapevo bene come o perché, ma mi sentivo attratta da lui. Come non mi ero mai sentita prima. Mi avevano raccontato che i vampiri potevano sedurre le loro prede prima di bere il loro sangue. Era lui ad avere questo effetto su di me? Lottai contro tutto il mio corpo, ricordando a me stessa che lui era il nemico. Mi stava studiando, mi sembrava che cercasse di guardare nella mia anima. Nessuno dei due si mosse. Il mio lupo voleva che andassi da lui. Stavo lottando contro me stessa per non ascoltarlo.

All'improvviso un'ombra si mosse nell'altro angolo della mia stanza. Sobbalzai e mi voltai per vedere un altro vampiro che veniva verso di me.

"Beh... Quando imparerai a smettere di giocare con la tua preda?", chiese al primo vampiro.

Alla luce della luna, questo aveva i capelli bianchi e corti, era più alto e sembrava più giovane del primo vampiro. Ma sembrava più cattivo, non mi fidavo affatto di lui. La mia lupa ringhiò minacciosamente.

Il primo vampiro lo guardò. "Fai attenzione, siamo qui solo per la reliquia, non falle del male".

Il secondo vampiro rise alle sue parole. "Visto che siamo qui, tanto vale divertirsi un po' ", gli disse al con un sorriso scarno, prima di lanciarsi su di me. Schivai il suo attacco e lo spinsi via, ma lui mi gettò a terra, tenendomi fermo con il peso del suo corpo.

Vidi le sue unghie iniziare a crescere e le zanne spuntare. Mi avrebbe attaccato e avrebbe bevuto il mio sangue! La paura cominciò ad insinuarsi in me. Non potevo lasciare che mi uccidesse così. Il mio lupo ringhiò così forte da farlo sobbalzare. Mi lasciai trasformare in un lupo, i miei vestiti si strapparono, nonostante la presenza di un vampiro su di me. Lo morsi con forza sul braccio e riuscii ad alzarmi. Il vampiro imprecò e cercò di graffiarmi con le unghie, ma io schivai i suoi attacchi.

Proprio quando pensavo di avere la meglio, il vampiro mi mise all'angolo della stanza. Non avevo un posto dove andare. Era sicuramente più forte di me. Gli ringhiai violentemente contro, cercando di mantenere la mia posizione.

Mentre stava per attaccarmi, il primo vampiro lo fermò. "Basta così, Arius!".

Lo spinse via e mi venne incontro.

Il primo vampiro mi guardò negli occhi. "Perdonami" disse a bassa voce.

Prima ancora che potessi pensare a cosa intendesse dire, o al motivo per cui non riuscivo ad attaccarlo, persi i sensi.

Capitolo 2 (Damien)

Il prigioniero

Voleva ucciderla. Non potevo permetterglielo, così le avevo fatto perdere i sensi. Perché diavolo l'avevo fatto? Non ne avevo idea. Ero così arrabbiato con il mio stupido fratello. Il nostro obiettivo era solo quello di rubare il cimelio della famiglia dei licantropi, non di uccidere qualcuno. Immaginavo fosse questo il motivo. Quando avevo visto mio fratello, pronto a bere il suo sangue, a toglierle la vita, non potevo permetterglielo.

Quando l'avevo resa incosciente, era tornata alla sua forma umana. Era lì, sdraiata sul pavimento, nuda. Non avevo potuto fare a meno di fissare la sua bellezza per un po'. Mio fratello era arrabbiato con me per avergli impedito di ucciderla. Le gettai addosso una coperta per nascondere la sua nudità. La presi in braccio e volai fuori dalla finestra, prima che qualcun altro arrivasse nella sua stanza.

Ero lì, che camminavo verso casa, con in braccio una lupa nuda avvolta in una coperta. Sapevo che al mio ritorno avrei avuto delle domande a cui rispondere. Sentivo la rabbia di mio fratello, che volava un po' più lontano da me. Avevo tempo fino al mio ritorno a casa per trovare un'ottima ragione per non uccidere quella ragazza e portarla con me. Mio padre mi ucc   rebbe se non lo facessi.

Ero perso nei miei pensieri mentre volavo. Cercavo di pensare a una scusa da dare a tutti, visto che presto saremmo tornati al castello. Eppure, riuscivo a pensare solo a lei. Mi piaceva quella fiamma nei suoi occhi quando combatteva contro mio fratello. Continuavo a pensare al modo in cui mi guardava quando l'avevo incontrata. Non avevo usato alcun potere su di lei, quindi perché mi guardava in quel modo? Anche in quel momento, tra le mie braccia, svenuta, sembrava un angelo. Potevo sentire il suo respiro e persino il sangue che le scorreva nel corpo.

Come predatori, il nostro cervello er stato progettato per sentire tutto ciò che riguardava il sangue e il respiro della nostra potenziale preda. Ma per il momento era un suono rassicurante, sapere che era viva, addormentata tra le mie braccia... Cos'erano quei pensieri? Era il nostro nemico, una bestia, niente di più. Dovevo rimanere concentrato sul mio compito, ricordai a me stesso.

Poco dopo eravamo arrivati al castello. Le mura del castello si trovavano in cima a una montagna. Le pareti erano in parte fatte di stucco bianco e mattoni neri. Il contrasto dava alle pareti un bell'accento, conferendo al castello un aspetto spagnolo. Le pareti erano piuttosto alte e c'erano sei piani con finestre. Su alcuni piani c'erano dei balconi. Le viti che crescevano dal terreno si arrampicavano fino a raggiungere i balconi dei piani inferiori. Avevo sempre pensato che il castello fosse bellissimo.

La base del castello era stata costruita nella roccia della montagna. Non si vedeva così, ma un sotterraneo era stato scavato nella montagna, rendendola una prigione naturale.

Arius non mi guardò nemmeno quando arrivammo. Non disse nulla ed entrò subito in casa. Le guardie alla porta mi guardarono con occhi interrogativi.

"Benvenuto, principe Damian", dissero.

Sapevo di non poterla trattenere, così mi rivolsi alle guardie. "Prendetele dei vestiti e mettetela nei sotterranei".

Le guardie la presero e fecero come avevo chiesto.

Quando entrai nel castello, fui accolto da mia madre.

"Ciao, figliolo, com'è andata?", chiese.

Era un disastro se voleva davvero la mia opinione. Eravamo andati a rubare un'eredità, ma eravamo finiti per combattere una guerra e per rapire una ragazza.

Guardai mia madre, ancora bella dopo tutti questi anni. I vampiri invecchiano molto lentamente e vivevano per centinaia di anni. Aveva solo quattrocento anni. La amavo molto.

"Non è andata come avevamo previsto. Siamo stati catturati e abbiamo dovuto combattere. E per di più non abbiamo trovato l'eredità".

Sembrava delusa. "Oh, capisco... sei ferito?".

Risi alla sua domanda. Avevo duecentoventisette anni, ma lei mi accudiva ancora come un bambino.

"Sto bene, mamma. Non sono più un bambino" risposi, con aria di sfida.

Rifletté per un momento. "Sarai sempre mio figlio, non importa quanti anni avrai".

Ci fu una pausa dove entrambi sorridemmo.

"Cosa portavano quelle guardie? Pensavo che aveste trovato l'eredità e che fosse più grande di quanto pensassimo, ma dato che avete detto di non averla trovata, immagino che si tratti di qualcos'altro" fece lei.

Sentii il cuore accelerare nel petto mentre cercavo freneticamente qualcosa da dire. "È una lupa. Non abbiamo trovato il cimelio, ma probabilmente lei può dirci dove trovarlo".

Mi congratulai mentalmente con me stesso per aver pensato a quella spiegazione.

Gli occhi di mia madre si allargarono. "Hai portato qui un lupo? E se cercassero di venire a salvarla?"

Scrollai le spalle. "Era l'unico modo per ottenere maggiori dettagli sull'eredità".

Mia madre sembrava preoccupata. "Chi hai preso? Dove l'hai trovata?".

Non avevo una risposta alle sue domande, non sapevo nemmeno il suo nome. "L'abbiamo trovata in casa" le dissi.

Era comunque la maggior parte delle informazioni che avevo.

Mia madre mi guardò con aria preoccupata. "Damien, devi dirlo a tuo padre... Non sarà contento".

Sapevo che aveva ragione. Non volevo assolutamente affrontare mio padre in quel momento.

"Prima devo fare una doccia. L'odore del sangue è ancora sul mio corpo e sui miei vestiti.

Mi voltai e andai in camera mia.

Quando arrivai in camera, andai subito a fare la doccia nel bagno adiacente. Lasciai scorrere l'acqua calda lungo la schiena, cercando di rilassarmi, ma riuscivo a pensare solo a lei. Mi mancava il suo odore, volevo abbracciarla. Cosa avrebbe pensato quando si sarebbe svegliata da sola nella prigione? Questi pensieri non avevano senso. Perché stavo pensando a lei in quel modo? Come era possibile? Anche se cercavo di mentire a me stesso, era ovvio che provavo qualcosa per lei.

Colpii il muro con rabbia. Ma cosa c'era di sbagliato in me? Io ero un vampiro e lei una lupa. Eravamo nemici. Non avevo il diritto di provare qualcosa per lei.

Come avevo potuto innamorarmi di lei così in fretta? Non mi ero mai innamorato di una donna vampiro. Avevo avuto molte fidanzate nei miei duecentoventisette anni di vita, e anche qualche amante qua e là. Ma era soprattutto per divertimento. Niente di grave. Non avevo mai provato una tale attrazione per qualcuno prima di quel momento. Non la conoscevo nemmeno! L'unica spiegazione logica era che fosse la mia anima gemella.

Si diceva che il legame dell'anima gemella tra due vampiri fosse forte. Ma non sapevo che fosse possibile per un lupo mannaro e un vampiro essere anime gemelle.

Non importa come mi sentivo, non poteva accadere. Dovevo dimenticarlo. Eravamo nati nemici, doveva rimanere così. Per generazioni i nostri antenati avevano combattuto. Non potevo avere una relazione con una lupa. Ero così arrabbiata con me stessa per aver fatto questi pensieri! Soprattutto perché ero un principe, l'erede al trono. Avrei trovato una bella donna vampiro, e questo era tutto. Non avrei pensato più a lei.

Uscii dalla doccia, soddisfatto di aver scacciato i pensieri folli dalla mia testa, e mi vestii come si deve. Indossai una camicia formale a maniche corte e pantaloni neri. Con i capelli sciolti, pensai che desse un aspetto casual, ma chic e principesco.

Bussarono alla mia porta. Aprii la porta. C'era uno schiavo umano. Si inchinò a bassa voce.

"Bentornato, mio principe. Suo padre vorrebbe parlarti subito".

Certo che voleva parlarmi. Immagino che mio fratello fosse andato direttamente da lui a riferire tutto quello che era successo. Non avevo fretta di partecipare a quella riunione. Un signore dei vampiri arrabbiato può essere piuttosto spavento-so. Inoltre, era molto più forte di me. I vampiri ac-quisivano più forza quando diventavano re e regine.

Strinsi i denti al pensiero di incontrare mio padre. "Digli che arrivo subito."

Lo schiavo si inchinò e andò a consegnare il mio messaggio.

Sapevo di dover andare subito a trovare mio padre. Chiusi gli occhi e feci un respiro pro-fondo. Prima la finivo, meglio era per me.

Andai nell'ufficio di mio padre. Lo schia-vo stava già aspettando alla porta per farmi entra-re. Potevo sentire la rabbia di mio padre attraverso la porta. Non era di buon umore, questo era certo.

Quando entrai nella stanza, uscì mio fra-tello. Non mi diede alcun cenno. Guardò davanti a sé, con aria seria.

Arrivai a pochi metri da mio padre. Senti-vo una specie di aura di rabbia intorno a lui. L'aria era carica di emozioni. Mi stavo innervosendo. Tutti sapevano che non era il caso di far arrabbiare il Signore dei Vampiri.

La realtà era che non ero mai andato d'ac-cordo con mio padre. Litigare con lui era uno dei miei passatempi preferiti. Ma il fatto che fosse già arrabbiato con me prima ancora di iniziare a parlare rendeva la cosa più pericolosa.

Meglio non farlo arrabbiare troppo...

"È vero quello che ho sentito? Non solo non hai trovato l'eredità per cui eri stato mandato, ma hai impedito a tuo fratello di uccidere una lupa e l'hai persino riportata qui?"

Dritto al punto. Credevoo che mio fratello gli avesse detto tutto. Oh beh... mi risparmiava la fatica. Non avevo nulla da negare, quindi mi limitai a confermare quanto era accaduto.

"È vero".

Mio padre sbatté i pugni sulla scrivania con rabbia. "Come ho potuto allevare un erede così debole?"

"Dare valore alla vita di qualcuno non significa essere deboli, padre!" esclamai, con molta rabbia.

Mi guardò con la furia negli occhi. Feci un passo indietro senza rendermene conto. Se mi attaccasse, non sarei in grado di batterlo. Nessun padre sano di mente ucciderebbe suo figlio, ma non si sapeva mai.

"Osi contraddirmi? È meglio che tu abbia una buona ragione per averla portata qui e non ucciderla, o non vedrai il giorno in cui salirai al trono. Hai idea di cosa accadrebbe se il suo branco venisse qui e cercasse di salvarla?"

Mi stavo innervosendo, ma cercavo di nasconderlo. Il mio battito cardiaco stava diventando più veloce. Ero sicura che mio padre lo sentisse, ma speravo che non ne facesse un dramma. E se non gli piacesse la mia risposta? Era comunque l'unica risposta che avevo, quindi assunsi il mio tono più coraggioso.

"Non siamo riusciti a trovare l'eredità da nessuna parte. Probabilmente sa dove si trova. Le farò avere le informazioni".

Mio padre si accigliò. Sembrava infastidito, ma la risposta sembrava soddisfarlo almeno un po'.

"Faresti meglio a tirargli fuori le informazioni", disse minaccioso. "Ricorda che il futuro Signore dei Vampiri non può mostrare debolezza, figlio mio... Ora, vai! Prima che cambi idea".

Rilasciai il respiro che non sapevo di trattenere, feci un piccolo inchino e lasciai la stanza.

Quando uscii dalla stanza, vidi mio fratello in piedi con le braccia incrociate appena fuori dalla porta. Aveva uno sguardo severo, gli occhi chiusi.

"Allora, è davvero questo il motivo per cui l'hai portata qui?"

Probabilmente aveva sentito tutto dall'esterno della stanza. Io e mio fratello eravamo molto diversi. Non andavamo molto d'accordo, ma credevo che quello fosse amore fraterno.

Mentre parlavamo ci dirigemmo verso le nostre stanze.

"Sì, certo, l'ho portata qui per trovare l'eredità. Perché altrimenti lo farei?".

Arius sbuffò. "Sì, beh, non ci credo. Fai quello che vuoi, ma non fare nulla di stupido. È meglio che tu dia a papà quello che vuole, o sai cosa succederà".

Sapevo bene cosa sarebbe successo se avessi dato fastidio a nostro padre. Mi avrebbe sicuramente ucciso se non avessi fatto quello che voleva. Aveva un modo crudele di governare il trono e si aspettava che i suoi figli facessero lo stesso. Egli governava il popolo con la paura. Non esitava a giustiziare chi lo sfidava. Ero sicuro che avrebbe punito i suoi stessi figli. Mi sarei assicurato di soddisfarlo.

"Naturalmente sono consapevole di ciò che potrebbe accadere. Non permetterò che ciò accada".

Mentre mi avvicinavo alla mia stanza, una schiava mi si avvicinò.

"È sveglia, mio principe".

Mi bloccai per un attimo, a bocca aperta, poi mi ricomposi.

"Beh, andrò a trovarla".

Mio fratello ridacchiò. "Forse inganni il vecchio, ma non inganni me. Divertitevi".

Con questo, si allontanò dalla mia vista. Guardai mio fratello andarsene, chiedendomi cosa intendesse dire. Non ci pensai a lungo, stavo andando a trovare la lupa nei sotterranei. Il mio cuore batteva forte, la mia testa era piena di domande, non sapevo cosa aspettarmi.

POS di Kate

Aprii gli occhi lentamente. Ero congelata e la mia mente annebbiata. Mi guardai intorno e vidi che ero in una stanza fredda che sembrava la cella di una prigione. Quello fu il momento! Vampiri in camera mia! Avevamo combattuto e... e il primo vampiro. L'ultima cosa che ricordavo era di avergli sentito dire che gli dispiaceva.

Lo odiavo così tanto per avermi catturato. La rabbia ribolliva dentro di me. Non ero abbastanza forte. Come sarei potuta diventare una buona Alpha? Avevo bisogno di diventare più forte.

Mi guardai intorno nella stanza. Le pareti sembravano fatte di pietra. C'era un piccolo letto. Non c'era modo di dormirci dentro. C'era una finestra, ma era troppo piccola perché si potesse pensare di fuggire attraverso di essa.

L'unica porta era in fondo alla stanza, in acciaio. Una piccola finestra nella parte superiore della porta, con sbarre di sicurezza, avrebbe potuto permettermi di parlare con le guardie... credo. Come se volessi comunque parlare con loro.

Rabbrividii. Da quello che potevo vedere, avrei detto che quella stanza si trovava nel seminterrato. Quello potrebbe spiegare perché faceva così freddo, anche se fuori era caldo e soleggiato. Sentivo le correnti d'aria che attraversavano le pareti. L'aria era umida e puzzava quasi come se fossi in una grotta.

Il vestito che indossavo era troppo grande per me e non mi teneva caldo. Ma da dove veniva il vestito?

Oh sì... mi ero trasformata in un lupo durante il combattimento... Il che significa che... mi aveva visto nuda. In momenti come quesllo, maledicevo la mia capacità di trasformarmi in lupo... Non mi dispiaceva essere nuda quando tornavo nelle mie sembianze, ma non davanti ai miei nemici.

Beh, qualsiasi cosa volessero da me, non l'avrebbero ottenuta. Avevo solo bisogno di tempo, un po' di tempo, e avrei trovato una via d'uscita. Avrei mostarto loro cosa sapeva fare la ragazza Alfa. Gli avrei insegnato a non mettersi contro di noi.

Quando sarebbe arrivato qualcuno, avrei attaccato e avrei corso fuori dalla porta. Non saoevi perché mi ero bloccata prima, ma non avrei fatto più lo stesso errore.

POS di Damien

Quando arrivai nelle segrete, lei era seduta in un angolo della cella con le gambe piegate. Guardava il pavimento e non riuscivo a vedere i suoi occhi. I suoi capelli castani scivolavano fino a metà schiena. Indossava un vestito largo, un po' troppo grande per lei, tanto che le spalle e il collo erano scoperti. Immagino che fossero tutti i vestiti che le guardie erano riuscite a trovare. Trovavo la sua pelle così irresistibile. Riuscivo solo a pensare a quanto mi sarebbe piaciuto baciarle il collo. Mi ero reso conto che le mie zanne avevano iniziato a uscire senza che ci pensassi. Le avevo immediatamente ritrattate.

Scossi la testa. Cosa c'era di sbagliato in me? Avrei dovuto allontanare quei pensieri. Non era per quello che ero lì.

Quando entrai nella cella, lei mi guardò. Dovetti lottare per non andare verso di lei. Rimasi in piedi accanto alla porta. Sapevo che non avrei potuto resistere ai miei impulsi se mi fossi avvicinato troppo a lei.

Era spaventata, sentivo il suo cuore battere rapidamente. Feci una faccia severa, per quanto possibile, e cercai di nascondere ogni traccia di emozione.

"Come ti chiami?" le domandai.

Mi guardò con odio negli occhi. Beh, questo mi aiuterà a liberarmi di quei sentimenti.

"Come se te lo dicessi" rispose lei, con tono di sfida.

C'era così tanto fuoco in lei! Amavo le donne focose. Ma ancora una volta dovevo ricordare a me stesso che era mia prigioniera.

"Beh, allora credo che ti chiamerò piccolo lupo. Dimmi piccolo lupo, dove nascondi il tuo patrimonio familiare?"

Mi guardò con occhi interrogativi. "Non ho idea di cosa tu stia parlando e anche se lo sapessi non te lo direi".

Ridacchiai alla sua risposta. "Beh, vedremo quanto tempo passerà prima che tu parli" replicai, freddamente.

La guardai, osservando in silenzio i suoi brividi. Nel sotterraneo faceva piuttosto freddo e quel vestito non copriva abbastanza la pelle per tenerla al caldo.

Bene, pensai. Dovrebbe farla parlare più velocemente. Mi voltai e lasciai la sua cella.

Allontanandomi, mi rivolsi alle guardie della sua cella.

"Non perdetela di vista. Se vuole parlare, venitemi a prendere. Assicuratevi che abbia cibo e acqua, ma niente di più."

Le guardie annuirono. Non vorrei che morisse prima di aver rivelato i segreti che nascondeva.

Capitolo 3 (Damien)

Interrogatorio

Tornai nella mia stanza e cercai di fare le mie cose, ma non riuscivo a concentrarmi. Non riuscivo a pensare ad altro che a lei. La sua pelle liscia che sembrava così morbida. Il suo profumo che sapeva di buono. Perché non riuscivo a togliermela dalla testa? Perché il destino mi aveva dato una lupa come anima gemella? Non potrei avere un bel vampiro femmina come tutti gli altri? Sapere che era fredda e sola nel sotterraneo mi faceva impazzire. Ma poi dovevo ricordare a me stesso che non mi avrebbe permesso di farle compagnia. Ero il suo rapitore, ero il nemico. Era meglio così.

Ero perso nei miei pensieri quando qualcuno bussò alla mia porta. Aprii la porta e di sicuro c'era mio fratello. Mi guardò dalla testa ai piedi.

"Cosa ti è successo?"

Lo guardai con aria interrogativa.

"Hai un'aria infelice".

Non sapevo davvero cosa dire. Sospettava quello che provavo per lei? Non avevo intenzione di farlo scoprire. Vampiri e lupi mannari erano nemici. Non era che avrebbe cambiato qualcosa.

Scrollai le spalle. "Ti sei guardato allo specchio ultimamente?".

Mio fratello rise alla mia domanda. "Cerco di non farlo. Rompere gli specchi porta sfortuna".

"Avere un prigioniero non è proprio il mio forte" risposi.

"Ehm, se lo dici tu... A proposito, sono venuto qui perché papà ha indetto una riunione strategica per la nostra guerra contro i lupi mannari".

La guerra... non vedevo l'ora. Cioè, prima di conoscerla. In quel momento non ero sicuro di voler andare in guerra. Ma sapevo che non avevamo scelta. I lupi mannari avevano rotto il trattato di pace diciotto anni fa. Da allora, mio padre aveva preparato le nostre truppe. Non potevamo tirarci indietro ora.

La tristezza ritornò al pensiero della guerra. Guardai mio fratello con occhi vuoti.

"Sì, ok, sto arrivando...".

"Per l'amor del cielo! Che cosa ti è successo? Dov'è finita la tua fiamma? Una volta eri impaziente che questa guerra iniziasse. Ma ora non riconosco nemmeno mio fratello!" gridò moi fratello.

Cosa avrei dovuto dire? Non potevo rivelargli che avevo incontrato la mia anima gemella, che era un lupo mannaro e che non volevo più andare in guerra. I vampiri e i licantropi non dovevano innamorarsi, era innaturale. Cercai di nascondere le mie emozioni il più possibile.

"Non so di cosa tu stia parlando. Ti preoccupi troppo per me. Andiamo a quella riunione".

Non gli diedi la possibilità di rispondermi. Uscii dalla mia stanza e cominciai a camminare verso la sala riunioni, con mio fratello che mi seguiva.

Entrammo nella sala riunioni. C'erano molte persone. Mia madre Drusilla era lì. Era la regina dei vampiri, il suo ruolo era quello di consigliare e aiutare mio padre il più possibile. Era la guida di mio padre su molte cose e lui la consultava quando era necessario.

Naturalmente c'era anche mio padre Orfeo. Era il Signore dei vampiri e prendeva tutte le decisioni. Entrambi, essendo il Signore e la Regina, avevano poteri e forza che superavano gli altri vampiri.

Poi c'eravamo io e mio fratello, i due principi. Avevamo anche poteri superiori a quelli degli altri vampiri, ma non così forti come quelli dei nostri genitori.

E poi c'era mia zia Lilith. Era la sorella di mia madre e anch'essa di sangue reale. Era ancora potente, anche se non era la regina. Era uno dei nostri generali più forti e sembrava molto coinvolta in quella guerra.

Ricordavo che qualche anno fa era una persona completamente diversa. Era successo qualcosa che l'aveva cambiata, ma non ero mai riuscito a scoprire cosa esattamente. Da quel giorno aveva chiuso il suo cuore a tutti, persino mia madre non sapeva cosa le fosse successo.

Da quel momento lei concetrò tutte le sue attenzioni sulla guerra. Aveva molte informazioni sui lupi. Nessuno sapeva da dove avesse preso tutte quelle informazioni, ma era una delle nostre migliori risorse. Molti vampiri la temevano, ma non io. Quando ero più giovane, mi piaceva giocare con mia zia. Era sempre dolce e sorridente con me. Conservavo sempre sensazione nel mio cuore.

La riunione era iniziata. Mio padre parlò dei nostri punti di forza, dei nostri piani d'attacco. Il suo discorso sembrava non finire mai, era noioso.

Non stavo ascoltando, quando all'improvviso mio fratello mi diede un colpetto sulla spalla. "Damien!" sibilò.

Mi guardai intorno e tutti mi fissavano. "Cosa?" chiesi, interdetto.

Mio padre sembrava turbato, si schiarì la gola. "Ho detto : avete ottenuto la confessione del prigioniero sull'eredità?".

"Non ancora, le darò un giorno o due, parlerà, ne sono sicuro" risposi, tagliando corto.

L'eredità del lupo mannaro... Non sapevamo cosa fosse esattamente. Sapevamo solo che era qualcosa di potente, tramandato da una generazione all'altra. Il nostro mago aveva detto che ne avremmo avuto bisogno se avessimo voluto avere la meglio in quella guerra.

Mia zia Lilith strizzò gli occhi. "Vorrei vedere questo prigioniero. Glielo tirerò fuori io stessa".

Non mi piaceva il suo tono, non volevo che facesse del male al mio piccolo lupo. Ma non potrei dirlo qui. Neanche io riuscivo a dirle di no. Il meglio che potevo fare era di accompagnarla in cella quando avrebbe voluto parlarle.

"Certo, ci andremo più tardi" feci.

Sembrava soddisfatta della mia risposta. La riunione si è finalmente conclusa.

POS di Kate

Una guardia entrò e mi mise un piatto nella mia cella prima di andarsene. Il cibo aveva un buon profumo, non avevo mangiato tutto il giorno e il mio stomaco brontolava. Non c'era alcuna garanzia che il cibo non contenesse veleno o siero della verità. Non avrei mai mangiato quella roba. Neanche io lo bevevo. Non importava. Non avrei collaborato, anche se ciò significava che dovevo morire.

Ripensandoci... pensavo di avere un piano. Ma quando era entrato nella cella, mi ero bloccata... di nuovo. Cosa c'era di sbagliato in me? Avevo sentito la mia lupa chiamarmi. Voleva che andassi da lui. Ma le avevo detto di smetterla, deve essersi sbagliata. Quell'uomo mi aveva rapito. Era il nemico. Era un vampiro, per l'amor di Selene! Perché ero così attratta da lui?

Se non potevo batterlo, avrei trovato un altro modo. Se dovessi farlo, mi lascerei qui a morire. Forse, se fossi stata fortunata, il branco sarebbe arrivato presto a cercarmi. Ancora meglio, quando qualcun altro sarebbe entrato nella cella, se non lui, sicuramente io avrei potuto attaccare.

Mai in vita mia mi ero sentita così disperata. Catturata dai miei peggiori nemici, intrappolata in una cella fredda. Peggio ancora, la mia lupa mi stava invitando a unirmi a colui che mi aveva catturato. Le lacrime scorrevano sulle mie guance in silenzio.

POS di Damien

Ci eravamo riuniti tutti a tavola per mangiare nella grande sala. Il pavimento era rivestito di marmo bianco e nero. Colonne a tutta altezza sostenevano elaborati archi nel soffitto. I lampadari di cristallo illuminavano la stanza e i musicisti suonavano musica sottofondo.

Il sangue migliore fu versato nei nostri bicchieri e fu servito uno squisito banchetto. Si trattava di una festa in preparazione della guerra a venire. Avevamo mangiato, parlato e riso tutti insieme, divertendoci e dimenticando per un po' tutto quello che c'era da fare.

Dopo cena si decise che io e mia zia saremmo andati a vedere il lupo. Portai con me una coperta calda. Incontrai Lilith fuori dalla cella. Guardò la coperta che avevo in mano e sollevò un sopracciglio.

"Non vogliamo che muoia di freddo" spiegai.

Scrollò le spalle ed entrò nella cella. La lupa era ancora nello stesso posto di prima, raggomitolata, piangendo e tremando. Alzò lo sguardo quando entrammo. Mia zia sembrò allarmata per un momento quando la vide, ma si calmò.

La lupa guardò mia zia, senza parole. Si alzò in piedi; era più bassa di me di almeno due teste. Mi sembrava un fiore fragile, ma sapevo che era forte, aveva quell'energia focosa che amavo tanto.

"Ti conosco... chi sei?" disse la lupa, indicando mia zia.

"Ti stai sbagliando. È la prima volta che ci incontriamo" rispose Lilith, con uno sguardo freddo.

"No! Ho già sentito il tuo odore. So che ci siamo già incontrati" insistette lei.

Non sapevo perché, ma sentivo la rabbia ribollire dentro mia zia. Alzò le mani e usò i suoi poteri telecinetici sulla lupa, sbattendola contro il muro.

"E ti *ho* detto che ci siamo appena conosciuti. Non contraddirmi. E impara a stare zitta, bestiaccia" disse lei.

I piedi della lupa non toccavano più il suolo. Stava fluttuando nell'aria, sorretta dai poteri di mia zia. Vedevo che Lilith stava stringendo la presa sulla lupa, soffocandola. La lupa cercava di liberarsi da mia zia, cercando di liberare il collo dalla presa invisibile di mia zia con le mani. Potevo vedere i suoi occhi in preda al panico, mentre non riusciva a respirare. Non potevo permettere che Lilith facesse del male al mio piccolo lupo.

"Basta!" le urlai.

Inviai una piccola onda di energia verso mia zia, quanto bastava perché rilasciasse la presa. La lupa ricadde a terra quando mia zia la liberò, prendendo una profonda boccata d'aria.

"Perché l'hai fatto?" mi chiese Lilith con rabbia, strofinandosi i polsi.

"Stavi per ucciderla!"

"Che ti importa?", chiese ancora.

"Non l'ho portata qui per farla uccidere. E non parlerà molto se è morta", risposi con aria di sfida.

Mia zia sembrò riflettere per un attimo, poi sorrise. "Humph, come sospettavo... Ti lascio trattare con la prigioniera, per ottenere informazioni. A mio avviso, avresti dovuto sapere che non era il caso di rapire la figlia dell'Alfa. Si arrabbierà".

Con questo, mia zia se ne andò senza voltarsi indietro.

"... la figlia dell'Alfa?". Ero solo con la lupa. Mi guardava con occhi spalancati, ancora a terra dove era caduta.

"Sì, lo sono... pensavo che lo sapessi. Pensavo che fosse il motivo per cui mi hai preso".

Mi guardò con calma, in attesa di una risposta. Ero sbalordito. Come poteva mia zia saperlo? Non aveva senso.

"... come faceva a sapere di tuo padre?" le domandai.

La lupa scrollò le spalle. "So di averla già vista. Ma non ricordo dove".

Stava cercando di ricordare dove aveva visto mia zia. Mentre pensava, aggrottava le sopracciglia. La faceva sembrare così carina. Mi era difficile resistere alle risate. Volevo prenderla in braccio e abbracciarla, per assicurarmi che non fosse ferita da nessuna parte. Ma ricordai a me stesso cosa fare.

"Se non sapevi che ero la figlia dell'Alfa. Allora perché mi hai catturata?", mi chiese, facendomi abbandonare i miei pensieri.

Mi guardò con uno sguardo malizioso che la rendeva ancora più bella ai miei occhi. Era uno sguardo giocoso e provocatorio, come se mi stesse valutando.

"Non sapevo davvero che fossi la figlia dell'Alfa. Stavamo solo cercando l'eredità. Se solo mi dicessi dove si trova, potrei lasciarti andare" le risposi, imbarazzato.

Guardò il terreno. "Ti ho già detto che non so di cosa tu stia parlando".

Credo che non fosse ancora pronta a parlare. O forse stava dicendo la verità? Forse non lo sapeva davvero. Non riuscivo a decidere quale delle due opzioni fosse quella giusta.

"OK piccola lupa. Credo sia arrivato il momento di darvi la buonanotte".

Le lanciai la coperta. La prese e mi guardò, sorpresa.

"Non vorrei che morissi di freddo stanotte" le dissi.

Stavo quasi per raggiungere la porta quando sentii: "Kate... Mi chiamo Kate... non ti ho detto il mio nome".

Mi girai e vidi che mi guardava con i suoi bellissimi occhi nocciola.

"Piacere di conoscerti, signorina Kate. Io sono Damien".

Mi rispose con un sorriso che mi fece sciogliere il cuore. Avrei potuto abituarmi a vedere quel sorriso. Uscii dalla cella e tornai nella mia stanza.

POS di Kate

Allora... si chiamava Damien. Perché gli avevo detto il mio nome? Perché gli avevo sorriso? Volevo essere forte. Per difendere la mia posizione.

Mi aveva dato una coperta. Ne avevo un gran bisogno! Beh, non era che ne avrei avuto bisogno se non fossi stata imprigionata in quella maledetta cella! Tuttavia, non era obbligato a farlo. E mi piaceva.

La coperta era calda e morbida. Il suo profumo ne era impregnato e non potevo fare a meno di sentirlo. E in quel momento la mia lupa continuava a ripeterlo chiaramente nella mia mente: anima gemella. Continuavo a dirle che si sbagliava. Non era possibile che fosse la mia anima gemella. Era un vampiro! Dovevo trovare un lupo forte che guidasse il branco con me. Ma non mi voleva ascoltare.

Mi avvolsi nella coperta mentre andavo alla deriva con i pensieri. Non sapeva che ero la figlia dell'Alfa. Ero sicura che mi avessero catturata per quel motivo. Continuava a parlare di un'eredità. Non avevo assolutamente idea di cosa intendesse.

E chi era l'altro vampiro? Quella donna, ero sicura di conoscerla! Perché non riuscivo a ricordarmi di lei? Ricordavo il suo odore. Questo era certo. Noi lupi mannari avevamo un olfatto molto acuto e quando sentivamo l'odore di qualcuno eravamo quasi certi di ricordare il suo profumo.

Non trovando risposte alle mie domande, il peso di tutto ciò che era accaduto quel giorno ricadde sulle mie spalle. Inoltre, non avendo mangiato nulla, mi sentivo piuttosto stanca. Mi accoccolai sul pavimento, avvolta nella coperta che mi aveva portato Damien. Annusando un'ultima volta il suo profumo, mi addormentai.

Capitolo 4 (Damien)

Conoscere e conoscersi

Continuavo a ripetermi: "Kate". Che bel nome! Finalmente avevo un nome da dare al suo volto. Non potevo continuare a negarlo. Era la mia anima gemella. Non c'era modo di ignorarla. Non sapevo se lei provasse lo stesso sentimento e non c'era modo di scoprirlo. Voglio dire... l'avevo rapita, sarebbe stato normale se avesse avuto dei risentimenti con me. Non potevo entrare nella stanza e chiederle se pensava di essere la mia anima gemella. Così rimasi sdraiato sul mio letto, guardando il soffitto e ricordando il suo dolce sorriso ancora e ancora. Non potevo parlarne con nessuno. Dovetti tenerlo per me e cercare di nasconderlo il più possibile.

Cercai di addormentarmi, ma ogni volta che lo facevo il mio pensiero andava a Kate. Stava bene da sola nel sotterraneo? Aveva ancora freddo o la coperta che le avevo dato era sufficiente a tenerla al caldo? Le guardie mi avevano detto che non aveva mangiato nulla da quando era arrivata qui. Non volevo che morisse di fame. Qualcuno potrebbe farle del male nella sua cella? Tecnicamente chiunque, mio fratello, mia zia o anche mio padre, aveva il diritto di entrare nella sua cella e farle quello che voleva senza che io lo sapessi. Mi rigirai tutta la notte, non potevo sopportare di stare lontana da lei, senza sapere se fosse al sicuro.

Presto spuntarono i primi raggi del sole. Non avevo dormito tutta la notte. Una cosa mi era chiara: non potevo andare avanti così. Dovevo sapere che stava bene, altrimenti non sarei riuscito a riposare. Il mio corpo era affaticato, la mia testa stava per esplodere.

Andai a fare una doccia calda, lasciando che l'acqua mi scendesse lungo la schiena. Indossai dei jeans e una semplice maglia a collo a V nero. Poi, prima ancora di pranzare, mi diressi verso le segrete. Le guardie sembravano sorprese di vedermi.

"Mio principe! Siete in anticipo!"

Li guardai con occhi autorevoli. "Il prigioniero deve rimanere nella mia stanza fino a nuovo ordine".

Avevano un'espressione sconcertata, ma non osavano mettere in discussione la decisione dell'erede al trono.

"Sì, Vostra Maestà, andremo subito a prenderla".

Li fermai appena prima che potessero partire. "No, vado a prenderla io".

Li lasciai senza parole ed entrai nella cella di Kate. Quando entrai, lei stava dormendo in un angolo sul pavimento con la coperta che le avevo dato. Almeno l'aveva tenuta abbastanza al caldo per dormire. Dormendo così, sembrava un angelo. Non volevo svegliarla, ma non vedevo l'ora di portarla via da qui. Volevo anche assicurarmi che mangiasse qualcosa.

Mi avvicinai a lei, ma non si svegliò. Mi misi al suo livello e sostituii una ciocca di capelli che era caduta. Le accarezzai delicatamente la guancia con la mano e la sua pelle era morbida come avevo immaginato. La chiamai dolcemente per nome: "Kate, svegliati".

Aprì gli occhi lentamente, ma fece un salto e si girò. Si rilassò quando vide che ero io.

"Oh, sei tu Damien! Mi hai spaventata".

Sorrisi quando vidi che era sollevata dal fatto che fossi io. Significava che almeno non aveva paura di me, o che si fidava un po' di me.

"Chi pensavi che fosse?"

Pensò prima di rispondere. "Beh, un altro vampiro. Come quello che era con te l'altra sera, o qualcuno che vuole farmi del male".

Il vampiro che era con me l'altra sera, intendeva mio fratello. La capisco perfettamente, l'avevamo aggredita quando ci trovavamo nella sua stanza. Inoltre, essere rapiti e tenuti in una cella sotterranea deve essere stato già abbastanza stressante. Un motivo in più per portarla fuori di qui e in una vera stanza dove sarà al sicuro, la mia stanza.

"Sì, intendi mio fratello. L'altra sera era lì con me. Non preoccuparti, mi assicurerò che tu sia al sicuro. So che essere un prigioniero non è la cosa migliore in assoluto. Ma d'ora in poi sarai nel posto più sicuro di questo castello. Un posto dove non avrai freddo e dove sarai trattata bene".

Sembrava incerta. "E posso chiedere che cos'è quel posto?"

Abbozzai un sorriso. "La mia stanza".

Aveva un'espressione perplessa e la bocca rimaneva aperta. Le porsi la mano e gliela chiesi, sorridendo. "Vieni?"

Guardò la mia mano con esitazione per qualche secondo, ma decise di prenderla. Sentii l'elettricità passare tra le nostre mani mentre lei prendeva la mia. La sua pelle era così calda e morbida. Non avrei mai voluto lasciarla. Ero contento che avesse deciso di venire, non pensavo che avrebbe accettato. Immaginai che stare nella mia stanza fosse meglio che stare nelle segrete.

La condussi nella mia stanza, che si trovava al quarto piano del castello. Quando aprii la porta, lei si guardò intorno. In fondo alla stanza c'era una finestra con una scrivania. In un angolo c'era un tavolino con due sedie. Qui ricevevo gli ospiti in alcune occasioni. Due piccoli divani occupavano l'altro angolo. Poi c'era il mio letto, pieno di cuscini e guanciali. Sulla parete accanto al mio letto c'erano due armadi pieni di vestiti. Infine, il bagno adiacente, dotato di doccia e vasca.

Kate sembrava impressionata. "È davvero qui che devo stare?"

Sorrisi. Potevo capire la sua reazione. "Sì, starai con me nella mia stanza. È il luogo più sicuro del castello. Qui nessuno può farti del male, ci sarò io a proteggerti".

Si guardò intorno e si rese conto di una cosa: "C'è solo un letto".

Risi alla sua osservazione. "Non preoccuparti, resterò dalla mia parte".

Avevo chiesto che uno degli armadi fosse riempito di abiti femminili quella mattina, prima di andare nelle segrete. In quel modo avrebbe potuto trovare qualcosa di meglio dell'abito che indossava. Aprii la porta per mostrargliela.

"Puoi scegliere quello che vuoi indossare, li ho messi a tua disposizione".

Mi guardò incredula. "Perché hai fatto tutto questo per me? Cioè, prima mi rapisci e poi mi tratti come una principessa?"

La guardai, capendo cosa intendeva. Non potevo dirle che, nel breve tempo in cui l'avevo conosciuta, aveva trovato il modo di rubarmi il cuore senza nemmeno provarci.

Volevo solo che si sentisse meglio mentre era qui. Avrei ottenuto le informazioni necessarie, poi l'avrei lasciata andare e sarei stato libero. La guardai, stava aspettando una risposta.

"Volevo solo che tu fossi più a tuo agio rispetto alla prigione. Almeno non avrai freddo e sarai al sicuro. Te l'ho già detto, non voglio farti del male. Ho solo bisogno di alcune informazioni da parte tua e poi sarai libera.

Mi guardò con un'espressione preoccupata. "Te l'ho già detto, non so di quale eredità tu stia parlando".

La guardai negli occhi nocciola, sembrava che dicesse la verità. Il che era un po' un problema, dato che mio padre stava aspettando che io ottenessi l'eredità del lupo per vincere la guerra. Volevo rassicurarla.

"Va bene. Perché non vai a farti una doccia e poi ne parliamo a pranzo?".

Sembrava ancora incerta. "Non vorrai bere il mio sangue, vero?"

Risi alla sua domanda. "Pensi che facciano questo i vampiri? Bere sempre il sangue di tutti?"

Aveva un'espressione colpevole. "Beh, non capita tutti i giorni di chiacchierare con un vampiro", spiegò lei.

Aveva ragione, credevo che la sua immagine dei vampiri fosse sbagliata quanto la mia immagine dei lupi mannari.

"Non preoccuparti, anch'io mangio e bevo qualcosa di diverso dal sangue. Un motivo in più per parlare dopo la tua doccia".

Sembrava soddisfatta della mia risposta, perché sorrideva. Il suo sorriso era così bello da togliermi il fiato. Volevo vederlo più spesso per poterlo conservare nel maggior numero possibile di ricordi prima che se ne andasse.

Andò al guardaroba, scelse un vestito e andò a farsi una doccia. Non riuscivo a credere a quanto fossi fortunato che avesse deciso di fidarsi di me. Insomma, vi fidereste davvero della persona che vi ha rapito?

Mentre sentivo l'acqua scorrere nella doccia, riuscivo a pensare solo che lei era nuda nel bagno. Cercai di immaginare il suo aspetto, le curve del suo corpo, la sua pelle liscia e il suo profumo dolce. Quanto vorrei andare a trovarla, ma non lo farei mai.

Nel frattempo, ordinai il pranzo a uno degli schiavi del castello e gli chiesi di portarmelo in camera.

POS di Kate

L'acqua calda nella doccia era una benedizione. Mi sembrava che fosse passato tanto tempo dall'ultima volta che ne avevo fatto una. Era fantastico! Mentre mi rilassavo, pensavo a tutto quello che era appena successo. Non sapevo perché avesse deciso di tirarmi fuori da quella cella, ma non potevo essere più felice. Non sapevo ancora se potevo fidarmi completamente di lui. Anche se la mia lupa mi urlava di fidarmi di lui, continuava a dirmi la stessa cosa: anima gemella.

Era una sensazione strana. Essere attratto dall'uomo che doveva essere il mio nemico. Non sapevo davvero cosa aspettarmi quando aveva parlato di pranzare... Pensavo che i vampiri bevessero sempre e solo sangue. Credevo di non saperne molto di vampiri, dopotutto. Mi avevo fatto venire la curiosità di saperne di più su di lui.

Ero davvero felice di poter stare nella sua stanza invece che in cella. Potrò dormire in un letto davvero comodo! Non potevo credere che ci fossero così tanti vestiti da poter scegliere. Perché aveva tutti questi vestiti da donna nel suo guardaroba? Aveva una ragazza? No, non avevo sentito alcun odore nella sua stanza, se non il suo. Perché mi chiedevo se avesse una ragazza? Non riuscivo a tenere a freno i miei pensieri!

Per questo scelsi un bel vestito estivo. Sorrisi tra me e me. Sapevo che mi sarebbe stato bene. Non vedevo l'ora di vedere la sua reazione quando sarei uscita dalla doccia con quel vestito. Sarebbe stato bello anche pranzare, visto che ieri non avevo mangiato affatto. Finalmente sembrava più divertente di quanto mi aspettassi, pensai tra me e me mentre finivo di fare la doccia e mi preparavo per uscire.

POS di Damien

Mentre aspettavo che Kate uscisse dalla doccia, cercai di pensare a quali sarebbero stati i passi successivi. Dovevo trovare l'eredità. Ma poi c'era una guerra in corso e non volevo più andarci. Dovevo trovare un modo per fermare quella guerra, anche se era già iniziata.

Qualcuno bussò alla porta. La aprì e trovai uno schiavo che mi portava il pranzo che avevo ordinato. Presi il cibo e chiusi la porta. Notai che la doccia non funzionava più, il che significava che Kate sarebbe uscita presto. Metto il cibo in tavola, aspettando che uscisse dal bagno.

Pochi secondi dopo, Kate uscì dal bagno. Mi cadde la mascella quando la vidi. Indossava un bellissimo abito estivo rosso che abbracciava le sue curve quanto bastava prima di cadere. I capelli ancora umidi erano raccolti in uno chignon sciolto. Era mozzafiato. Si accorse che la stavo guardando e sorrise quando vide la mia espressione.

Imbarazzato, mi passai una mano tra i capelli e le sorrisi. "Sei bellissima".

"Grazie" sorrisi.

I suoi occhi si allargarono quando vide tutto il cibo sul tavolo. "Non sapevo cosa ti piacesse, così ho ordinato un po' di tutto" spiegai.

Lei rise e si sedette a tavola. "Sembra che io possa avere tutto quello che mi viene in mente!"

Mi sedetti di fronte a lei e iniziammo a mangiare.

Mentre mangiavamo, parlammo di molte cose. Kate aveva molte domande sui vampiri. Sembrava che i licantropi pensassero che fossimo mostri senz'anima e succhiasangue che attaccavano senza sosta ogni essere vivente.

Credeva anche che non mangiassimo o bevessimo altro che sangue e che saremmo morti se fossimo andati al sole. Non era vero, perché eravamo entrambi seduti al sole e io stavo benissimo.

Sentendo quelle cose, capii meglio perché ci odiavano. Forse, se ci prendessimo il tempo di conoscerci, potrebbe esserci una pace duratura tra le nostre specie.

Per quanto mi riguardava, feci a Kate tutte le domande che avevo sui lupi mannari. Per esempio, pensavo che si trasformassero in lupo solo con la luna piena, ma non era vero. O che avevano attaccato tutti a vista quando si erano trasformati, il che non era vero.

Imparai che il branco di lupi era come una grande famiglia che si proteggeva a vicenda, il che mi era sembrato molto bello. Vorrei che le famiglie di vampiri fossero così.

Quando finimmo di mangiare, avevamo già terminato tutte le nostre domande. Ora era il momento di parlare del vero argomento, l'eredità.

Kate stava gustando il suo caffè. La guardai negli occhi, che mi ipnotizzavano. Potrei facilmente perdermi in esse. I miei occhi caddero sulle sue labbra piene. Erano così invitanti che ho dovuto ricordare per un attimo di cosa volevo parlare.

"Allora, dimmi Kate, dici di non sapere nulla di un'eredità?"

"No... ma forse potresti descrivermelo e io potrei vedere se mi ricorda qualcosa".

Sapevo che era onesta. Lo sentivo. Non vedevo alcun segno di menzogna, come le pulsazioni del battito cardiaco. Mi guardò dritto negli occhi, senza battere ciglio.

"Beh, non sappiamo bene che aspetto abbia, ma Lilith ci ha detto che questa eredità familiare detiene un grande potere e si tramanda di generazione in generazione nella famiglia Alpha".

Gli occhi di Kate si allargarono. "Lilith? Chi è?"

Avevo dimenticato che non conosceva il suo nome. "È la vampira che era con me ieri quando siamo venuti a trovarti nei sotterranei".

Sembrò ricordare. "Oh sì! Quello che ho già visto!".

In quel momento vidi i suoi occhi illuminarsi per l'eccitazione. Era così bella che mi fece sorridere. "Beh, come fai a essere così sicuro di averla già incontrata?" le domandai.

"Noi lupi mannari abbiamo un olfatto molto avanzato. Siamo molto bravi a ricordare l'odore delle persone che incontriamo" mi spiegò Kate.

"Ah, allora che odore possiedo?" risi.

Kate ridacchiò e pensò un attimo prima di rispondere. "Profumi un po' di miele misto a muschio".

Sorrisi e la presi un po' in giro. "Immagino che allora devo avere un buon odore".

Arrossì alla mia osservazione. Speravo solo che non mi chiedesse che odore avesse lei. Perché per me aveva un odore paradisiaco. Fortunatamente non mi chiese nulla.

"Come vi ho detto, sono la figlia maggiore dell'Alfa. E non sono a conoscenza di alcuna eredità familiare tramandata nella nostra famiglia. Ma perché ci tieni così tanto?"

I miei occhi si incupirono e il mio cuore affondò alla sua domanda.

"Beh... Il nostro mago ci ha detto che avremmo avuto bisogno del suo potere per vincere la guerra", dissi con dolore nella voce.

Kate aveva un'aria triste. "Oh... capisco". Guardava per terra, evitando il mio sguardo.

"Maledetta guerra!" urlai con rabbia. "Perché avete rotto il trattato di pace?"

Mi guardò con occhi stupiti. "Non abbiamo rotto la pace! Siete stati voi a entrare nel nostro territorio, avete infranto il trattato".

Perfetto. Pensava che avessimo iniziato la guerra quella settimana quando andammo a casa sua!

La guardai. "Non lo sapevi? Diciotto anni fa, i licantropi hanno rubato un libro molto importante ai vampiri. Un libro che contiene tutta la nostra storia e i nostri segreti. È questo che ha rotto il trattato. Non siamo stati noi a entrare nel vostro territorio".

Kate smise di parlare e pensò per un attimo.

"Senti Damien, non ho mai sentito parlare di un libro sui vampiri o di qualcosa del genere. So solo che sei venuto a casa mia e mi hai rapito".

Non potevo credere a quello che stavo sentendo. Era vero? Il libro era stato rubato dai licantropi? O era solo un motivo di guerra per il Signore dei Vampiri?

Sapevo che mio padre odiava i lupi mannari perché suo padre era stato ucciso da uno di loro anni fa. Farebbe anche una finta rapina per avere un motivo per andare in guerra?

Dal punto di vista dei lupi, noi eravamo i cattivi per tutto il percorso. Ma dal nostro, erano loro i responsabili. C'era qualcosa di sospetto e non mi piaceva.

Volevo parlarne ancora con lei, ma qualcuno bussò alla mia porta. Kate mi guardò preoccupata, con il battito cardiaco in aumento. La guardai in modo rassicurante e potei sentire il suo battito cardiaco tornare immediatamente alla sua velocità normale.

Aprii la porta e vidi entrare mio fratello. Guardò Kate e iniziò a sorridere. "Bene, bene. Sembra che ciò che ho sentito è vero. Hai deciso di tenerla in camera tua, vero?"

La sua voce mi infastidì. "Non sono affari tuoi Arius."

Mio fratello mi ignorò. "Oh, ma lo è! Il padre mi ha chiesto di portarla dal mago".

Kate trasalì e fece un passo indietro. Bloccai la strada a mio fratello.

"Non la toccherai con un dito" gli dissi con rabbia.

Mio fratello sogghignò. "Come pensavo, tieni a lei. Forse dovrei dire a mio padre che mio fratello maggiore ha perso la testa e preferisce proteggere una bestia piuttosto che obbedire al suo Signore?".

Odiavo la sua arroganza! Sapeva che non avevo scelta, o rischiavo la morte. Ciò che mi disgustava ancora di più era il modo in cui la chiamava.

"Non è una bestia!" replicai.

Avevo bisogno di riprendere il controllo di me stesso, perché sentivo che stavo per perderlo.

"Ok, ok", disse mio fratello. "Non devi agitarti tanto", aggiunse con un sorriso. Sapeva di aver colpito nel segno.

"Ma cosa vuole da lei?" gli domandai.

Arius scrollò le spalle. "Non lo so, borbottava qualcosa sull'eredità e sugli esami che voleva fare su di lei... Comunque, devo portarla subito dal mago".

Lo fermai di nuovo. "Va bene, la porterò io stesso dal mago".

Scrollò le spalle e rise. "Come vuole, *Don Giovanni*."

Con ciò, si girò e uscì dalla mia stanza, ancora ridendo. Non mi immaginavo che fosse *così evidente*... Tuttavia, non mi aspettavo che accettasse così facilmente il fatto che provassi qualcosa per lei.

Mi voltai verso Kate e la vidi tremare, più pallida che mai. Andai da lei e la presi in braccio. Alzò lo sguardo verso di me.

"Cosa mi farà?"

Vorrei poterlo sapere anch'io. "Non lo so, ma non permetterò che ti faccia del male, ok?"

Le lacrime cominciarono a scorrere sul suo bel viso. La abbracciai al petto, asciugando ogni lacrima con la mano. Il calore del suo corpo si sentiva così bene contro di me. Mi mise le braccia attorno alla schiena, abbracciandomi, e lentamente smise di piangere.

Avrei voluto che questo momento durasse per sempre. Sentivo il battito del suo cuore contro il mio petto e il suo respiro caldo sul mio collo. La pelle nuda del suo collo e delle sue spalle era così invitante. Come avrei voluto assaggiarla! La desideravo così tanto da far male. Volevo di più, volevo tutto da lei. Rimanemmo così, l'uno nelle braccia dell'altro, per un po', prima di rompere l'abbraccio.

Gli presi il viso tra le mani. "Senti, Kate, vorrei davvero non doverti portare dal mago. Ma non posso disobbedire a mio padre su questo".

Kate alzò il viso, guardandomi con occhi imploranti. "Perché non puoi?"

Probabilmente l'avrebbe scioccata, ma era la verità.

"Perché mi farebbe uccidere se non lo facessi".

Lei rimase sbalordita dalle mie parole, con un'aria inorridita. Per chiunque altro, questo sembrerebbe incredibile. Ma mio padre era noto per la sua crudeltà.

"Mio padre tiene le persone nella paura. Non esiterebbe a sacrificare i propri figli per mostrare al popolo quanto costa disobbedire. "

Vedevo la tristezza negli occhi di Kate. Le strinsi le mani mentre parlavo.

"Non permetterò che ti facciano del male. Ci sarò per te, te lo prometto".

Sul suo volto è riapparso il sorriso che mi illumina il cuore ogni volta che lo vedo.

Capitolo 5 (Damien)

Il mago

Avrei voluto poterla tenere tra le braccia per sempre. Avrei voluto non doverla portare dal mago. Ma era ora di andare.

Kate mi guardò quando chiesi: "Pronta?".
Annuì e potei vedere la determinazione nei suoi occhi. Era forte e coraggiosa, pronta ad affrontare qualsiasi cosa le si presentasse davanti. Amavo molto quella parte di lei. Cercai di allontanare tutte le paure che avevo nella mia mente e di sembrare forte come lei.

Insieme uscimmo dalla mia stanza. Non potevo tenerle la mano, sarebbe sembrato strano. Cercai di non camminare troppo velocemente e mi assicurai che Kate rimanesse vicino a me. Non si sapeva mai che tipo di vampiro si potesse incontrare in queste sale. Alcuni di loro potrebbero benissimo cercare di attaccare Kate se la vedessero. Ci dirigemmo rapidamente verso la stanza del mago, che si trovava sullo stesso piano della mia.

Arrivammo al laboratorio di Elwin. Era il nostro mago. Era un vampiro dall'aspetto strano. Non molto alto, magro, con la schiena un po' incurvata per tutte le ore trascorse chino sul lavoro. Era un vecchio vampiro e si vedeva. Non conoscevo la sua età esatta, ma era il mago del Signore già prima che mio padre salisse al trono. I capelli grigi cominciavano a trasparire dalla sua chioma nero corvino. Li teneva corti, perché era più pratico per lui, in modo che non gli intralciassero il viso quando lavorava. Alcune dita erano storte a causa di anni di lavoro ripetitivo e teneva le unghie affilate per la dissezione.

Il suo laboratorio era ingombro di strani oggetti, come al solito. C'erano animali morti in vasi pieni di liquido. Teschi morti che giacevano qua e là. Fiale di ogni tipo di cui solo lui conosceva il contenuto. Libri e mucchi di polvere riempivano i suoi scaffali. Uno strano odore sembrava sempre sospeso nell'aria. In realtà, questa stanza era l'unica che aveva quell'aspetto in tutto il castello... per fortuna!

Elwin ci guardò quando entrammo nella stanza. Si inchinò verso di me. "Mio principe, stavo aspettando vostro fratello. È stato molto gentile a onorarmi della sua presenza".

Lo guardai; nel complesso non era un cattivo uomo. Ma non mi piaceva che volesse fare esperimenti su Kate. La tenni al mio fianco. Vedevo che era spaventata, sentivo il suo cuore battere forte. Le strinsi la mano, ricordandole che non avrei permesso che si facesse male, e poi la lasciai andare. Non potevo permettere che qualcuno mi vedesse tenere la sua mano.

Guardai Elwin. "Cosa vuoi dalla ragazza?".

Sorrise alla mia domanda e si avvicinò, studiando il viso di Kate. Sembrava perso nei suoi pensieri. "Ehm... voglio solo fargli qualche esame, niente di che, forse anche un esame del sangue".

Costui non rispondeva alla mia domanda, mi stavo arrabbiando con lui. "Non dovete fargli del male in alcun modo". Alzai la voce e ordinai con autorità.

Elwin mi guardò con un'espressione perplessa. Ero un principe e l'erede al trono. Sapevo che non poteva andare contro i miei ordini, a meno che non lo dicesse mio padre. Speravo davvero che la questione non arrivasse a mio padre. Sarei piuttosto impotente contro di lui.

Ma non parve essere un problema, perché Elwin sorrise. "Il vostro desiderio è un ordine, mio principe. Sarò gentile con la prigioniera".

Prese Kate per mano e la condusse in una delle stanze adiacenti. Era così nervosa che tremava. Non potevo fare nulla per alleviare la sua paura. Mi sono sentito così impotente!

Cominciai a seguirli, ma Elwin si voltò verso di me e si scusò: "Mi dispiace, mio principe. Dovrò chiedervi di aspettare qui. Questi esperimenti devono essere condotti con il massimo silenzio e precisione. Nessuno può essere presente con me nella stanza, tranne il soggetto dell'esperimento".

Odiavo che parlasse di lei come se fosse un oggetto. Lo guardai, "Bene... ma se sento il minimo grido di dolore, entro e interrompo qualsiasi cosa stiate facendo. Sono stato chiaro?" la mia voce fu minacciosa.

Elwin annuì e si diresse verso la camera da letto con Kate. Prima che Elwin chiudesse la porta, Kate si voltò per guardarmi. Il fuoco nei suoi occhi fu sostituito dalla paura. Guardai impotente la porta che si chiudeva.

Era incredibilmente difficile vedere che la donna che amavo veniva portata via per essere sottoposta a esperimenti. Ero spaventata e arrabbiata allo stesso tempo. L'unica cosa che mi impediva di strapparla dalle grinfie di Elwin era il fatto che mio padre era troppo potente e probabilmente mi avrebbe ucciso se fossi intervenuto.

POS di Kate

Ero così spaventata. Proprio quando pensavo che forse le cose non andavano così male stamattina, che finalmente mi sarei divertita un po'... capivo che c'erano brutte notizie quando avevo sentito il fratello di Damien parlare di un mago.

Almeno Damien era con me. Ma non poteva seguirmi lì. E ora mi trovavo tutta sola su quel freddo tavolo da visita. Sentivo il cuore battere nel petto come se stesse per scoppiare. Deglutii a fatica e cercai di fare un respiro profondo per calmarmi.

Mi guardai intorno. Ero in una stanza sterile e vuota. Sapevo che non sarebbe rimasta vuota a lungo. Il mago disse che non ci avrebbe messo molto, che doveva solo prendere delle cose per l'esperimento.

Mi guardai intorno nella stanza, non c'erano vie d'uscita. Da un lato c'era la porta dove Elwin era scomparso per prendere le sue cose. Quella non era una buona opzione. E dall'altra parte c'era Damien. Come avrei voluto correre da lui? Non avrei dovuto farlo. Sapevo che non aveva scelta. Erano gli ordini di suo padre, il Signore dei Vampiri. Non poteva opporsi, non aveva senso cercare di scappare.

L'unica cosa che potevo fare era rimanere forte e sopportare quel momento. Alla fine, Damien aveva chiesto al mago di non farmi del male, giusto? Quindi, qualsiasi cosa avesse intenzione di fare, non sarebbe andato male, dico bene? E poi, quando avrebbe finito, Damien sarebbe venuto a prendermi e mi avrebbe riportato nella sua stanza. Aveva detto che mi avrebbe protetto. Che sarei stata con lui, in modo che nessuno avrebbe potuto farmi del male. Mi ero fidata di lui, so che diceva sul serio quando l'aveva detto.

Ero persa nei miei pensieri quando sentii un rumore dall'altra stanza. Sentivo strumenti metallici che tintinnavano. La paura cominciò a farsi strada quando mi resi conto che Elwin stava tornando con i suoi attrezzi. Mi ricordai che dovevo essere forte. Mancava poco, sarebbe finita presto, pensai.

POS di Damien

Era con Elwin già da qualche ora. Quanto duravano quegli esperimenti? Ero inquieto, aspettavo che uscisse da quella stanza. Ascoltavo con attenzione qualsiasi segnale che indicasse che era in difficoltà. Sentivo che era viva e spaventata.

Era la mia anima gemella, lo sapevo, lo sentivo con tutto il mio essere. Ma non sapevo se anche lei lo sentisse. Nemmeno io sapevo bene come funzionasse quando si trattava di un lupo mannaro e di un vampiro insieme. Non sapevo nemmeno se ci fosse mai stato un caso di lupo mannaro e vampiro insieme.

Sapevo solo che per i vampiri, quando trovavano la loro anima gemella, il loro legame si rafforzava man mano che si sviluppava la relazione tra loro. Poteva diventare così forte che a volte i partner potevano leggere la mente dell'altro e comunicare senza parlare. Ma per il momento non avevamo quel tipo di legame. Non sapeva come mi sentivo, non ci eravamo nemmeno baciati. Quindi, ovviamente, non potevo sapere cosa le stesse succedendo in quel momento, né tantomeno comunicare con lei.

Non potevo far altro che aspettare che uscisse da quella stanza. L'attesa mi stava uccidendo! Ero in uno stato. Camminai nervosamente da un capo all'altro della stanza. Cercai di sedermi, ma mi alzavo al minimo rumore che sentivo. Giurai che se non fosse uscita presto, non sarei riuscito a trattenermi ancora a lungo.

Non so quanto tempo fosse passato, ma alla fine la porta si aprì ed Elwin uscì con un carrello pieno di attrezzi e tubi. Mi guardò con disinvoltura.

"Ora ho finito, puoi andare a prenderla, credo che ormai sia troppo debole per camminare".

Troppo debole cosa? Che cosa significa? Non doveva farle del male! Sentivo la rabbia ribollire nelle vene mentre mi avvicinavo a lui. "Non dovevi fargli del male".

Elwin deglutì, la paura e il nervosismo si impossessarono di lui, facendogli fare qualche passo indietro. Balbettò nervosamente, "mi... mio principe... per favore... io, non gli ho… fatto alcun… male. Vi prego… di credermi. Ho… solo sperimentato... Potete… chiederglielo… voi stesso".

"Hai ragione, glielo chiederò io stesso. E se dice che le hai fatto del male in qualche modo, tornerò. Capito?" gli riferì, con voce minacciosa.

Elwin annuì nervosamente e si allontanò il più velocemente possibile con il suo carretto.

Entrai nella stanza e vidi Kate, la mia preziosa Kate, distesa su un tavolo. Il suo bel vestito era stato tagliato e potevo vedere piccoli punti rossi e buchi nella sua pelle dove Elwin doveva aver collegato tubi o prelevato sangue.

Perché gli avevo permesso di farle del male? Sicuramente avrei potuto pensare a un altro modo. Mi sentii in colpa per quello che lei dovette passare. Non solo era stata rapita dal suo nemico, ma era stata sottoposta a esperimenti. Deve aver avuto molta paura. E non ero lì per proteggere la mia anima gemella. Lasciai che Elwin le facesse tutto quello e non avevo fatto nulla per aiutarla. Devo essere stato l'uomo peggiore del mondo.

La sua pelle era pallida, sembrava così debole. Mi avvicinai a lei, accarezzandole delicatamente il braccio. Il suo corpo era freddo, era viva, ma sembrava così fragile al momento. Aveva bisogno di riscaldarsi e non potevo certo aiutarla in quello. Noi vampiri avevamo naturalmente una temperatura corporea più bassa. Dovrei metterla nel mio letto, sotto le coperte, dovrebbe stare bene lì. La sollevai con cautela, come se potesse spezzarsi tra le mie braccia.

La sua mano afferrò debolmente il mio maglione, aprì gli occhi e mi guardò. Sorrise, dicendo solo "Damien" a bassa voce, prima di lasciarmi cadere il maglione e chiudere gli occhi. Il fatto che avesse pronunciato il mio nome mi fece battere il cuore. Ma allo stesso tempo ero così arrabbiato con me stesso per lo stato in cui si trovava. Mi affrettai a tornare nella mia stanza, tenendo il mio piccolo lupo tra le braccia.

Quando entrai nella mia stanza, la adagiai delicatamente sul mio letto. Andai al guardaroba e scelsi per lei un pigiama comodo, che le tenesse anche calda. Non sapevo se le sarebbe dispiaciuta averla cambiata, ma era incosciente e aveva bisogno di riscaldarsi, quindi pensai che fosse giusto così.

Le tolsi il vestito, troppo preoccupato per le sue condizioni di salute per pensare di guardare il suo corpo, e la misi rapidamente in pigiama. La misi a letto, sotto le coperte. Le toccai la fronte e fortunatamente si stava riscaldando, il che era un buon segno. Il suo respiro stava diventando più regolare. Mi sedetti sul letto e la guardai dormire, tenendola d'occhio. Non era ancora buio, ma non volevo lasciarla sola. Alla fine decisi di mettermi la biancheria intima e di sdraiarmi accanto a lei nel letto.

Era lì, la mia compagna, che riposava a pochi centimetri da me. Sapevo che stava meglio; stava solo riposando; sentivo il suo corpo ormai caldo. Sarebbe mai possibile per noi stare insieme? Mi amerà mai? Voglio dire, credo che si sia fidata di me, il che è stato un inizio. Che cosa ero io per lei? Mi disprezzava per averla portata via da casa? Sentiva il legame con l'anima gemella o la sentivo solo io? Avevo così tante domande in testa, così tante domande che non potevo osare fare se lei era sveglia...

Non appena avrei avuto le informazioni necessarie per soddisfare mio padre, l'avrei lasciata andare. Sarebbe stato meglio. Ma stasera ero con lei. Mi avvicinai, facendo attenzione a non svegliarla, e le misi un braccio intorno alla vita. Nascosi il viso nell'incavo del suo collo. La sua pelle era così morbida e il suo corpo era così caldo rispetto al mio. Profumava come un fiore delicato e io la stringevo delicatamente, facendo attenzione a non romperla. Stare così vicino a lei mi faceva battere forte il cuore. Sdraiato a letto con la mia compagna tra le braccia, sapendo che quella notte sarebbe stata al sicuro, esausto per non aver dormito la notte precedente, mi lasciai andare al sonno in quel paradiso.

Capitolo 6 (Kate)

Gelosia

Mi ero svegliata con un odore familiare. Sapevo anche senza aprire gli occhi chi fosse. Era il dolce profumo di Damien, il profumo a cui non potevo resistere. Aprii gli occhi e mi resi conto di essere accoccolata tra le sue braccia. Sorrisi al pensiero. La mia lupa era felice e scodinzolava. Nella mia testa mi ripeteva solo "anima gemella". Non avrei mai immaginato che la mia anima gemella fosse un vampiro.

Due giorni fa, quando l'avevo visto nella mia stanza a casa dei miei genitori, avevo pensato che fosse stata la paura a farmi battere forte il cuore. Avevo lottato con me stessa, avevo detto alla mia lupa che si sbagliava, che non poteva essere la mia anima gemella. Avevo cercato di resistere, di sembrare forte. Io ero una lupa, la figlia dell'Alfa, lui era un vampiro, eravamo nemici. Dovevo essere forte per poter tornare dalla mia famiglia. Avevo bisogno di un lupo forte, che un giorno guidasse il branco con me.

Cercati in tutti i modi di oppormi... Ma non potevo continuare a mentire a me stessa, lui era la mia anima gemella, che lo volessi o no. Ieri, quando venne a portarmi fuori dalla cella per stare nella sua stanza, capii che non potevo continuare a resistere. Il legame dell'anima gemella mi attirava così fortemente verso di lui. Il mio lupo voleva che restassi con lui.

Mi aveva trattato come una principessa. Era così gentile, pensava al mio benessere. Mi ero divertita molto a pranzo. Avevo avuto modo di conoscerlo meglio. Con lui mi ero sentita davvero protetta. Glielo leggevo negli occhi: non avrebbe permesso a nessuno di farmi del male.

Era stato ieri che avevo deciso di smettere di lottare con il mio lupo. Non sapevo che fosse possibile che un vampiro e un lupo mannaro potessero avere una relazione. Alla dea della luna piaceva prendermi in giro. Non potevo mentire a me stessa e non potevo combattere la mia lupa. Non potevo negare che fosse la mia anima gemella.

Il modo in cui mi faceva battere il cuore solo per il fatto di essere nella stanza con me. Il modo in cui mi mancava quando non c'era. Il modo in cui il suo tocco mandava scintille nel mio corpo. Il suo odore mi faceva impazzire.

E in quel momento, il modo in cui mi sentivo completa, con il suo corpo freddo contro il mio. Non così freddo da risultare sgradevole. Solo un po' di effetto ghiaccio da rinfrescarmi. Come una brezza leggera in una calda notte d'estate.

Notai che non indossava la camicia, permettendomi di vedere il suo petto e le sue braccia muscolose. Mi sembrava così perfetto. Ho notato che aveva alcuni tatuaggi sul petto e sul braccio destro. Credetti di non averci mai fatto caso, perché di solito indossava una camicia sopra. Pensavo che i tatuaggi aggiungessero solo un tocco sexy al suo look.

Istintivamente, mi avvicinai al suo collo e respirai profondamente il suo profumo. L'odore di miele e muschio mi ha fatto impazzire. Volevo avvolgermi in essa. Senza pensarci, strofinai la guancia contro il suo petto, mescolando il mio profumo al suo, con un sordo rantolo che proveniva dal mio petto. Era la mia lupa, voleva far sapere a tutti che era suo, voleva marchiarlo.

Anche se di solito sono i maschi a marcare le femmine, poteva accadere anche il contrario. Per ora, il mio lupo voleva assicurarsi che tutti sapessero che era nostro. I miei denti sfiorarono la sua pelle nel punto in cui il collo incontra la spalla. Di solito era qui che segniamo i nostri compagni.

Ma sapevo di non poterlo fare così. Resistitetti all'impulso di far crescere i miei canini per marcarlo.

Ero persa nei miei pensieri quando sentii una risata. Mi bloccai e arrossii quando capii che era sveglio. Alzai lo sguardo e i miei occhi incontrarono i suoi. Aveva un ghigno sul volto.

"Ciao piccolo lupo. Sembra che tu stia meglio". Aveva uno sguardo stuzzicante.

Ero quasi certa di essere rossa come una barbabietola. Ero così sicura che stesse dormendo, che non avrebbe dovuto vederlo. Imbarazzata, l'unica cosa che riuscii a fare fu sorridere. "Ti sei preso cura di me, come avevi promesso".

Si mise a ridere. Credetti che gli piacesse avermi vicino, perché cominciò a far scorrere le mani lungo la mia schiena, facendomi venire i brividi. Chiusi gli occhi per un attimo, godendomi la sensazione che mi stava dando. Un piccolo gemito mi sfuggì dalle labbra. Non sapevo bene cosa stesse succedendo, ma mi piaceva.

Anche Damien sembrava divertirsi, con un sorriso sexy sul volto e gli occhi pieni di desiderio. Sussurrai il suo nome mentre lo guardavo, con gli occhi pieni di lussuria. Damien spostò la sua bocca sul mio collo e per un attimo sentii i suoi denti sfiorare la mia pelle.

Pensai che volesse mordermi. Non ero mai stata morsa da un vampiro prima d'ora, ma in quel momento non mi importava. Sembrava invece che stesse lottando con se stesso e si allontanò da me. Non capivo bene cosa stesse succedendo.

"Mi dispiace... non avrei dovuto" disse, con voce soffocata.

Rimasi delusa. La mia lupa non era felice, voleva di più, tutto in me voleva di più, ma stava accadendo troppo in fretta. Che cosa stava succedendo? Anch'io non ero sicura di cosa fare.

"Ok, allora possiamo sdraiarci ancora un po'? Mi piace stare tra le tue braccia".

Sorrise e si avvicinò per abbracciarmi. "Sì, anche questo mi piace".

Mi stavo godendo il momento tra le sue braccia, quando all'improvviso ebbi dei flashback di ieri, del mio vestito tagliato dal mago pazzo. Quando mi guardai, mi resi conto che non indossavo più il mio vestito. Ero in pigiama e non ricordavo di essermi cambiata.

Guardai Damien. "Mi hai cambiato i vestiti?".

Si bloccò per un attimo alla mia domanda. "Eri fredda e priva di sensi. Ho dovuto riscaldarti o saresti potuta morire".

Sentivo che era imbarazzato, ma stava dicendo la verità. Non potevo arrabbiarmi con lui per avermi salvato, no?

"Grazie per avermi salvato".

Damien sorrise: "Ti ho detto che mi sarei preso cura di te".

Essere così vicina a lui mi faceva battere il cuore. Il suo odore era inebriante. Avrei voluto rimanere sempre tra le sue braccia. Guardai i suoi occhi e notai che non erano più rossi come quando era a casa mia. Ora erano grigi, il che rendeva il suo aspetto misterioso. Non avevo mai visto occhi così belli. Quando l'ho guardato negli occhi, è stato come guardare il mare per la prima volta.

Volevo chiedergli di che colore fossero i suoi occhi. Non avevo mai avuto la possibilità di farlo prima, quindi questa era la mia occasione per chiedere.

"I tuoi occhi, l'altro giorno a casa mia, erano rossi. Perché ora sono grigi?".

Ridacchiò. "I nostri occhi diventano rossi solo se siamo attaccati o se abbiamo voglia di sangue".

Ah, immaginavo che avesse senso. Il mio stomaco brontolò; Damien rise.

"Vai a vestirti e io ordino il pranzo".

Sorrisi. "Mi sembra una buona idea".

Non volevo lasciare le sue braccia, ma avevo fame. Dopo tutto, non ricordavo di aver mangiato nulla dopo il pranzo di ieri, prima di andare a casa del mago.

Quando mi alzai dal letto, sentii lo sguardo di Damien su di me. Quando mi voltai a guardarlo, era sdraiato su un fianco, con la testa appoggiata sul braccio, e osservava i miei movimenti con un sorrisetto. I suoi occhi erano pieni di tenerezza. Il suo sorriso mi fece battere il cuore.

"Cosa c'è?" gli chiesi, divertita.

"Stavo solo ammirando la tua bellezza".

La sua frase mi fece arrossire. Mi diressi verso l'armadio per scegliere un paio di jeans e un semplice maglione rosso prima di andare in bagno a vestirmi. Quando ero uscita, Damien indossava dei jeans e una maglietta che gli abbracciava leggermente il petto, rivelando i suoi muscoli. Era così perfetto che la mia lupa voleva uscire. Ma la tenevo sotto controllo, continuavo a dirle che non potevamo dirgli che era la nostra anima gemella, perché probabilmente non lo sapeva nemmeno, essendo un vampiro e non un lupo.

Pochi minuti dopo bussarono alla porta. Un uomo ci portò il pranzo. Notai che non era un vampiro. Trovai quello curioso. Non pensavo che i vampiri si associassero agli umani. Mi sarei aspettata di vedere solo vampiri qui.

Quando ci sedemmo per mangiare, chiesi a Damien.

"Perché i servi sono umani? Pensavo che aveste dei vampiri al vostro servizio".

Damien esitò, con un'espressione di disagio.

"Beh, non sono proprio dei servi... Mio padre li tiene come schiavi, in cambio della promessa di non fargli bere il loro sangue... Usa la paura per tenerli a palazzo".

Ero inorridita da ciò che avevo appena sentito. Quelle persone erano schiavi. Come potevano usarli in quel modo? Immagino che alcune delle cose che avevo sentito sui vampiri fossero vere... Alzai lo sguardo su Damien, aveva un'espressione cupa.

Mi guardò. "Quando diventerò il Signore dei Vampiri, voglio che questo cambi. Non mi piace sfruttare le persone. Mio padre ha una bassa opinione degli umani, ma non di me". Potevo vedere la tempesta che infuriava nei suoi occhi.

Sollevata dalla sua risposta, vedendo che non era come suo padre, sorrisi. "Bene, mi piace. Poi verrò a vedere come tratti i tuoi servitori quando diventerai il prossimo Signore dei Vampiri". Damien mi guardò, con il suo bel sorriso di nuovo in faccia.

Iniziammo a mangiare e vidi che Damien voleva chiedermi qualcosa, ma si tratteneva. Presi la sua mano nella mia, sentendo scintille al contatto della nostra pelle. "Cosa stai trattenendo?"

Sembrava sorpreso. Io stessa rimasi sorpresa dalla facilità con cui riuscì a leggerlo. "Vedo che vuoi chiedere qualcosa, quindi cosa vuoi sapere?"

Damien mi guardò. "So che probabilmente non è qualcosa di cui vuoi parlare, ma... ti ha fatto del male? Che cosa ti ha fatto?"

Non era necessario che dicesse di chi stesse parlando. Sapevo cosa intendeva. Ripensare a ieri mi riportò alla mente brutti ricordi e mi sentii a disagio. Mi sembrava di rivivere tutti quei ricordi. Ero sopraffatta da quei sentimenti, persa nei miei pensieri, sul punto di crollare.

Damien mi accarezzò delicatamente la guancia con il dorso della mano. Quel tocco e il modo in cui mi guardava erano sufficienti a calmarmi. Mi chiesi: si rendeva conto dell'effetto che stava avendo su di me? Non lo sapevo, ma ero felice che fosse lì a tranquillizzarmi.

Ancora un po' a disagio, parlai con esitazione.

"Beh, all'inizio Elwin mi ha chiesto di sdraiarmi sul tavolo. Ero piuttosto nervosa, non sapevo cosa aspettarmi, tremavo. Mi guardò come se fossi un pezzo di carne. Non mi è piaciuto affatto. Temevo che avrebbe bevuto il mio sangue... Ma non l'ha fatto. Ha iniziato prelevando il sangue da me con una siringa. Non so quanto abbia preso, ma ho visto molte fiale sul tavolo accanto a lui".

Mentre parlavo, vedevo il volto di Damien indurirsi. Non gli piaceva quello che stava sentendo, lo avvertivo, ma continuai lo stesso. "Non sono sicura che stesse cercando qualcosa, ma ha iniziato a tagliare il mio vestito in diversi punti. Ogni volta che apriva il vestito, inseriva nella mia pelle una specie di strumento lungo e affilato. Sembrava un po' un ago, ma non so a cosa servisse. Fa' un po' male, ma non troppo. A un certo punto credo che mi abbia iniettato una specie di droga. Mi girava la testa, non avevo più paura, ero piuttosto assonnata, quindi credo che fosse qualcosa per rilassarmi. Ricordo che teneva sopra di me un grosso macchinario che emetteva uno strano suono, ma non ho idea di cosa facesse... Poi i miei ricordi sono diventati un po' confusi. Per tutto questo tempo, tutto ciò che mi ha fatto andare avanti è stato pensare a te. Speravo che sareste venuti a tirarmi fuori da questa situazione. Sembrava che questi test fossero infiniti..."

Mi presi un po' di tempo per pensare, per vedere se riuscivo a ricordare qualcos'altro. Ieri mi sono sentita così sola e spaventata. Non mi piaceva affatto rivivere quei ricordi. Fissai Damien. Sembrava triste e arrabbiato allo stesso tempo.

Infine, aggiunsi con un sorriso: "Poi finalmente sei venuto a salvarmi. L'ultima cosa che ricordo è di essere tra le tue braccia, quando finalmente sapevo che tutto sarebbe andato bene e che potevo lasciarmi andare al riposo".

Damien rimase in silenzio per un po', perso nei suoi pensieri. Quando finalmente alzò lo sguardo verso di me, fu come se nei suoi occhi si fosse scatenata una tempesta.

"Mi dispiace" disse, piano.

Lo guardai, sorpresa. "Perché ti dispiace?"

Sembrava sconvolto. "Io... non sono riuscito a proteggerti... ho lasciato che ti facesse tutto questo... mi dispiace".

Vederlo così mi spezzò il cuore. Non volevo che fosse triste. Non era responsabile di quanto accaduto. "Non è colpa tua. Inoltre, mi hai salvato e ti sei preso cura di me".

Cercai di farlo sentire meglio, ma vedevo che non funzionava. Potevo sentire la sua tristezza attraverso il nostro legame di anime gemelle. Anche se il legame non era sigillato e non era così forte come avrebbe potuto essere, era ancora lì, permettendomi di sentire alcune delle emozioni della mia anima gemella. Gli presi la mano e la strinsi. Damien mi guardò, ma non disse nulla. Immagino che fosse una cosa che doveva affrontare da solo. Vorrei che si aprisse con me e mi lasciasse entrare. Volevo sapere cosa pensava, cosa provava. Volevo essere presente per lui.

Mi alzai e andai al suo fianco, abbracciandolo delicatamente. "Non essere troppo duro con te stesso". Mentre stavo per tornare alla mia sedia, Damien mi afferrò e mi tirò sulle sue ginocchia, stringendomi più forte.

"Mi farò perdonare per ieri, lo prometto. Non permetterò più che facciano esperimenti su di te. Lo giuro". La sua voce era tremolante, ma i suoi occhi erano pieni di determinazione. Sapevo che avrebbe fatto di tutto per mantenere la sua promessa.

"Mi fido di te" risposi.

Rimasi seduta per un po' sulle sue ginocchia, con la testa appoggiata sulla sua spalla. Aveva bisogno di avermi vicino e anch'io avevo bisogno di lui. Mi sentivo come se quell'abbraccio facesse sparire tutte le sensazioni e i ricordi negativi del giorno precedente.

Gli passai delicatamente le dita tra i capelli. Mi piaceva il modo in cui i capelli gli ricadevano sulla schiena. Damien mi accarezzò la schiena con la mano. Non sapevo se sentisse il legame con l'anima gemella. Sapevo solo che in quel momento mi sentivo amata. Desideravo che quesl momento non finisse mai.

Bussarono alla porta, costringendo Damien a interrompere l'abbraccio per rispondere. Rimasi lì da sola. Quando Damien aprì la porta, vidi una vampira bellissima e alta. Aveva i capelli rossi e gli occhi azzurri. A prima vista era bella, ma se si guardava un po' più a lungo, sembrava finta. Troppo trucco e ciglia finte. Puzzava di profumo scadente e i suoi seni sembravano sul punto di uscire dal vestito. Non la conoscevo, ma non la sopportavo. Entrò nella stanza senza aspettare un invito e si gettò tra le braccia di Damien, abbracciandolo.

"Ehi Dami baby, mi sei mancato tanto!" gli disse, con voce mielosa.

Non potevo credere ai miei occhi. Aveva una ragazza per tutto quel tempo e non me l'aveva detto? Mi si spezzò il cuore. Mi sembrava che stesse flirtando con me. E quella mattina? Che dire di quello che era appena successo?

Ero uno sciocca. Forse ero l'unica a sentire il legame con l'anima gemella? Era possibile che il legame non fosse pienamente funzionante da quando era un vampiro? La dea della luna potrebbe giocare con me, dandomi un compagno con cui non potrei mai stare? Un impeto di tristezza e di lacrime voleva uscire a quel pensiero, ma le trattenni. Le mie gambe volevano cedere, ma restai forte, non volendo mostrare loro che la cosa mi aveva colpito. Se fosse davvero la sua ragazza, non le avrei dato la gioia di vedermi triste. La verità era che mi sentivo devastata.

Guardai Damien. Non si mosse quando lei lo abbracciò. Si bloccò, con le braccia in aria in posizione di sorpresa. La ragazza cercò di avanzare per baciarlo, ma lui la respinse, con un'aria più infastidita che altro. La sua reazione mi rassicurò sul fatto che non ero l'unica ad essere infastidita da lei.

Si girò verso di lei. "Ellie, per favore".

Lei gli rivolse uno sguardo perplesso. "Cosa c'è che non va, tesoro? Non è così che mi saluti di solito" gli disse con occhi seducenti.

Cominciai a sentirmi molto arrabbiata con lei. Sentivo le guance diventare rosse. La mia lupa si stava arrabbiando parecchio, vedendo le mani di quella donna sul mio compagno. Un ringhio minaccioso mi sfuggì dal petto.

Ellie mi guardò come se finalmente si fosse accorta di me. "Ma chi è?", chiese a Damien, mollando la presa e indicando me.

"Senti, Ellie, devi andartene. Io e te non stiamo più insieme" le disse Damien.

Lei lo fissò, prossima alle lacrime. "Cosa vuoi dire?"

I suoi occhi erano freddi mentre la guardava. Si avvicinò a lei, sussurrandole qualcosa. Parlava così piano che non riuscivo a sentire cosa le stesse dicendo. Ma dopo che lui le parlò, lei lo guardò incredula.

"Cosa? Non è che stai dicendo sul serio?". Si girò verso di me e mi guardò con i pugnali negli occhi.

Non sapevo di cosa si trattasse, ma se cercava una lotta, la mia lupa gliele avrebbe date volentieri. Comunque, mi stava facendo arrabbiare, mentre metteva le mani sul mio compagno. Si avvicinò a me e mi afferrò il braccio con una forza incredibile. Mi la sua forza mi sorprese. Sapevo che i vampiri erano forti, ma non avevo mai avuto un incontro ravvicinato come quello.

Le sue dita scavarono nella mia pelle, mi stringeva così forte. Provai disgusto per il suo tocco. Il mio lupo voleva allontanarla da me e io ringhiai minacciosamente. Sputò mentre mi parlava con gli occhi pieni di odio.

"Mi sembra di aver fatto arrabbiare il tuo animaletto. Vuoi farmi del male, piccola bestia?", mi chiese con un tono come se stesse parlando ad una bambina.

Quella puttana cercava la rissa. La mia lupa voleva uscire e le mie unghie cominciavano a crescere. Sentivo le zanne che uscivano fuori. Presto non sarei stato in grado di trattenere la mia lupa. Cercai di tirare il braccio per convincere Ellie a lasciarlo andare, ma non ci riuscii, lo teneva troppo stretto. "È meglio che lasci il mio braccio, puttana, o te ne pentirai quando mi trasformerò", le ringhiai.

Ero pronta a trasformarmi in un lupo quando Damien intervenne.

"Lasciatele il braccio", disse, guardando Ellie con autorità. Guardò Damien con sorpresa.

Egli emanava così tanto potere e autorità che lei non ebbe altra scelta che rilasciare il mio braccio.

Damien si mise tra noi. "È inutile... Ellie, devi andartene subito. Nessuno deve farsi male".

Lei mi fissò, con gli occhi pieni di rabbia. Poi guardò Damien, delusa. "Come desidera".

Si girò e uscì dalla stanza senza aggiungere altro.

POS di Damien

Non potevo crederci! Che brutto momento per Ellie passare nella mia stanza. Di solito si faceva vedere di tanto in tanto, senza mai annunciarsi. Non mi aveva mai dato fastidio prima di quel momento; non avevo nessuno a cui tenevo. Così, quando veniva, di solito mi godevo la sua presenza, interpretando il ruolo del suo presunto amante per un giorno o due, finché non se ne andava. Chissà dove fosse andata o cosa avesse fatto durante la sua assenza. Non gliel'avevo mai chiesto e non ci avevo mai pensato.

Ma ora era diverso. Non volevo avere nulla a che fare con lei. Volevo stare con Kate, e solo con lei. Avevo anche detto a Ellie che Kate era la mia ragazza. So che non mi aveva creduto. Ma volevo che capisse che non ci sarebbe mai più stato posto per lei nel mio letto.

Credevo che Ellie stesse cercando di provocare Kate per farle assumere la forma di lupo. Oh dio Ecate, funzionava così bene! Kate era davvero sul punto di scoppiare. Era gelosa? Quel pensiero mi aveva reso felice. Mi amava? Potrei essere abbastanza fortunato da farle provare dei sentimenti per me? Quel pensiero mi illuminò il cuore mentre andavo a chiudere la porta dopo che Ellie era uscita.

POS di Kate

Quando Ellie lasciò la stanza, la mia lupa si calmò subito un po'. Le mie unghie tornarono alla loro dimensione normale, così come i miei canini. Damien andò a chiudere la porta dietro di sé.

"Chi era? È la tua ragazza?"

Mi guardò con un'espressione divertita mentre si avvicinava a me.

"Sei gelosa?", chiese con un sorriso.

Oh sì, lo ero! Ma non volevo dirlo. Girai la testa di lato, non sapendo bene cosa dire. Incrociai le braccia sul petto, accigliata.

"Non sono comunque affari tuoi".

Damien rise e mi avvolse con le braccia, il suo dolce profumo mi rapì.

"Non c'è motivo di essere gelosi. È una vecchia amica. Sono uscito con lei una volta, ma è stato in passato".

Stando tra le sue braccia in quel modo, non potevo rimanere arrabbiata, anche se avessi voluto. Il solo toccarlo mi faceva sentire meglio.

"Sei uscito con lei? Hai visto come sembra finta?".

Damien rise sulla mia osservazione. Ma ero seria. Come aveva potuto frequentare una persona del genere? Unghie finte, profumo da quattro soldi. Niente sembrava reale in lei.

"Eppure non sembrava sapere che non uscivate più insieme".

Damien sembrò riflettere un po' prima di rispondere.

"Beh... non l'ho vista per un po', quindi non ho avuto la possibilità di dirle tutto quello che dovevo, fino ad oggi..."

Pensai a ciò che aveva appena detto. Significava che la sua relazione con lei era recente... Per questo la odiavo di più. Ma la cosa più importante era che fosse finita. La mia lupa non avrebbe condiviso il suo compagno con nessuno.

Damien mi sollevò il mento in modo che potessi guardarlo negli occhi.

"Stai bene? Non ti trasformerai più in un lupo?".

La sua domanda mi imbarazzava. "Lo sapevi".

Rideva. "Sì, lo sapevo. Potevo sentire la tua rabbia fino a dove mi trovavo io. Sapevo che stavi per trasformarti".

Credo che fosse ovvio. Questo significa che anche Ellie lo sapeva. Forse stava anche cercando di provocarmi per farmi cambiare. Damien attese una risposta, i suoi bellissimi occhi grigi mi trapassarono l'anima. Sorrisi. "No, ora sto bene".

Bussarono alla porta. Di nuovo. Speravo solo che non fosse Ellie. Damien sospirò mentre andava ad aprire la porta. Sono stato sollevato nel vedere che non si trattava di Ellie. C'era uno schiavo alla porta. Si inchinò a Damien.

"Mio principe, vostro padre chiede di vedervi ora".

Damien sospirò. "Ok, arrivo subito".

Chiuse la porta e venne da me.

"Devo andare a trovare mio padre. Torno tra qualche minuto. Puoi aspettarmi qui".

Alzai il sopracciglio. "Cosa ti fa pensare che ti aspetterò in silenzio?" chiesi.

Sorrise alla mia domanda. "Mi fido di te".

Indossò una camicia lunga formale con sopra un gilet e si legò i capelli in uno chignon basso. Aveva un aspetto elegante. Mi piaceva molto.

Si girò verso di me mentre io lo guardavo. "Come sto?"

"Ti da molto l'aria da principe", risposi con un piccolo inchino, che lo fece ridere.

Ma davvero sexy, ho pensato. Anche se non l'avrei mai detto ad alta voce.

Mi sedetti sul letto e guardai Damien. Fece un respiro profondo e poi si girò verso di me. I suoi bellissimi occhi grigi sembravano turbati. Ho avuto l'impressione che non andasse d'accordo con suo padre. Ogni volta che parlava di lui, appariva uno sguardo cupo o di disapprovazione per qualcosa che stava facendo. Speravo che tutto andasse bene.

"Augurami buona fortuna" mi disse.

Gli sorrisi per dargli coraggio e lasciò la stanza. Il suo sorriso mi faceva sciogliere. Non era giusto che avesse un sorriso così bello da farmi perdere la calma in quel modo.

Mi sedetti sul letto e pensai. Aveva ragione. Non volevo lasciare la stanza. Innanzitutto, la sua stanza si trovava al quarto piano e non avevo alcuna intenzione di provare a scalare il muro. In secondo luogo, non sapevo come muovermi in questo castello. Probabilmente mi perderei o incontrerei qualche pazzo nel corridoio, come quel mago. In realtà, questo era il posto più sicuro per me in questo momento. E Damien era l'unico che poteva proteggermi qui, circondato da vampiri.

Mentre aspettavo che tornasse, notai che vicino alla finestra c'era una scrivania con del materiale artistico. Mi piaceva molto disegnare, così per passare il tempo mi accomodai alla scrivania e iniziai a disegnare su alcuni fogli bianchi. Il mio pensiero continuava a tornare a Damien. Deciss di disegnare i ricordi di Damien e di me, inserendo il maggior numero di dettagli possibile. Mi chiedevo quanto tempo sarebbe stato via. Continuai a disegnare godendomi la vista dalla finestra.

Capitolo 7 (Kate)

Anime gemelle

Non sapevo quanto tempo fosse passato, ma a un certo punto Damien entrò nella stanza. Sembrava spaventato. Si chiuse la porta alle spalle. Mi alzai dalla scrivania e andai verso di lui.

"Stai bene?"

Nei suoi occhi si leggevano nervosismo e dubbi. Non sapevo cosa fosse successo con suo padre, ma non era niente di buono.

Mi mise le mani sulle spalle. "Dobbiamo andare... ora!"

Non capivo cosa stesse succedendo, ma la mia lupa mi disse di fidarmi della mia anima gemella.

Volevo che mi dicesse cosa era successo. Mentre stavo per chiederglielo, qualcuno cercò di aprire la porta, ma non ci riuscì perché Damien l'aveva chiusa a chiave. Ho sentito battere alla porta e qualcuno gridare. "Fateci entrare!"

Ma cosa stava succedendo? I colpi si facevano sempre più forti e temevo che la porta si rompesse. Damien mi prese in braccio e aprì la finestra.

"Cosa stai facendo?"

Mi guardò. "Ti porterò via da qui".

Guardai a terra, quattro piani più in basso. Gli gridai in preda al panico: "Sei pazzo? Moriremo se cadiamo".

Mi sorrise. "Ti fidi di me?"

La mia lupa mi disse di fidarmi di lui. Annuii e chiusi gli occhi mentre lui saltava fuori dal finestrino, abbracciandomi.

Lo abbracciai forte, nascondendo il mio viso nell'incavo del suo collo. Mi aspettavo di cadere a terra da un momento all'altro. Il mio cuore batteva forte. Speravo solo che saremmo sopravvissuti alla caduta. Dopo un po' di tempo non c'era ancora alcun impatto. Aprii gli occhi e vidi Damien sorridere.

Stavamo volando in aria! Come avevo potuto dimenticare che i vampiri possono volare? Mi guardai intorno. Era la prima volta che volavo. Mi sono aggrappata a Damien, perché avevo paura dell'altezza. Damien rise e strinse la presa, facendomi capire che mi aveva in pugno.

Dopo pochi secondi, la paura scomparve e fu sostituita da un'incredibile sensazione di libertà e di pura gioia. La sensazione sublime! La brezza sulla mia pelle era fantastica. Mi sentivo così libera. Era così commovente che non riuscivo a trovare le parole per descriverlo. La parte più incredibile di tutto questo era stare tra le braccia del mio partner. Mi sentivo protetta e felice.

Sorvolammo le foreste per un po'. Poi Damien mi fece scendere mentre ci avvicinavamo a un lago. Era il Lac Dormant, non lontano da casa mia. Ero già stata qui molte volte. Sembrava un posto sicuro dove atterrare, lontano da occhi indiscreti. Mi liberò quando raggiungemmo il suolo.

"Ecco, ora sei libera di andare".

Le sue parole mi trafissero dentro al cuore. Non potevo muovermi.

Era quello che volevo all'inizio, uscire da quella cella e trovare la mia famiglia. Ma le cose erano cambiate, non volevo tornare indietro. Non senza di lui, comunque. Era la mia anima gemella, il mio lupo si sarebbe indebolito senza di lui. Non volevo stargli lontano.

Fece un gesto per girarsi, senza guardarmi. Prima che ne avesse la possibilità, lo chiamai: "Non voglio andare".

Mi guardò con occhi sorpresi. "Perché? Ti ho portato via da casa, ti ho rapito. Non è questo che vuoi fare? Per essere libera e tornare dalla tua famiglia?".

In cuor mio sapevo che stava dicendo la verità. Ma il pensiero di non rivederlo più mi straziava il cuore. La guerra tra i vampiri e i licantropi stava iniziando. Eravamo "nemici". Era improbabile che lo avrei rivisto.

Le lacrime cominciarono a scendere sulle mie guance al pensiero. Damien mi prese il viso tra le mani e mi asciugò le lacrime.

"Kate... non capisco... perché stai piangendo?" mi chiese, a bassa voce.

Non riuscii più a trattenermi. "Non lo senti? Io... non posso lasciarti! Sei la mia anima gemella!".

Damien si bloccò, mi guardò con occhi sorpresi. Aspettai un po', ma non rispose. Con il passare dei secondi, il mio cuore si è spezzato un po' di più.

Parlai con tristezza, perché non rispose.

"Lo sapevo... Non puoi sentirlo visto che non sei un lupo... È di questo che avevo paura".

Quelle parole sembrarono riportarlo in vita.

"No! No, lo sento anch'io! Io... pensavo di essere l'unico a sentirlo. Per questo non ho detto nulla. Kate, non posso crederci!".

Mi avvolse tra le braccia, tirandomi a sé e stringendomi forte. Ero sopraffatta dall'emozione! Ero così sollevata. Le lacrime di gioia cominciarono a scorrere mentre la tristezza si attenuava dopo la sua confessione.

Le parole continuavano a ripetersi nella mia testa: lo sentiva anche lui! Non ero l'unica a sentirlo. Funzionava, anche se io ero un lupo mannaro e lui un vampiro.

Il mio cuore batteva forte, avvolto nel suo abbraccio, crogiolato nel suo profumo, con le farfalle nello stomaco.

"Oh, Damien, vorrei che me lo avessi detto prima" gli sussurrai.

Mi baciò senza sosta le guance, il naso, la bocca, come se avesse paura che io sparissi. Mi passò teneramente la mano sulla schiena, facendomi venire la pelle d'oca. Giocai con la mano tra i suoi capelli. Mi alzai in punta di piedi e gli baciai teneramente le labbra.

"Se solo l'avessi saputo", mi disse prima di baciarmi a sua volta, la sua lingua si fece strada nella mia bocca mentre io dividevo le labbra.

Dopo aver interrotto il bacio, Damien mi guardò e per un attimo vidi la sua anima attraverso i suoi occhi.

"Hai un sapore così buono! Non ne ho mai abbastanza di te" mi disse.

Mi sentivo come lui, non ne avrei mai avuto abbastanza, ma poi mi venne in mente una domanda.

"Allora perché vuoi che me ne vada?".

Distolse lo sguardo dal suolo. "Vogliono ucciderti".

"Cosa?"

"Elwin, il mago che ha fatto esperimenti su di te, ha detto a mio padre che l'eredità è in te... Mio padre vuole questo potere per sé. Così hanno deciso di aprirti per accedere a questo potere. Ecco perché hanno cercato di entrare nella mia stanza.

Ero scioccata. Volevano uccidermi. Che cos'era quella storia dell'eredità? Sarebbe dentro di me? Ero incredula.

"Non potevo permettere che ti uccidessero. Non avrei mai permesso a nessuno di farti del male. La cosa migliore che potessi fare era riportarti dalla tua famiglia, per tenerti al sicuro".

Potevo sentire la sua tristezza attraverso il mio cuore. L'unico modo per proteggermi era tenermi lontano da lui. Era troppo crudele, non potevo vivere separata da Damien. Perché le cose dovevano essere così complicate?

Sapevo che lo stava facendo per me.

"Grazie per avermi protetta".

Sorrise. "Devo, sono la tua anima gemella, darei la mia vita per proteggerti".

In quel momento mi sentii la donna più preziosa del mondo. Ma non volevo che desse la vita per me. Avevo bisogno di lui al mio fianco, vivo.

"E tu? Ce la farai? Hai disobbedito a tuo padre, il Signore dei Vampiri... Cosa ti succederà?"

Damien esitò. Sentivo che la risposta non era esattamente quella che avrei voluto.

"Non preoccuparti per me. Qualunque cosa possa dire mio padre, si troverebbe tra le mani una rivolta se uccidesse l'erede al trono in questo modo. E anche a mia madre non piacerebbe molto. Ciò che conta ora è trovare un modo per fermare questa guerra" mi disse in tono rassicurante.

Aveva ragione. Semmai avessimo voluto stare insieme, quella guerra sarebbe dovuta finire. Anche se non ero del tutto convinta che Damien sarebbe stato bene quando sarebbe tornato a casa. Il mio lupo era inquieto al pensiero che potesse succedergli qualcosa. Non potevo fare molto al momento. La rabbia stava salendo nel mio cuore. Mi sentivo così impotente! Vorrei aver trovato una soluzione. Ma l'unica cosa che potevo fare era trovare un modo per fermare la guerra.

Mi rivolsi a lui. "Hai idea di come arrivarci?"

Damien pensò per un attimo. "Ti ricordi che ti ho detto che qualche anno fa un libro importante è stato rubato dai lupi mannari?"

Mi ricordavo che me ne aveva parlato, così annuì. "Penso che dovremmo trovarlo e riportarlo indietro. Non sono nemmeno sicuro che i lupi mannari lo abbiano, ma forse potresti provare a cercarlo".

Cercare un libro non dovrebbe essere così difficile, dico bene?

"Ok, ma cosa faccio una volta trovato il libro? Come faccio a riportartelo?".

Il suo volto cambiò improvvisamente. Mi guardò molto seriamente. "Qualsiasi cosa facciate se trovate il libro, non apritelo. La leggenda narra che il vaso maledica chiunque non sia un vampiro e tenti di aprirlo. Una sorta di protezione per preservare i segreti dei vampiri".

Smise di parlare, aspettando una risposta, per assicurarsi che avessi capito il suo avvertimento, così annuii.

"Verrò qui ogni sera, ad aspettarti. Se mai lo troverete, sarò qui. Se non sarò qui, sarà perché qualcosa mi impedirà di venire".

Sembrava una buona idea. Inoltre, significava che potevo vedere facilmente la mia anima gemella ogni sera. La mia lupa era felice al pensiero di vedere il suo compagno ogni giorno.

I lupi tendevano a diventare irrequieti quando stavano lontani dai loro compagni. Inoltre, si indeboliscono se rimangono separati per troppo tempo. Nessuno sapeva davvero perché i nostri lupi reagissero in quel modo quando trovavano i loro compagni. Molti pensavano che avesse a che fare con il fatto che il legame dell'anima gemella doveva essere ben consolidato all'inizio della relazione.

"Ok, allora tornerò qui ogni sera" gli dissi.

Damien abbassò il capo, il suo volto era serio. "Per favore, fai attenzione. Mio padre non si tirerà indietro facilmente. Vuole l'eredità per sé. Non si fermerà davanti a nulla per ottenerlo e non sono sicuro di poterlo fermare".

Percepii la gravità delle sue parole. Capii la serietà del suo avvertimento. Il Signore dei Vampiri era il più potente dei vampiri. Persino i suoi stessi figli lo temevano. Non si poteva dire cosa sarebbe successo se mi avesse preso. Un brivido mi corse lungo la schiena al pensiero.

Presi le mani di Damien tra le mie, stringendole mentre lo guardavo negli occhi.

"Starò attenta, non mi farò prendere".

Damien mi sorrise. "Allora farò in modo di venire a trovarti ogni sera".

Sapevo che doveva andare a casa, ma volevo tenerlo in braccio ancora un po'. Misi le mani dietro il collo di Damien e lo tirai dolcemente verso di me. Si chinò e mi baciò il collo, facendomi venire la pelle d'oca.

"Ti aspetterò, amore mio. Per favore, non dimenticatemi. E non andare da quel vampiro, Ellie" gli sussurrai all'orecchio.

Damien rise alla mia ultima frase. "Non lo farei mai. Mi struggerei per te notte e giorno".

Mi baciò teneramente, le sue labbra si muovevano delicatamente contro le mie. Respirai profondamente il suo profumo che mi faceva impazzire. Tra le sue braccia mi sentivo veramente amata. Avrei voluto che quel momento durasse per sempre, ma dovevo tornare dalla mia famiglia e cercare il libro perduto. Quella era la mia unica possibilità di vivere liberamente con il mio partner. Salutai Damien mentre lo guardavo tornare al suo castello.

POS di Damien

Ne sentivo ancora il sapore mentre volavo verso casa. Non saprei descrivere la gioia che mi coglieva quando mi aveva detto che ero la sua anima gemella. Pensavo di essere l'unico a sentirlo. Ero così fortunato ad averla. Mi mancava già il calore del suo corpo tra le mie braccia e il suo dolce profumo.

Avrei fatto di tutto per proteggerla da mio padre. Non gli avrei permesso di farla a pezzi per ottenere l'eredità che voleva avere.

Quando tornai a casa capii che ero nei guai. Cercai di rassicurare Kate, ma avevo paura di quello che avrebbe potuto fare mio padre. Non solo avevo disobbedito a un suo ordine diretto, ma gli avevo anche impedito di ottenere un potere che riteneva necessario per vincere la guerra. E soprattutto avevo aiutato la prigioniera a fuggire liberandola.

Desideravo solo che quello che avevo detto a Kate fosse vero, che mio padre non mi avesse ucciso. Speravo che quella di oggi non fosse la prima e l'ultima volta che la baciavo e che avrei avuto un'altra occasione per abbracciarla.

POS di Kate

La strada del ritorno era facile da seguire, ero stata molte volte al Lago dei Dormienti. Conoscevo la strada come il palmo della mano. La foresta era silenziosa e potevo sentire solo il debole rumore dei miei passi. Una leggera brezza soffiava sulla mia pelle mentre camminavo.

Quando mi avvicinai alla casa, una delle vedette mi vide e mi corse incontro. Mi prese le mani tra le sue e me lo chiese con impazienza. "Kate! Sei tornata! Dove sei stata? Come hai fatto a scappare?".

Smise di parlare e i suoi occhi si allargarono quando capii. "Oh dea della luna, devo dirlo ai tuoi genitori!"

Non ebbi nemmeno il tempo di rispondere, che già si stava precipitando in casa per vedere la mia famiglia. Mentre stavo per aprire la porta per entrare, la porta si aprì da sola e i miei genitori erano lì con mio fratello, che correvano a salutarmi. Mi abbracciarono tutti e mi resi conto di quanto mi fossero mancati. I loro abbracci mi scaldavsno il cuore.

Li seguii in casa e ci sedemmo tutti in salotto per parlare di quello che era successo. Raccontai che ero stata rapita, che ero stata interrogata, sottoposta a test. Dissi loro che uno dei vampiri era stato gentile con me. Si era preso cura di me e mi aveva liberato. Non raccontai loro dell'anima gemella... né del libro, perché pensai che sarebbe stato meglio se l'avessi cercato da sola, con discrezione.

Dopo che ebbi finito di parlare, mio padre mi guardò. "Sono così felice che tu sia tornata, ragazza. Quando inizierà la guerra, ci direte quale vampiro ti ha salvata e noi lo risparmieremo".

Lo guardai con occhi spalancati. "Guerra?"

Mio padre mi guardò. "Certo! Sono entrati nel nostro territorio, ci hanno attaccato e ti hanno rapito. Non si può pensare che gliela faremo passare liscia".

Sì, era vero... dal suo punto di vista, i vampiri avevano infranto il patto. Ma dal punto di vista dei vampiri, avevamo rotto il patto qualche anno fa. Tutto era confuso. Immaginai che trovare il libro sarebbe stata la chiave per risolvere l'enigma una volta per tutte e scoprire cosa era successo davvero.

Mi guardai intorno e notai che c'erano mia madre, mio padre e mio fratello Will. Ma non mia sorella Bianca.

"Dov'è Bianca, non è qui?"

Mio fratello non rispose e distolse lo sguardo da me. Non era così, c'era qualcosa che non andava.

Alla fine mia madre parlò. "Tua sorella è svenuta il giorno in cui sei stata rapita. Da quel giorno non si è più svegliata. È a letto con Steven al suo fianco".

Mi si spezzò il cuore. Non potevo crederci! La mia sorellina, che amavo tanto! Dovevo vederla. Trattenendo le lacrime che volevano uscire, mi precipitai in camera sua senza aspettare.

Aprii la porta. La stanza era silenziosa e la lampada del comodino era accesa. Steven dormiva su una sedia, con la testa e le braccia distese sul letto, accanto a mia sorella.

Quando entrai nella stanza, Steven si svegliò. Mi guardò e sorrise. "Ehi! Sei tornata! Sono felice di vedere che sei al sicuro", disse, senza alzarsi dalla sedia.

Sembrava esausto, come se avesse dormito poco negli ultimi giorni. Mi avvicinai al letto e mi sedetti accanto a Steven.

"Come sta? Che cosa è successo?".

Steven scrollò le spalle.

"Nessuno sa esattamente cosa sia successo. La notte in cui siamo stati attaccati, eravamo tutti impegnati a combattere i vampiri. Dopo che gli aggressori se ne sono andati, abbiamo sentito un forte rumore provenire dalla sua stanza. Ci siamo precipitati al piano di sopra e l'abbiamo trovata priva di sensi. Da allora è sempre stata così".

Mi vennero in mente tante domande. Pensai a come Damien e Arius mi avevano fatto perdere i sensi quella notte. Era stato un vampiro a fargli quello? Mi ero svegliata la mattina dopo, doveva essere qualcos'altro, giusto? Mi sentivo così impotente. Volevo tanto bene a mia sorella!

Quando eravamo piccoli, giocavamo sempre insieme. Era più giovane di me di tre anni. Con i suoi capelli biondi e gli occhi azzurro ghiaccio, sembrava una bambola. Ricordavo quando giocavamo insieme al tè. Era la mia migliore amica.

Quando la guardavo in quel momento, era come se la vita fosse stata risucchiata da lei. Sì, respirava ancora, ma era immobile. Quanto mi mancava il modo in cui il suo sorriso illuminava la stanza! O il modo in cui veniva ad abbracciarmi. Volevo riavere mia sorella! Non potevo fare molto per aiutarla, ma giuro che avrei trovato un modo per riaverla.

Per il momento, il minimo che potessi fare era prendermi cura di lei. Forse Steven poteva riposare un po', sembrava così stanco.

"Io resto con lei, tu puoi andare a riposare" gli dissi, dolcemente.

Sentii un basso ringhio dal petto di Steven, il suo lupo non era d'accordo.

"Non posso lasciarla, Kate... è la mia compagna" mi rispose.

Mi bloccai alle sue parole. Il suo compagno? Era nostro cugino! Come era possibile?

"Sei sicuro di questo? La dea della luna di solito non accoppia i membri della famiglia, lo sai".

"Sì, sono assolutamente sicuro. Ti ricordi che era il mio compleanno? Ho compiuto diciotto anni. È allora che si diventa maggiorenni e si può trovare l'anima gemella. Quando sei venuta a trovarmi, l'ho capito subito. Non posso sbagliarmi, l'ha sentito anche lei.

Sapevo che non poteva sbagliarsi. Sapevo cosa significava trovare l'anima gemella. L'avevo appena trovata anch'io. La sentivi dentro, il tuo lupo che ululava e voleva uscire. Non c'era modo di sbagliarsi su quello. Ma non aveva senso. La dea della luna non ha mai accoppiato i membri della famiglia.

Come se mi avesse letto nel pensiero, Steven parlò. "Da quando Bianca è svenuta, qualche giorno fa, le hanno fatto le analisi del sangue per capire cosa c'era che non andava. È emerso che hanno fatto anche un test genetico. E hanno scoperto che, pur avendo gli stessi genitori di te e di tuo fratello, ha geni diversi. Nessuno è riuscito a spiegarlo, nemmeno i geni di tua madre corrispondono".

Rimasi stupita. Non avevo mai pensato che fosse possibile. Sollevava così tante domande! Domande a cui non avevo risposte. Tuttavia, risolveva un problema. "Ecco perché puoi essere la sua anima gemella. Non condividete gli stessi geni, quindi non ha importanza".

Steven aveva un'espressione orgogliosa e un grande sorriso. Per un momento... finché non si voltò verso di lei e sussurrò: "Ora, se solo si svegliasse".

Mi sono seduta, sconfitta. Dovevo trovare un modo per riavere mia sorella. Dovevo anche trovare il libro rubato ai vampiri per fermare la guerra. Tutto per poter finalmente trovare il mio compagno. Mi sentivo come se dovessi salire in cima a una montagna. Sembrava tutto troppo difficile da gestire. Non sapevo se avevo la forza di fare tutto ciò.

Due persone che amavo con tutto il cuore avevano bisogno di me più che mai. Speravo di non deluderli. Speravo di essere abbastanza forte da soddisfare le loro aspettative. Ero la figlia dell'Alfa, quindi ero forte, giusto? Avrei potuto fare qualsiasi cosa, giusto? Cercavo di convincermi, ma dubitavo di me stessa.

Ero persa nei miei pensieri, guardando Steven e mia sorella. Il mio pensiero tornò a Damien. Quanto mi mancava, quanto mi sentivo forte e protetta con lui al mio fianco. Con lui potevo affrontare il mondo. Era così gentile, si prendeva sempre cura di me.

Mi ricordavo di come si era preso cura di me dopo che quel mago pazzo aveva fatto esperimenti su di me. Ed era stato allora che mi aveva colpito! Il mago! Era vero! Sicuramente doveva sapere qualcosa di magia, malattie e incantesimi. Probabilmente potrebbe aiutarmi con mia sorella! Sempre se avesse accettato di aiutarmi, cosa che sembrava improbabile. A meno che... a meno che non avessi un principe vampiro come compagno!

"Sai se hanno ancora il sangue che gli hanno prelevato?" chiesi a Steven.

Steven mi guardò con occhi interrogativi. "Credo che siano rimaste una o due fiale... perché?".

Ero pieno di speranza e non riuscivo a nascondere il mio entusiasmo.

"Credo di conoscere qualcuno che può aiutarci a scoprire cosa c'è che non va in lei. Ma ho bisogno che tu mantenga il segreto. Promesso?"

Mi sorrise. "Qualsiasi cosa pur di riavere la mia anima gemella al mio fianco".

Mi disse che i campioni di sangue erano conservati al piano di sotto, nel piccolo laboratorio in fondo al corridoio. Il laboratorio dove nessuno dovrebbe andare. Già, come se quella regola mi avesse fermato.

Lo abbracciai e andai in camera mia. Si stava facendo tardi, avrei avuto tutto il tempo domani per trovare i campioni di sangue.

Tornai in camera mia e mi misi subito a letto. Mi mancava Damien. Quella mattina, quando mi ero svegliata tra le sue braccia, era così che avrei voluto addormentarmi. Avrei dovuto pensare di chiedere la sua camicia o qualcosa che profumasse di lui per aiutarmi ad addormentarmi.

La mia lupa si sentiva a disagio, voleva tornare dal suo compagno e assicurarsi che stesse bene. Ma non ci riuscivo, così mi rigirai nel letto pensando a Damien. Provai a vedere se potevo connettermi con lui, attraverso i miei pensieri, poiché si diceva che le anime gemelle potessero sviluppare la capacità di parlarsi attraverso la mente. Ma credo che il nostro legame non fosse ancora abbastanza forte. Speravo almeno che sapesse che stavo pensando a lui. Alla fine mi addormentai, esausta.

Quando mi svegliai, il sole splendeva già. Avevo dormito troppo, ma credevo che avessi bisogno di riposare. Mi fermai nella stanza di Bianca per vedere se era cambiato qualcosa. Trovai Steven alla sua postazione, mentre faceva colazione sul lato del letto.

Scesi subito al piano di sotto e trovai mio fratello e i miei genitori. Era bello poterli abbracciare, anche se Damien mi mancava ancora.

Io e mio fratello avevamo promesso di raccontarci se avessimo trovato l'anima gemella. Non glielo avevo ancora detto. Ma quando avevamo fatto quella promessa, pensavamo che avremmo avuto anime gemelle licantrope... Ora che la mia era un vampiro, non ero sicura di doverglielo dire, o di come l'avrei fatto. Decisi di metterlo da parte per il momento e di concentrarmi sul compito da svolgere.

Dopo aver mangiato, tutti si erano dati da fare. Era il momento perfetto per andare nel laboratorio in fondo al corridoio. Cercai di stare attenta a non fare rumore. Soprattutto perché vivevo in una casa piena di lupi mannari con un senso dell'udito molto sviluppato. La buona notizia era che aveva una particolare attitudine ad essere furtiva.

Aprii la porta del laboratorio e scrutai la stanza prima di entrare: era vuota. Chiusi con cura la porta dietro di me. Un raggio di luce filtrava attraverso la tenda chiusa. C'erano molti documenti di ricerca e computer. Finalmente, su una scrivania, trovai quello che cercavo. C'erano alcune fiale di sangue in un vassoio e alcune erano etichettate col come "Bianca".

Afferrai il vassoio nervosamente, temendo che qualcuno mi sentisse. C'erano telecamere di sicurezza qui? Speravo di no. Trattenendo il respiro, presi due fiale di sangue di mia sorella e le misi in tasca. Uscii con cautela dalla stanza, cercando di essere il più furtiva possibile.

Uscendo dal laboratorio, incontrai lo zio Zach, che mi vide uscire dalla stanza. Dannazione! Pensai. Ero stata beccata. Cosa avrebbe detto? Cosa avrei fatto? Il cuore mi batteva nel petto.

Zach sembrava sorpreso di vedermi. "Ehi! Ehi, Kate! Che piacevole sorpresa! Non sapevo che fossi tornata a casa".

Fiuuu! Mi ero sbagliata? Forse non mi aveva visto uscire dalla stanza? Forse non aveva intenzione di dire nulla? Decisi di fare finta di niente. "Sì, sono tornata ieri! Uno dei vampiri mi ha liberata".

Mio zio mi abbracciò forte. Mi era sempre piaciuto, era il migliore.

"Sono così felice di sapere che sei al sicuro, tesoro".

Gli sorrisi, ma lui aggiunse: "Cosa stavi facendo lì dentro? Sapevi che questa è un'area riservata, solo i lupi autorizzati possono entrare nel laboratorio".

Merda! Mi aveva visto. Dovevo trovare una ragione e in fretta. "Stavo solo cercando qualcosa".

Sì... non era il motivo migliore, lo sapevo, ma era l'unica cosa che mi veniva in mente in quel momento. Pensare sotto pressione non era il mio forte.

"E cosa stavi cercando?" mi chiese zio Zach.

"Um... un libro! Stavo cercando un libro sui vampiri".

Mi guardò con occhi perplessi mentre io sorridevo, facendo l'innocente.

"Sai che i libri sono conservati in biblioteca, vero? Anche se dubito fortemente che ci siano libri sui vampiri. Potrebbe comunque valere la pena di dare un'occhiata".

Mi schiaffeggiai la fronte con il palmo della mano, fingendo di averlo dimenticato, per stare al gioco.

"Oh sì, è vero! Cosa mi è venuto in mente?".

Zach rise alla mia risposta. "Dai, lascia che ti accompagni".

Non pensavo che credesse davvero alla mia storia, ma comunque iniziammo a camminare verso la biblioteca.

Ero felice di camminare con Zach. Crescendo, potevo sempre parlare con lui quando qualcosa non andava. Era un confidente e sapevo di potermi fidare di lui per quasi tutto. Forse avrebbe potuto darmi qualche consiglio sul fatto che la mia anima gemella era un vampiro. Anche se non sapevo come avrebbe reagito se glielo avessi detto.

"Ehi Zach... posso chiederti una cosa?".

Zach sollevò un sopracciglio. "Sì, cosa?"

Non sapevo come affrontare l'argomento. "Hai trovato la tua anima gemella?".

Zach smise di camminare per un attimo. Stava pensando e faceva una faccia strana. "È strano, non riesco a ricordare, ma non credo che potrei mai dimenticare qualcosa di così importante".

Che peccato. Volevo porre alcune domande.

"Perché questa domanda?"

Non volevo dirgli che la mia anima gemella era un vampiro, non ero ancora pronta.

"Cosa faresti se trovassi la tua anima gemella, ma ti renderesti conto che è qualcuno che non piace alla vostra famiglia?"

Invece di rispondere alla mia domanda, Zach mi guardò con un sorriso stuzzicante.

"Hai trovato la tua anima gemella Kate?" replicò.

La sua domanda inaspettata mi fece arrossire e non riuscii a rispondere. Mi guardò e sorrise.

"La Dea Luna ci benedice con un'anima gemella. Chiunque scelga per noi, dobbiamo accettare lei, il nostro branco e la nostra famiglia. Dovete seguire il vostro cuore. Se tu la ami, allora anche noi la ameremo".

Quelle parole mi scaldarono il cuore e diedero speranza. Speravo che un giorno potrò vivere felicemente con Damien.

Camminando, arrivammo alla biblioteca. Abbracciai calorosamente Zach, ringraziandolo per il suo consiglio. Mi fece l'occhiolino e mi disse prima di andarsene. "Ci sarò sempre per te, tesoro. Non vedo l'ora di conoscerlo".

E con ciò si voltò e scomparve.

POS di Damien

Che ora era? Avevo perso la cognizione del tempo. Ero stato rinchiuso nei sotterranei. Quando ero tornato l'altra sera, ero stato immediatamente fermato dalle guardie reali. Ero stato accusato di tradimento nei confronti del Signore dei Vampiri. Non avevo nulla da mangiare o da bere. Non riuscivo a dormire. Si erano assicurati di svegliarmi ogni volta che mi addormentavo.

Mi avevano chiesto di Kate. Volevano sapere dove si trovava, per poterla catturare e farla a pezzi. Non avrei mai dato loro questa informazione. Non mi importava quanto mi torturassero. Non avrei parlato. Sapevo che il Padre aveva mandato squadre di assassini a cercarla. Potevo solo sperare che non la trovassero...

Ero stato colpito e frustato. Sono svenuto diverse volte. Mi fa male la pelle. Avevo così tanta sete che avrei potuto bere qualsiasi cosa. I miei vestiti erano strappati dalla tortura. L'unica cosa che mi faceva andare avanti era pensare a Kate. Non sapevo quando, non sapevo come, ma l'avrei rivista. Anche se era l'ultima cosa che faccevo, l'avrei rivista. *Aspettami, mio piccolo lupo. Ci sarò, lo prometto.*

POS di Kate

La biblioteca era piena di libri. Non sapevo nemmeno che avessimo così tanti libri. Passai la maggior parte della giornata a cercare un libro sui vampiri, ma non ebbi avuto molta fortuna. Alla fine della giornata ero piuttosto scoraggiata.

Decisi di fare una pausa, sedendomi su una delle comode poltrone, per riposare. Il velluto rosso delle poltrone era morbido al tatto. Amavo sempre la sensazione del velluto. Ricordavo quando ero piccola mia madre mi diceva che l'avevano fatta le fate e che per questo era così morbida. Anche se ero un adulta e sapevo *che non era così che si faceva*, mi piaceva ancora crederci.

Osservavo la luce che entrava nella stanza attraverso il mosaico, illuminandola di colori e riflettendo il suo disegno sul pavimento. Potevo vedere le particelle di polvere scintillare attraverso la luce, conferendo alla stanza un'atmosfera magica.

Sentii una voce familiare rompere il silenzio dietro di me.

"Ecco la mia sorella maggiore preferita".

Mi girai e vidi mio fratello Will. Sorrisi e andai ad abbracciarlo. Le sue braccia erano calde, ero felice di vederlo.

"Allora è lì che ti sei nascosta tutto il giorno! Cosa ti è successo? Non è da te passare tutto il giorno a leggere libri."

Aveva ragione. Anche se mia madre era solita leggermi le storie della buonanotte, accoccolata su una sedia, da piccola non avevo trascorso molto tempo in biblioteca. Ero più un'avventuriera. Preferivo trascorrere il mio tempo nella foresta, seguendo il sentiero del mio cuore.

Come avrei voluto dirgli della mia anima gemella e del libro rubato. Avevamo sempre promesso di dirci l'un l'altro quando avremmo trovato la nostra anima gemella. Io e mio fratello eravamo molto uniti. Era sempre presente per me. Anche se era più giovane di me, mi avevo sempre protetto. Sono stata la sua confidente, avevo asciugato le sue lacrime e lui era lì per me. Crescendo, la gente pensava spesso che fossimo gemelli, perché eravamo così vicini l'uno all'altra.

Non sapevo come avrebbe preso il fatto che la mia anima gemella fosse un vampiro. Non ero pronta a provare.

"Stavo cercando un libro sui vampiri. Non è che per caso sai se ne abbiamo uno?"

Mio fratello alzò le spalle.

"Mi alleno sempre, non passo mai del tempo qui. Non ho idea di quali libri abbiamo. Perché stai cercando un libro sui vampiri?"

"Oh, solo per curiosità", mentii.

"Ha qualcosa a che fare con il fatto che sei stata rapita dai vampiri?"

Non riuscivo a trovare il coraggio di dirgli la verità. Non ancora. Non ero pronta. Mi sentivo in colpa, ma mentiii di nuovo. "Credo che ora che li ho visti da vicino, sono più curiosa di conoscerli".

Annuì. "Beh, potrebbe rivelarsi utile nella guerra a venire".

La guerra... non volevo sentirne parlare. Ma io annuii in risposta.

Will fece qualche passo verso di me. Mi ha studiò per qualche secondo. "Sai, riesco a capire quando hai qualcosa in mente. Sei mia sorella" aggiunse con un occhiolino.

Sì, non c'era modo di ingannarlo. Non potevo nascondergli tutto, mi conosceva troppo bene. Decisi di dirgli una mezza verità. "Bene.... Forse ho trovato la mia anima gemella".

Mio fratello gridò: "Cosa?"

Ridacchiai alla sua reazione. "Shh, siamo in una biblioteca", lo presi in giro. "L'ho trovata, ma non ti dirò chi è". Non riuscii a nascondere il mio sorriso stuzzicante.

Will si lamentò: "Oh! Forza! Non è giusto! Abbiamo sempre detto che ce lo saremmo detti! Chi è? È una delle vedette? Hai incontrato un lupo di un altro branco? Dimmi!"

Mi fece sorridere vederlo cercare di indovinare quale lupo fosse la mia anima gemella. Non avrebbe mai potuto indovinare chi fosse in realtà.

"Un giorno te lo dirò, te lo prometto, ma ora non sono pronto, ok?"

Rise un po'. "Ok sorellina, ma voglio essere la prima a saperlo!"

Ridacchiai. "Certo, sarai il primo".

Stava per girarsi e andarsene, ma mi guardò di nuovo. "Lo sai che mi piace subito. Non vedo l'ora che tu sia pronta a dirmelo", ammiccò e se ne andò.

Se solo sapesse chi era il mio compagno, avrebbe compreso perché esitavo. Tutto a tempo debito. Per il momento, era giunto il tempo di sedersi a tavola.

Con il passare della giornata, diventavo sempre più felice. Sapevo che presto sarebbe arrivato il momento di andare da Damien. Dopo aver mangiato, andai subito in camera mia a rinfrescarmi, assicurandomi di avere un aspetto curato. Mi sentivo come se stessi andando a un appunta-

mento. Il mio cuore batteva forte e il mio lupo stava diventando impaziente.

Capitolo 8 (Kate)

Legati dalla passione

Poco dopo partii per il Lago dei Dormienti. La luna si alzava lentamente nel cielo mentre aspettavo l'arrivo di Damien. Non mi aveva detto l'ora esatta del suo arrivo, ma sapevo che sarebbe arrivato presto. Guardando il cielo per lui, mi ricordai dei suoi bellissimi occhi grigi. Il modo in cui i capelli gli ricadevano sulle spalle e sulla schiena. Il modo in cui la sua barba incorniciava perfettamente il suo viso e i suoi baffetti che amavo così tanto. Non vedevo l'ora che arrivasse.

Passavano i minuti e ancora non c'era traccia di lui. Il mio lupo si stava preoccupando. Provai di nuovo a vedere se riuscivo a parlargli nella mia mente, ma non ci riuscivo. E se l'avesse dimenticato? No, ero sicura che non avrebbe potuto dimenticarlo. Forse aveva deciso che stava meglio con quella vampira di Ellie? No, non potevo crederci.

Sentivo il legame dell'anima gemella, niente poteva sostituirlo. Quindi forse gli era successo qualcosa. Era questo che mi preoccupava di più. Più passava il tempo senza che arrivasse, più mi cresceva l'ansia.

Si stava facendo tardi e io ero molto stanca. Stavo per andare a casa, anche se non volevo, quando finalmente lo vidi! Damien, stava venendo da quella parte. Quando atterrò a pochi metri da me, vidi che era ferito. La mia lupa si mise subito sulla difensiva: voleva proteggere la sua anima gemella.

Corsi da lui e lo abbracciai forte.

"Oh dea della luna! Damien! Sei ferito! Cosa ti è successo?"

Feci un passo indietro per guardarlo meglio. Era pallido e stanco. Aveva segni di catene sulle braccia. I suoi vestiti erano strappati e sembrava che fosse stato frustato.

Damien cadde in ginocchio e mi abbracciò. Sussurrò: "Oh Kate! Quanto mi sei mancata!"

Il mio cuore si scaldò con le sue parole e un basso rantolo mi sfuggì dal petto. Sentivo il suo cuore battere contro il mio. Ma la mia lupa non era ancora contenta. Non aveva risposto alla mia domanda, così ripetei: "Dimmi chi ti ha fatto questo, così posso dargli quello che si merita".

Damien mi guardò. "Dopo aver saputo che ti ho lasciato andare, mio padre mi ha imprigionato ieri quando sono tornato. Mi ha frustato e picchiato. Stava cercando di farmi parlare e di rivelarmi dove ti trovavi. Ho trascorso l'intera giornata rinchiuso, incatenato, senza poter mangiare né bere. Ma alla fine è arrivato mio fratello e mi ha liberato. Sapevo che mi avresti aspettato, così sono venuto subito".

Non potevo credere a quello che stavo sentendo. Come può un padre essere così crudele? La mia lupa si sentì infastidita, non poteva andare contro il Signore dei Vampiri, era troppo potente per noi.

La mia anima gemella era in pericolo e non potevo fare nulla. Allo stesso tempo, era colpa mia se era stato punito. Mi sentivo in colpa per tutto quello che gli era successo. Le lacrime cominciarono a scorrere sulle mie guance mentre dicevo dolcemente: "Damien, mi dispiace tanto per quello che ti è successo".

Mi asciugò le lacrime con le mani e rispose con voce tenera: "Non è colpa tua, Kate. Non prenderti tutte le colpe. È come l'altro giorno con il mago, non sono riuscito a proteggerti".

Risi a quelle parole. "Che bei compagni che siamo".

"Credo che miglioreremo" ridacchiò lui.

La sua risata era come una musica per le mie orecchie.

"Ieri stavi pensando a me, vero? Lo sentivo nel cuore, sai?"

Ero felice che lo sentisse. "Sì, ma ho cercato di parlare con te nella mia mente, ma non ci sono riuscita".

Damien mi accarezzò teneramente la guancia.

"Pazienza, mia piccola lupa, pazienza. Arriverà".

Mi piaceva molto quando mi chiamava così, "mia piccola lupa". Pensavo che fosse così speciale, così carino.

Ci sedemmo sull'erba in riva al lago e parlammo.

"Hai scoperto qualcosa sul libro?" mi domandò.

Scossi la testa. "No, ho passato la giornata a guardare i libri in biblioteca, ma non ho trovato nulla sui vampiri".

Damien sospirò per le mie parole.

"Non ti preoccupare, continuerò a cercarlo. Nel frattempo, ho bisogno del tuo aiuto per un'altra cosa" proseguii io.

Mi guardò con curiosità mentre tiravo fuori dalla tasca le fiale di sangue di mia sorella.

"Questo è il sangue di mia sorella. È rimasta priva di sensi dal giorno in cui tu e tuo fratello siete venuti a prendermi. Nessuno è riuscito a svegliarla. Ho pensato che potresti chiedere al tuo mago di dare un'occhiata e vedere se ha qualcosa per svegliarla".

Damien sembrava pensieroso. Prese la fiala e la mise in tasca.

"Buona idea. Mi deve comunque un favore per averti fatto dei test. Mi assicurerò che collabori a questo proposito".

Si era fatta notte fonda. Ci alzammo, preparandoci a salutare la notte. Quando ci alzammo, Damien perse l'equilibrio e quasi cadde a terra, con gli occhi rossi. Gli afferrai il braccio prima che cadesse a terra.

"Stai bene?" gli chiesi.

Sembrava stanco e debole, e i suoi occhi non erano tornati al solito grigio. Respirò con fatica.

"Credo... credo di aver speso troppe energie per volare qui, dopo essere stato picchiato e frustato, senza mangiare né bere per un giorno..."

Ero molto preoccupata per lui, non aveva un bell'aspetto. Lo sentivo nel mio corpo, attraverso il nostro legame di anima gemella. La mia lupa era piuttosto a disagio. Voleva prendersi cura del suo compagno.

"Cosa posso fare per aiutarti?"

Mi guardò e vidi che stava lottando con se stesso, i suoi occhi si spostarono sul mio collo.

"Ho bisogno... di bere sangue".

Ero shoccata. Non avevo mai visto un vampiro bere sangue. E ancora di più, intuivo che dovevo essere coinvolta in tutto questo, il che significava il mio sangue. Allo stesso tempo, non potevo lasciarlo così. Dubitavo che potesse tornare al suo castello in questo stato. Questa era la mia occasione per fare qualcosa per aiutare il mio compagno. Non sapevo cosa aspettarmi, avevo paura.

"Mi farà male?"

Scosse la testa. "Non proprio, non ho intenzione di berlo tutto, non è che sei la mia preda, sei la mia anima gemella. Sono cose completamente diverse".

Non capii bene cosa volesse dire, e credo che la cosa trasparisse dal mio viso, perché continuò a spiegare.

"Di solito i vampiri non bevono il sangue di un altro vampiro. Ma quando troviamo la nostra compagna... beh, a volte beviamo il sangue dell'altro".

Rimasi sbalordita. "Tu bevi il sangue... della tua compagna?" ripetei.

Lui rise alla mia domanda e si avvicinò a me, abbracciandomi teneramente e accarezzandomi la schiena con la mano.

"Quando beviamo il sangue della nostra compagnoa, è considerato uno dei momenti più intimi che possiamo avere. È un momento di passione e giuro che ti piacerà. Con questa condivisione, puoi avvicinarti così tanto al tuo partner, per un momento, sentire il suo amore in te, capirlo davvero... ma naturalmente, non voglio forzarti, non devi... Potrei anche semplicemente trovare un animale che mi dia da mangiare e tornare a casa".

Rimasi tra le sue braccia per un po', pensando a ciò che aveva appena detto. Non sembrava così male. E la mia lupa era entusiasta di condividere un "momento di passione intima" con la sua anima gemella. Se significava così tanto per lui, se doveva avvicinarci, allora volevo davvero farlo. Avere un compagno di un'altra specie significava doverne imparare la cultura e le tradizioni, dico bene?

Guardai Damien negli occhi. "Ok, vai pure".

Mi guardò, sorpreso. "Sei sicura?"

Annuii mentre mi alzavo in punta di piedi. Gli mesi le mani dietro la nuca. "Sì, la mia anima gemella" gli sussurrai all'orecchio.

Gli baciai e leccai il lobo dell'orecchio, facendolo gemere dolcemente, prima di tornare giù. Parlava a bassa voce, le sue parole rotolavano dolcemente sulla mia pelle: "Non sai quanto ti desidero". Potevo sentire tutto il suo amore e la sua passione nelle sue parole.

Damien mi mise le mani intorno alla vita e iniziò a baciarmi teneramente. Le sue labbra erano morbide. Aveva un odore così buono che il suo profumo mi faceva impazzire. Gli passai le dita tra i capelli mentre ci baciavamo. Aveva un sapore così buono che non riuscivo a farne a meno. Damien fece scorrere lentamente le sue dita lungo la mia schiena, facendomi venire i brividi. Un basso rantolo mi sfuggì dal petto mentre mi leccava il collo, facendomi venire la pelle d'oca. Si fermò un attimo e sorrise.

Lo guardai, aveva uno sguardo seducente che mi fissava l'anima. La mia lupa voleva uscire e non riuscivo a contenerla. Dissi involontariamente "a me". Era possessivo, quasi un ringhio, proveniente dalla mia lupa.

Damien ridacchiò un po'. "Ora e per sempre, sarò sempre tuo, mia piccola lupa"

"Allora mi permetterai di farti mia?".

Non sapevo se fosse a conoscenza di cosa significasse, ma dovevo farlo. La mia lupa mi urlava di farlo e io faticavo a tenerla sotto controllo. E, per la mia sanità mentale, avevo bisogno di sapere che era mio.

Sorrise. "Con piacere, mio piccolo vampiro".

Mi adagiò con cura sull'erba e mi baciò. Mi sono sentita molto amata tra le sue braccia. Le sue mani cominciarono a percorrere il mio corpo. Inarcai la schiena contro di lui mentre mi passava le dita sul petto. Potevo sentire la sua eccitazione attraverso i pantaloni. Il mio corpo chiedeva di più. Mi stavo bagnando per tutti i baci e le carezze. Iniziò a mordicchiare le mie labbra. Gli tolsi la camicia, rivelando il suo petto scolpito. Per la dea della luna, era così perfetto! Sono stato fortunata ad averlo come compagno. Le sue mani scivolarono sulle mie gambe e poi lungo le cosce, accendendo un fuoco dentro di me. Non riuscii a reprimere un gemito mentre mi accarezzava tra le gambe, il mio respiro si accelerò leggermente mentre la mia testa si inclinava all'indietro per il piacere e il desiderio.

Damien si abbassò e mi tolse i pantaloni e le mutande. In quel momento riuscii solo a pensare a quanto lo desiderassi. Continuammo a baciarci al chiaro di luna, immersi nella calda brezza della notte estiva.

Gli piaceva il fatto che la pelle d'oca comparisse così facilmente sulla mia pelle. Gemeva mentre gli sussurravo all'orecchio: "Damien, prendimi".

Iniziò a togliermi il resto dei vestiti, mentre io gli toglievo i pantaloni. Mentre stavo per togliergli i boxer, mi fermò. "Non ancora", aveva un sorriso stuzzicante.

Stavo per protestare, ma lui saldò le sue labbra alle mie, baciandomi mentre inseriva un dito tra le mie gambe, facendomi gemere mentre ci baciavamo. In pochi minuti ansimavo sotto il suo tocco e quasi urlai quando iniziò a roteare le dita dentro di me.

Damien iniziò a baciarmi le labbra, poi scese lentamente verso il collo. Sentii i suoi denti sfiorare la mia pelle, ma ero troppo impegnata a far scivolare i miei fianchi sulle sue dita per preoccuparmene. Sentii un dolore acuto quando i suoi denti trapassarono la pelle del mio collo. Il dolore scomparve con la stessa rapidità con cui era apparso e si trasformò in ondate di piacere. Gemevo sotto di lui mentre beveva il mio sangue. Feci scorrere le mani lungo il suo corpo e accarezzai il suo membro eretto attraverso i boxer.

Ogni volta che inghiottiva sangue, una nuova ondata di piacere mi inondava. Non so quanto ne avesse preso, ma sapevo che non volevo che finisse. Dopo un attimo, sentii i suoi denti ritirarsi dalla mia pelle e la sua lingua indugiare per un attimo sul segno in cui mi aveva morso. Sentii un rantolo di soddisfazione provenire dal suo petto, che mi fece fare le fusa in risposta.

Damien alzò lentamente la testa e mi guardò negli occhi. I suoi occhi erano tornati al colore grigio ossessionante che amavo tanto. Potevo vedere la passione nei suoi occhi, una specie di passione possessiva. Come se nulla potesse frapporsi tra noi in quesl momento. Sentivo il suo desiderio nelle vene. Volevo la stessa cosa.

"Ti amo tanto" sussurrò senza fiato.

"Anch'io ti amo, Damien".

La mia lupa gridava di sigillare il legame dell'anima gemella e di farla mia. Non ce la feci più a sopportare il suo gioco e la implorai: "Ti prego, prendimi".

Alla fine si tolse i boxer, rivelando il suo membro eretto. Lo guardai, piena di calore, desiderando che lo mettesse dentro di me. Cominciai a dimenarmi verso di lui, il che lo fece gemere e sussurrare "Oh mia dea Ecate". Infine, mi penetrò, facendomi sussultare e gemere sotto di lui.

Cominciò a muoversi tra le mie cosce, mandando ondate di piacere attraverso di me ad ogni colpo che dava. Le mie unghie scavavano nella sua schiena. Lo baciavo per non gemere troppo forte. Le mani di Damien stringevano i miei fianchi mentre spingeva più a fondo dentro di me. Cominciai a dondolare i fianchi con lui, facendogli stringere la presa sui miei fianchi: "Oh sì!", grugnì.

Sentivo che Damien stava aumentando il ritmo. Continuava a muoversi dentro e fuori di me. Mentre le ondate di piacere mi investivano, la mia lupa cominciò a prendere il sopravvento su di me. Lasciai che il mio istinto prendesse il controllo.

Voleva marchiarlo, in modo che tutti i lupi sapessero che era nostro. Lentamente, cominciai a leccare il collo di Damien, trovando il punto in cui il collo incontra la spalla. Quel luogo così morbido, così invitante. Tutti i miei istinti mi portavano a lui. Non avevo bisogno di guardare, lo sapevo.

Damien grugnì mentre lo leccavo, affondando di più in me, facendomi ansimare forte.

Lasciai che le mie zanne crescessero quel tanto che bastava per poterlo mordere sul collo. Era così, non si poteva tornare indietro. Lo morsi con cautela, quel tanto che bastava perché i miei denti perforassero la sua pelle. Lo sentii gemere di piacere mentre lo mordevo, mentre le sue spinte diventavano sempre più profonde e lente. Lasciai i miei denti nella sua pelle per un momento, mentre dondolavamo insieme, uniti come un'unica anima.

Mentre toglievo con cura i denti dalla sua pelle, qualcosa scattò dentro di me, mandandomi in estasi mentre urlavo il suo nome. L'unica cosa a cui riuscivo a pensare in quel momento era stringere forte tra le braccia l'uomo che amavo. Ancora e ancora mentre venivo. Pochi istanti dopo le sue spinte cominciarono a diventare più profonde e più lente, sentii il suo corpo tremare e lo sentii grugnire forte prima di sborrare di nuovo.

Restammo lì per un po', ascoltando il battito dei nostri cuori, riposando l'uno nelle braccia dell'altra, crogiolandoci nell'amore. Mi guardò, potevo vedere il mio riflesso nei suoi occhi.

"Sono così innamorato di te che non ne hai idea", mi sussurrò.

"Ti amo tanto Damien, sarò sempre al tuo fianco" gli risposi con un sorriso.

Sorrise alla mia osservazione e si toccò il collo.

"Non sono mai stato morso prima d'ora. Non posso dire che non mi sia piaciuto" aggiunse.

Guardai il segno sul suo collo. Il marchio che sarebbe rimasto lì, per dimostrare a tutti che era il mio compagno.

Risi alle sue parole. "Questo marchio dimostra che sei il mio compagno, tutti i lupi lo sapranno. Ora io e te siamo legati per sempre".

Damien pensò per un attimo prima di rispondere. "Sono fortunato a stare per sempre con una compagna così perfetta".

Lo guardai e notai che tutte le ferite precedenti e i segni della prigionia erano scomparsi.

"Tutte le tue ferite sono improvvisamente scomparse?"

Arrossì un po' per la mia domanda. "Beh, quando beviamo sangue fresco, i nostri poteri vengono amplificati, compreso il mio potere di guarigione. Così, quando mi sono nutrito di te, ha guarito anche le mie ferite".

Era incredibile! Anche i lupi avevano poteri di guarigione, ma certamente non così forti. Guardai il suo collo, ma il segno che avevo fatto era ancora lì.

Mi vide guardare il suo collo e mi spiegò. "Non guarirò mai da questo segno. È importante, lo lascerò lì, per ricordarmi che la mia anima gemella è lì con me".

Ero felice di sapere che il mio marchio sarebbe rimasto sul suo collo. Aveva ragione, era un segno importante. Per noi lupi, era un segno per tutti gli altri lupi che quella persona aveva un compagno. Gli altri lupi potevano persino capire chi fosse il compagno. Era anche un sigillo per il legame, rendendolo più forte. Con quel marchio, anche i suoi geni sarebbero cambiati leggermente, rendendolo compatibile con me in modo da poter procreare, per garantire la sopravvivenza della specie. Ma non avevo fretta di avere dei cuccioli.

Sapevo che di solito quando il maschio marcava la femmina, questa andava in calore subito dopo. Ma non sapevo esattamente come funzionasse quando la femmina marcava il maschio. Non pensavo che funzionasse anche il contrario. Ciò significava che per il momento non avrei dovuto preoccuparmene. In ogni caso, avrei presto scoperto se mi sbagliavo.

Con il passare della notte, sapevo che Damien sarebbe dovuto andare a casa, anche se volevo tenerlo al mio fianco. La mia lupa era rassicurata, ora che era nostro. Avrei voluto rimanere tra le sue braccia per sempre. Ci vestimmo. Damien mi abbracciò e io respirai profondamente il suo profumo. Lo guardai bene, cercando di imprimere nella mia memoria tutti i suoi dettagli prima che se ne andasse. Speravo, ora che il legame dell'anima gemella era stato sigillato, sarei stata in grado di mantenere un legame mentale con lui anche quando non fosse stato accanto a me.

Damien si chinò e mi baciò sulle labbra. Le sue labbra erano morbide, piene. Non ne avevo mai abbastanza di lui. Lo guardai volare via verso casa sua, i miei pensieri indugiavano su ciò che era appena accaduto tra noi, sentendo ancora nel moi cuore la felicità di aver trovato la mia anima gemella, sapendo che l'avrei rivisto al più presto. Già mi mancava.

Capitolo 9 (Damien)

Alleati

Solo nel cielo notturno, mi incamminai verso casa, sentendomi ancora in paradiso dopo quello che era successo tra me e Kate. Mai in vita mia mi sono sentito così completo. Avevo bevuto sangue innumerevoli volte nella mia vita. Di solito preferivo bere sangue in bottiglia. Avevo bevuto sangue animale e a volte anche sangue umano. Ma non mi ero mai sentito come quando avevo bevuto il sangue della mia ragazza. Voglio dire, wow!

Ero senza parole. Quella sensazione di calore, come se potessi sentire il suo amore dentro di me, che si impossessava completamente dei miei sensi. Era come se, per un momento, potessi davvero sentirla dentro il moi petto, capire i suoi sentimenti, le sue preoccupazioni, tutto ciò che la riguardava. Per un attimo capivo perché si diceva che l'anima gemella fosse la nostra metà migliore e come ci completasse.

Poi il mio pensiero andò a quello che era successo dopo. Condividere quel momento di intimità con lei, mostrarle il mio amore e la mia passione. Non sapevo di poter provare quei sentimenti per una donna. C'era un bisogno in me, una possessività che non sapevo esistesse. Volevo tenerla per me. Non avrei voluto mai in vita mia fare l'amore con un'altra donna. Lei era l'unica per me. Non c'era alcun dubbio nella mia mente. Ero quasi venuto quando mi aveva morso sul collo, era così bello. Io ero quello che di solito mordeva le altre creature, quella era stata la prima volta.

Dalle conoscenze che avevo sui lupi mannari, sapevo che quel morso era qualcosa di molto importante per loro. Ero così orgoglioso che avesse scelto di vivere quel momento con me. Avrei conservato per sempre quel segno, perché rappresentava anche il suo amore per me.

Raggiunsi il castello in un batter d'occhio. Il sangue che avevo bevuto mi aveva dato una tale carica di energia. Non mi ero mai sentito così prima. Sono andata subito in camera mia.

Quando aprii la porta, tutto era sottosopra. I miei vestiti e quelli che avevo comprato per Kate erano sparsi sul pavimento. Documenti sparsi ovunque. Non c'era un cassetto che non fosse stato toccato.

Mentre ero lì senza parole, sentii mio fratello Arius arrivare. Mi voltai e lo vidi chiudersi la porta alle spalle.

"Papà ha fatto perquisire la tua stanza", spiegò.

Tirò fuori qualcosa da dietro di sé. Era un quaderno pieno di disegni, disegni di me e di Kate. Deve averli fatti mentre mi aspettava l'altro giorno. Presi i disegni e lo guardai, sconcertato.

"Quando ho saputo che papà aveva chiesto alle guardie di perquisire la tua stanza, mi sono offerto di aiutarle. Fortunatamente li ho trovati prima di loro. Probabilmente saresti morto se non li avessi trovati prima".

Aveva ragione. Mio padre mi avrebbe ucciso se avesse visto quei disegni. Kate li ha disegnati nei minimi dettagli, mostrandoci sdraiati insieme, baciandoci, amandoci. Mio padre non l'avrebbe mai permesso. Nonostante mio fratello ed io non andassimo sempre d'accordo, gli ero grato. E pensare che mi aveva appena salvato.

"Perché l'hai fatto?"

Invece di rispondere, indicò i disegni. "Credo che prima tu debba dare delle spiegazioni".

Sospirai. Aveva ragione. Gli dovevo una spiegazione. Cominciai a parlare, senza sapere da dove.

"Non so come spiegarlo, se non che... è la mia anima gemella, Arius. È la mia compagna e la amo con tutto il cuore".

Mio fratello rimase calmo e pensieroso. "Non sapevo che potesse funzionare tra licantropi e vampiri". Mi fece l'occhiolino, "ma sapevo che c'era qualcosa tra voi due.

Rimasi sorpreso. Non pensavo che mio fratello l'avrebbe presa così facilmente.

"Pensavo che ti saresti arrabbiato se te l'avessi detto".

Arius mi guardò, sorpreso. "Trovare l'anima gemella è una benedizione. Chi sono io per giudicare se la tua compagna è una lupa?"

Rimasi in silenzio per un momento, pensando a ciò che aveva appena detto.

"È per questo che hai fatto uscire anche me dalla prigione?"

Il volto di mio fratello si oscurò alla mia domanda.

"No, era perché non volevo che papà facesse a te quello che ha già fatto a me".

Lo guardai, sconcertato. Non avevo assolutamente idea di cosa intendesse dire. Mio fratello sembrava triste e arrabbiato mentre parlava.

"Anni fa ho trovato la mia compagno. Ma non era un vampiro. Era una serva umana nel castello".

Non potevo credere a quello che stavo sentendo! Non avevo mai saputo che mio fratello aveva trovato la sua ragazza, non mi aveva mai parlato di lei.

"Un giorno qualcuno ci ha visti insieme e papà ha scoperto il nostro amore. Quel giorno ci portò in una stanza buia. Mi aveva incatenato e mi aveva costretto a guardare mentre la torturava lentamente. Non potevo muovermi, potevo solo guardare e, anche se chiudevo gli occhi, potevo ancora sentire le sue urla. E attraverso il nostro legame di anima gemella, potevo sentire il suo dolore. Come se non bastasse, mi aveva costretto a guardare mentre la uccideva. Poi, mentre soffrivo per la rottura del legame da essa, mi aveva fatto rinchiudere nelle segrete per una settimana, frustato ogni giorno e nutrito a malapena".

Guardai mio fratello, senza parole. Vedevo che stava ancora soffrendo. Non avevo parole per confortarlo. Lacrime silenziose gli scorrovano sul mento mentre riviveva quelle sensazioni. Mi avvicinai a lui e lo abbracciai. Alla fine lasciò che la tristezza prendesse il sopravvento, trovando sollievo tra le mie braccia.

Quando il suo pianto iniziò a rallentare, chiesi: "Come mai non ne ho mai sentito parlare prima?"

Mio fratello sospirò e si asciugò le lacrime con le mani.

"Papà ha detto a tutti che mi hanno mandato in vacanza per qualche giorno... La mamma non lo sa nemmeno. E se lo dicessi a qualcuno, mi troverebbero e solo Ecate sa cosa mi farebbero" rispose con voce soffocata.

Avevo un vago ricordo di mio fratello in vacanza e ricordo che al ritorno non voleva parlarne. Non avrei mai potuto immaginare che fosse per quella ragione. Ero senza parole. Sapevo che nostro padre era crudele, ma non avrei mai immaginato che sarebbe stato così con i suoi stessi figli.

Si poteva avere una sola anima gemella nella vita, e lui aveva ucciso la ragazza di suo figlio, sapendo benissimo che non sarebbe mai stato in grado di trovarne un'altra per il resto della sua vita. Non che non si potesse avere una fidanzata, i miei genitori erano sposati, ed erano anime gemelle. Ma non si potrà mai trovare un'altra persona con cui condividere lo stesso legame dell'anima gemella.

Non solo mio fratello aveva salvato me, ma anche Kate. Non potrò mai ringraziarlo abbastanza. Era così difficile da accettare, non sapevo davvero cosa dirgli.

"Arius... se solo avessi saputo. Mi dispiace tanto". Era l'unica cosa che mi veniva in mente di dirgli.

Mio fratello mi guardò, c'era una specie di amore fraterno nei suoi occhi. Erano anni che non lo vedevo guardarmi così. Toccò il segno sul mio collo e sorrise.

"Va bene, non potevi saperlo. Prenditi cura di lei e non lasciare che papà faccia lo stesso con te. Basta così".

Gli diedi una pacca sulla spalla. "Non so se potrò mai ripagarti. Ma se c'è qualcosa che posso fare per te, dillo".

Mio fratello sorrise. "Credo che avrei dovuto dirtelo prima. D'ora in poi ci guarderemo le spalle insieme".

Annuii mentre guardavo mio fratello uscire dalla mia stanza. Fu il momento in cui mi sentii più vicino a mio fratello in tutta la mia vita.

Non riuscivo ancora a credere a tutto quello che mio padre aveva fatto. Alla luce di quanto mi aveva appena detto Arius, non mi sarei stupito nemmeno se il Padre si fosse inventato la storia del libro rubato solo per avere un pretesto per entrare in guerra con i licantropi. Ero più che mai determinato a trovare un modo per fermare questa guerra.

Ma ciò dovrà aspettare fino a domani. Quello che avevo passato oggi cominciava a pesarmi e avevo bisogno di dormire. Spinsi la roba dal letto sul pavimento, avrei pulito il giorno seguente. Mi addormentai facilmente, esausto della giornata.

Sognai Kate tutta la notte. Avrei voluto non svegliarmi mai, avrei voluto rimanere in quel sogno con lei per sempre. Ma quando mi svegliai, sentii Kate nella mia mente. *"Sei sveglio? Mi manchi. Buona giornata".*

Era lei, ne ero sicuro. Il che significa che il legame dell'anima gemella si stava rafforzando e io non potevo essere più felice. Spinsi nella sua mente i ricordi di me e lei che ci baciavamo, sperando che il legame fosse abbastanza forte da permetterle di raggiungerla.

"Anche tu mi manchi, mio piccolo vampiro. Ti amo così tanto" le dissi.

Deve averle ricevute, perché poco dopo sentii nella mia mente: *"Anch'io ti amo Damien".*

Il mio cuore palpitò a quelle parole. La mia compagna mi sentiva. Avrei voluto andare subito da lei, ma mi ricordai che prima avevo delle cose da fare.

Iniziai facendo una bella e lunga doccia. Avevo trascorso il giorno precedente incatenato nella prigione, picchiato e frustato. I miei vestiti erano strappati e macchiati di sangue. Mi sembrava che fossero passati anni dall'ultima volta che avevo sentito il tamburo rilassante dell'acqua calda sulla pelle.

Dopo essere uscito dalla doccia, indossai un paio di pantaloni neri formali con una camicia elegante. Quel giorno avrei avuto l'aspetto giusto. Avevo dei progetti, perciò sarei dovuto sembrare un vero principe. Mi presi anche il tempo di legare i capelli in uno chignon. Quando mi sono guardato allo specchio, ero soddisfatto.

Prima di fare qualsiasi altra cosa, iniziai a raccogliere tutte le cose che erano state messe sottosopra quando avevano perquisito la mia stanza. Ero arrabbiato con mio padre per aver fatto ciò. Ma soprattutto mi sentivo grato a mio fratello per avermi salvato.

Ho dato un'altra occhiata ai disegni. Non sapevo che Kate fosse così brava a disegnare. Aveva rappresentato perfettamente l'amore che condividevamo. Non avrei potuto negarlo se mio padre avesse avuto quei disegni. Presi i disegni e li misi con cura in un cassetto chiuso a chiave sul mio comodino.

Mangiai in camera mia, ma la stanza sembrava vuota ora che Kate non era lì con me. Dopo aver mangiato, andai nel laboratorio di Elwin.

Quando entrai nella stanza, Elwin stava facendo esperimenti con un uccello morto e alcune strane fiale. Mi avvicinai lentamente alle sue spalle, ma non mi sentì. Mi schiarii la gola, il che lo fece trasalire e gli fece cadere la fiala che aveva in mano, che si frantumò sul pavimento, rovesciando il contenuto.

Elwin si voltò verso di me. Sembrava spaventato alla mia vista. "Mio p-principe, cosa vi porta qui?" balbettò.

Ero più alto di lui, quindi lo guardavo dall'alto in basso, con aria seria.

"Mi hai detto che non avresti fatto del male al prigioniero"gli dissi, con voce dura.

Elwin cercò di fare un passo indietro, ma la sua schiena era già contro il tavolo. Le mie parole ebbero l'effetto che volevo su di lui, perché le sue mani tremavano per il nervosismo. "Ho fatto solo gli esperimenti che il Signore mi ha chiesto di fare su di lei, mio principe. Niente di più".

Mi chinai verso di lui in modo che il mio viso fosse a pochi centimetri dal suo. "Quello che gli hai fatto non è stato piacevole, a quanto pare. Pensavi davvero che gli aghi inseriti nella pelle non gli avrebbero fatto male?"

Non cercai nemmeno di nascondere la mia rabbia. Il petto mi si stringeva e dovevo fare un respiro profondo o avrei fatto qualcosa di cui mi sarei pentito. Dovetti ricordare a me stesso che avevo bisogno dell'aiuto di Elwin per trovare una cura per la sorella di Kate.

Elwin deglutì. Sentivo il suo respiro accelerato e vedevo le perle di sudore formarsi sulla sua fronte.

Mi allontanai appena da lui. "Ti avevo avvertito. Qualsiasi dolore le avresti inflitto, te l'avrei fatta pagare..."

Aspettai qualche secondo per lasciare che le mie parole penetrassero nella sua mente, prima di aggiungere: "Ma... mi sento generoso in questo momento".

Guardai Elwin che annuiva ansiosamente.

"Sì, mio principe. Qualsiasi cosa vi serva, mio principe".

Avevo un sorriso malizioso sul volto. Era esattamente dove volevo che fosse. Avevo bisogno che avesse paura di me, che si adeguasse a tutto ciò che volevo che facesse. Non pensavo nemmeno che sarebbe stato così facile.

Tirai fuori dalla tasca le fiale di sangue e gliele porsi. Prese le fiale e mi guardò con occhi spalancati, in attesa di una spiegazione.

"Questo sangue appartiene a una persona importante. Ma questa persona è priva di sensi da qualche giorno. Dovete trovare una cura per questa persona".

Elwin sembrava già pensare a cosa fare con le fiale.

"Non dovrebbe essere un problema, mio principe".

Sembrava meno spaventato in quel momento e quasi sollevato dal fatto che fosse una sfida facile. Beh, Kate sarà felice quando avrei avuto una cura per sua sorella.

Prima di lasciare il laboratorio, lo avvicinai un'ultima volta e glielo ricordai.

"È una cosa che riguarda te e me. È meglio che non mi tradisci. Capito?"

Elwin annuì, il suo livello di stress aumentò di nuovo.

"Certo, mio principe! Non oserei mai tradirti".

Mentre uscivo dalla sua stanza, prima che la porta si chiudesse alle mie spalle, sentii Elwin che lasciava uscire il respiro che stava trattenendo. Sorrisi tra me e me. Tutto stava andando secondo i piani.

Stavo tornando nella mia stanza quando vidi una donna alta e bella. Non l'avevo mai vista prima nel castello. Stava uscendo dalla stanza di mio padre. Era alta quasi quanto me, indossava una minigonna di pelle e un top scollato. Aveva lunghi capelli neri con trecce che le scendevano lungo la schiena. Si fermò un attimo quando mi vide e sorrise. Non mi rendevo conto che la stavo fissando e non volevo parlarle, ma non riuscivo nemmeno ad allontanarmi.

Si avvicinò a me, fissandomi negli occhi. Più si avvicinava, più sentivo che c'era qualcosa che non andava in lei, ma non riuscivo a capire cosa fosse.

"Oraya, questo è mio fratello Damien".

Rimasi sorpreso nel vedere mio fratello. Non l'avevo nemmeno sentito avvicinarsi.

"Damien, questa è Oraya, è la leader dell'ordine dei Succubi che papà ha assunto".

Mi voltai per guardare Oraya e, quando lo feci, rimasi sorpreso nel vedere che la donna che avevo visto prima ora aveva denti aguzzi, ali di pipistrello e unghie lunghe e affilate.

Tese la mano, aspettando che la prendessi. Ero l'erede al trono e, dato che il padre l'aveva assunta, suppongo di dover essere cortese con lei. Le presi la mano e le diedi un bacio.

"È un piacere conoscerla, signora".

Oraya mi sorrideva. "Il piacere è mio, mio principe. Scusate se ho usato i miei poteri su di voi, non sapevo che avremmo lavorato insieme".

Quindi aveva usato i suoi poteri su di me. Questo spiegava perché non riuscivo a scappare e perché non avevo visto la sua vera forma. Perché il

Padre aveva deciso di allearsi con le Succubi? Erano ingannevoli e non c'era da fidarsi. Non sarebbe la prima volta che i demoni ingannano i loro alleati. Dovevo essere prudente con loro, era più saggio fargli credere che mi fidassi di loro.

"Sono sicuro che i tuoi poteri saranno utili sul campo di battaglia", dissi per guadagnare la sua fiducia.

Sorrise alla mia osservazione, che la fece apparire sexy e pericolosa al tempo stesso. Dovevo stare attento a lei e al suo gruppo.

"Ora, se volete scusarci, io e mio fratello abbiamo degli affari da sbrigare".

Oraya annuì e il suo sguardo mi seguì mentre trascinavo mio fratello nella mia stanza. Mentre scomparivo dalla sua vista, mi sembrava che Oraya avesse un sorriso maligno sul volto. Ma quando mi sono girato per darle un'ultima occhiata, se n'era già andata.

Mio fratello sembrò un po' sorpreso, ma non disse nulla finché non fummo in camera mia con la porta chiusa.

"Di cosa si tratta?"

"Succubi. Davvero? Nostro Padre ha perso la testa?"

"Pensava che avessimo bisogno di più forza per la guerra contro i lupi, ora che non avevamo il loro patrimonio familiare".

La rabbia mi salì nel petto al ricordo di quella guerra. Mio fratello mi guardò e pensò per un attimo.

"Sì, ora capisco perché non sei più impaziente come prima di questa guerra".

Ero arrabbiato e triste allo stesso tempo. Dovevo trovare un modo per fermare quella guerra. Ora che le succubi erano dalla nostra parte, temevo più che mai di perdere la mia preziosa Kate.

"Proteggerò Kate con la mia vita, a qualunque costo. E poi, si sa che dei Succubi non ci si può fidare".

Mio fratello annuì. "Sì, lo so, ma non è che posso far cambiare idea a papà".

Aveva ragione anche su questo. Mi sentivo sconfitto, lo capii perché mio fratello aggiunse: "Non preoccuparti, non permetteremo che accada nulla alla tua anima gemella".

Sapevo che stava solo cercando di tirarmi su di morale. Durante una guerra, tutto poteva accadere e la sicurezza di nessuno era garantita. Però mi aveva tirato un po' su il morale.

"Sai che voglio fermare questa guerra" gli dissi.

Annuì, comprendendo il perché.

"Fammi sapere se posso aiutarti" mi rispose, prima di andarsene.

Capitolo 10 (Kate)

Inseguito

Ero seduta in giardino, a prendere il sole, a godermi un pomeriggio di ozio. Non avevo idea di dove cercare il libro ora. Decisi di prendermi un meritato riposo.

Una cosa continuava a passarmi per la testa: Lilith. Sapevo di averla già vista, ma dove? Non potevo sbagliarmi. Perché il suo odore era così familiare?

I miei pensieri andavano alla deriva mentre fissavo le nuvole, mezza addormentata. Improvvisamente vidi Lilith nella mia mente, che dava qualcosa a Zach. Stavo sognando? Il ricordo era confuso, ma ero sicura che non si trattasse di un sogno. Doveva essere così! È stato allora che l'ho vista. Ma è passato così tanto tempo, forse è per questo che non riuscivo a ricordare.

Continuavo a pensarci, i dettagli erano sfocati. Mi ricordai che era notte. Sapevo che aveva dato a Zach qualcosa, ma non riuscivo a ricordare cosa fosse. C'era una cosa che mi veniva in mente chiaramente. Lei e Zach si erano baciati. Erano innamorati, ne ero certa! Se era così, Zach doveva sapere qualcosa su di lei. Dovevo chiederglielo.

Mi alzai e decisi di andare a cercare Zach. Volevo sentire da lui tutta la storia. Guardai nel suo ufficio, nella biblioteca, controllai anche la sua stanza, ma non si trovava da nessuna parte. Mi sedetti in salotto, chiedendomi dove guardare dopo.

Passò mio padre.

"Ciao Kate, come stai mio piccolo angelo?".

Gli sorrisi. Volevo molto bene a mio padre. Era l'Alfa, temuto e rispettato da tutti nel branco. Ma quando eravamo insieme a casa, era un padre teneramente amorevole. Ero adulta, ma sapevo che ai suoi occhi sarei sempre stata sua figlia.

"Ciao, papà, sto bene". Mi alzai e lo abbracciai.

Non ero sempre d'accordo con lui, ma sapevo che doveva fare delle scelte per proteggerci. Lavorava sempre per il bene del branco. Essere l'Alfa doveva essere così difficile a volte.

Supponevo che fosse un fardello che avrei dovuto condividere un giorno, quando sarei divenntata il prossimo Alfa.

"C'è qualcosa che ti preoccupa, tesoro?". La sua domanda mi fece uscire dai miei pensieri.

"Sì, stavo cercando Zach. L'hai visto?"

Mio padre pensò per qualche secondo. "Credo che abbia espresso l'idea di andare nella foresta. Non ricordo esattamente perché, ma credo che non sia lontano".

Bene! Ora sapevo dove trovarlo. "Grazie papà!" Glielo dissi prima di uscire di casa. Lo sentii ridere mentre me ne andavo.

Corsi fuori nella foresta. Il sole splendeva e gli uccelli cinguettavano sugli alberi. Ascoltai attentamente, cercando di capire se potevo sentire Zach nella foresta. Non fu facile. Anche se avevo un acuto senso dell'udito, Zach era anche uno dei migliori combattenti del branco, e quindi molto bravo a nascondersi e a fare silenzio.

Gridai mentre camminavo. "Zach, ci sei?"

Sentii un ramo spezzarsi un po' più lontano, così seguii il suono. Iniziai a sentire il rumore dell'acqua che scorreva. Era il piccolo fiume.

Finalmente lo vidi! Zach era seduto su una roccia in riva al fiume, rivolto verso l'acqua.

Mi avvicinai a lui. "Eccoti qui!"

Si voltò. "Ciao Kate. Mi stavi cercando?"

Come poteva non saperlo? Avevo gridato il suo nome fin da prima!

"Certo che sì! Non mi hai sentito chiamare il tuo nome?"

Zach sembrava imbarazzato. Si alzò in piedi. Era più alto di me di almeno una testa. "Scusami, mi ero perso nei miei pensieri"

"Quei pensieri dovevano essere molto profondi perché tu non mi sentissi", lo presi in giro.

Rise alla mia osservazione.

"Non importa. Ti stavo cercando. C'è qualcosa che voglio chiederti".

"Cosa c'è, cara?"

"Ti ricordi? Ero molto più giovane. Una notte hai incontrato una donna vampiro. Si chiamava Lilith. I suoi capelli sono neri, è molto bella... Quella sera ti ha dato qualcosa".

Guardai Zach riflettere, aspettando di vedere se si sarebbe ricordato. Ci volle molto tempo.

"Mi ricordo che l'hai baciata" aggiunsi.

Gli occhi di Zach si sono allargati. "Ti sbagli, Kate. Ho baciato molte donne nella mia vita, sia umane che licantrope. Ma non ho mai baciato un vampiro"

Come poteva dimenticarlo? Ero sicura che non fosse un sogno! Ero sicura che si fossero baciati. Erano innamorati! Non potevo crederci! Mi sentivo frustrata.

"Te lo dico io! La stavi baciando".

Zach mi mise entrambe le mani sulle spalle e mi guardò negli occhi. "Calmati, cara. Non ho detto che hai torto. Questo nome mi dice qualcosa, ma non riesco a ricordarlo...".

Non andava bene. L'unica persona che avrebbe potuto aiutarmi non ricordava nulla. Incrociai le braccia sul petto, infastidita da quella situazione. Zach non lo faceva di proposito, non potevo biasimarlo, ma non si andava da nessuna parte.

"Ok, grazie comunque" sospirai.

Zach mi baciò la guancia. "Mi dispiace tesoro, ti farò sapere semmai dovessi ricordare qualcosa, ok?"

Sembrava sincero. Sorrisi e annuii.

"Torni a casa?" gli chiesi.

Zach scosse la testa. "Ho ancora bisogno di stare un po' da solo, tornerò più tardi".

Salutai Zach e iniziai a camminare verso la casa.

Camminai a lungo. Non mi ero resa conto di essere così lontana da casa quando ero andata a cercare Zach. Mi chiedevo cosa stesse pensando. Sembrava che avesse molte cose per la testa, che fosse così perso nei suoi pensieri da non sentirmi chiamare il suo nome. Che cosa lo preoccupava in quel modo?

Ero persa nei miei pensieri quando mi accorsi che la foresta era diventata silenziosa. Smisi di camminare e studiai la foresta intorno a me. Il sole non era ancora tramontato, quindi non era normale che gli uccelli fossero in silenzio. Vedevo solo alberi dappertutto. Eppure mi sentivo a disagio. Qualcosa non quadrava.

Mi spaventai quando sentii un rumore nel bosco. Forse Zach aveva deciso di tornare a casa? Era altamente improbabile. Sicuramente avrei sentito il suo odore se fosse stato vicino a me. Il mio cuore cominciò a battere più velocemente.

"Chi è là? Fatti vedere!" urlai.

Per quanto ascoltassi, non riuscivo a sentire nulla. Se c'era qualcuno, era piuttosto bravo a nascondersi. Non sentivo nemmeno l'odore di niente. Come potrei? L'olfatto è uno dei nostri sensi migliori. La persona che stava cercando di catturarmi era ben preparata e ciò mi spaventava ancora di più.

Essere aggrediti da un estraneo era una cosa. Ma essere attaccati da qualcuno che era preparato era molto più pericoloso. Significava che mi conoscevano, che mi avevano studiato. La cosa cominciava a rendermi molto nervosa.

Sentii un fischio da davanti a me. La mia prontezza di riflessi fece appena in tempo a evitare la lama di un pugnale che mi veniva lanciato contro. Chiunque fosse presente non era amichevole. Non avevo intenzione di rimanere qui ancora a lungo.

Non potevo andare verso casa mia perché il pugnale era stato lanciato da quella direzione. Iniziai a correre nella direzione opposta.

Immediatamente sentii dei passi che venivano nella mia direzione. Girai la testa quel tanto che bastava per vedere quattro uomini che correvano nella mia direzione. Erano vampiri. Erano vestiti con un'armatura nera. Si muovevano furtivamente, riuscivo a malapena a sentirli. Erano veloci, non sapevo se sarei riuscita a sfuggirgli.

Ricordavo che Damien mi aveva detto che il Signore dei Vampiri avrebbe mandato le sue guardie a prendermi. Erano stati loro? Non erano armati come le guardie. Sembravano più che altro assassini. Credevo che il Signore dei Vampiri avesse bisogno solo dell'eredità che avevo dentro di me. Non gli importava se mi avessero preso viva o morta.

Correvo più veloce che potevo. Di tanto in tanto un pugnale veniva lanciato nella mia direzione, ma io lo schivavo. In quel momento ero molto più lontana da casa di quanto non lo fossi mai stata. Ero fuori dal territorio del branco. Non avevo idea se stessi violando il territorio di un altro branco. Ero troppo occupata per preoccuparmene.

Non conoscevo quella parte della foresta. Gli alberi erano alti e scuri. La luce del sole non filtrava attraverso di loro. Lì non vivevano animali. Non c'era altro suono che i miei piedi sul terreno, il mio affanno e gli assassini che mi inseguivano. Non serviva a nulla. I vampiri erano troppo veloci per me. Non potevo correre per sempre. Era meglio combatterli.

Smisi di correre e mi voltai a guardarli. In pochi secondi fui circondata. Tre di loro erano molto alti. L'altro era piccolo, quasi della mia taglia. Sembrava che volessero bere il mio sangue e i loro occhi sembravano brillare nell'oscurità della foresta. Le loro unghie erano affilate e le loro zanne erano affilate. Uno di loro aveva con sé arco e frecce. Mi fissava come un cacciatore che osserva la sua preda. Il più piccolo aveva cicatrici e portava una spada grande e pesante. Non era il più veloce, ma sembrava molto forte.

Nessuno di loro diceva una parola. Nessuno di loro era necessario. Il primo vampiro cercò di balzare verso di me, a denti stretti, per raggiungermi il collo, ma io lo schivai. Mi girai appena in tempo per vedere il terzo vampiro che mi colpiva alla testa con la sua spada. Caddi a terra, la lama della spada mi mancò di pochi centimetri.

Il quarto vampiro mi afferrò per il collo e mi sollevò in aria. I miei piedi non toccavano più il suolo. Scalciai l'aria e cercai di allontanare le sue mani dal mio collo mentre ansimavo per prendere aria. Fortunatamente era abbastanza vicina da permettermi di dargli un potente calcio nello stomaco. Il calcio gli fece perdere la presa sul mio collo e indietreggiare.

Presi qualche boccata d'aria mentre cadevo a terra. Non passò molto tempo prima che il secondo vampiro mi venisse addosso. Urlai di dolore mentre mi trafiggeva lo stomaco con un pugnale. Il sangue cominciò a sgorgare dalla ferita. Volevo alzarmi, ma il vampiro era ancora su di me. Si chinò e leccò il sangue che usciva dalla ferita, provocandomi con un sorrisetto.

Che bastardo! Ero così arrabbiata che il dolore si attenuò un po'. Lo colpii con la testa abbastanza forte da farlo alzare e indietreggiare.

Mi alzai, ma il dolore allo stomaco mi rendeva difficile stare in piedi. Non ero sicura di quale vampiro, ma uno di loro mi fece volare in aria senza nemmeno toccarmi, dritto contro un albero a pochi metri di distanza. Urlai mentre la mia schiena sbatteva contro il tronco dell'albero.

Dovevo ammettere che non c'era modo di vincere quell'incontro. Stavo già sanguinando e soffrendo. Sapevo anche di non poterli superare... almeno non nella mia forma umana.

Venivano tutti verso di me velocemente. La mia lupa prese il controllo di me e cambiò forma. I vampiri si fermarono e mi guardarono mentre mi trasformavo. Immagino che non si vedano spesso lupi mannari che si trasformavano.

Di solito mi piaceva trasformarmi in un lupo. Ma quella volta fu doloroso. Il pugnale nel mio ventre cadde per terra quando mi trasformai e in quel momento il sangue scorreva dalla ferita. La schiena mi faceva ancora male. Non volevo che lo vedessero.

Ero a quattro zampe e ringhiavo minacciosamente. Sembravano chiedersi come comportarsi con me ora che ero in forma di lupo. Non aspettai che capissero e iniziai a caricare nel bosco. Li sentii imprecare mentre correvo via.

Nella mia forma di lupo ero molto più veloce che nella mia forma umana. Sapevo che i vampiri erano veloci, ma se avevo la possibilità di sfuggirgli, ben venga. Correvo più veloce che potevo. Sentivo i loro passi dietro di me. Uno dei vampiri mi lanciava frecce e dovevo schivarle mentre correvo. Una delle frecce mi colpì alla scapola. Non potevo smettere di correre, nonostante il dolore, o mi avrebbero preso. Non avevo idea di dove stessi andando. Correvo più veloce che potevo, sperando di trovare una via di fuga.

Non riuscivo a pensare ad altro che a correre. Correre. Il più velocemente possibile. Bisognava allontanarsi da loro. All'improvviso inciampai in una radice d'albero che spuntava dal terreno. Ero troppo concentrata sui miei pensieri e non l'avevo vista. Mi guardai intorno e mi resi conto che c'era un precipizio e che stavo cadendo.

Mentre cadevo, mi venne in mente un nome: *"Damien"*.

POS di Damien

Che cosa era successo? Mi sembrava di aver sentito il mio nome, ma non c'era nessuno. Credevo di essere stanco.

"Sei stata tu, Kate?" le chiesi attraverso il nostro legame di anima gemella. Aspettai un po', ma non rispose. Probabilmente era impegnata.

Continuai la mia giornata, cercando di trovare indizi su dove fosse il libro del vampiro. Sembrava che non ci fosse nulla da nessuna parte. Stavo diventando piuttosto frustrato da quella inutile ricerca.

Fortunatamente per me, la fine della giornata si stava avvicinando, il che significava che potevo tornare dalla mia amata Kate. Mi presi il tempo di vestirmi prima di scivolare fuori dalla finestra della mia camera per raggiungere la donna che amavo.

Mentre volavo verso il lago vicino casa sua, ebbi un brutto presentimento. C'era qualcosa che non andava, ma non sapevo cosa esattamente. Sono atterrato al lago, ma Kate non era ancora lì. Speravo che arrivasse presto, mi mancava così tanto!

Il sole era già tramontato, ma di Kate ancora nessuna traccia. Iniziai a preoccuparmi. Cercai di chiamarla con la mente. "*Kate, tesoro, dove sei?*". Continuai a provare, ma senza successo. Kate non rispose. Non era un buon segno. Mi stavo preoccupando, ma non sapevo cosa fare.

Non potevo andare a casa sua, bussare e chiedere se sapevano dov'era!

Il meglio che potevo fare era cercare di parlarle attraverso la nostra connessione con l'anima gemella o provare a cercarla. Ma non avevo idea di dove potesse essere.

Cercai di capire se potevo sentire un odore o un movimento tra i cespugli. Ma ahimè! Fu inutile. Sapevo che qualcosa non andava. L'avevo sentito venendo qui, e ora ne ero sicuro.

Cosa potevo fare? Continuavo a cercare, ma non riuscivo a trovare una risposta. Mi sentivo così frustrato! Il mio amore era sparito e non riuscivo a trovarlo. La rabbia si stava accumulando dentro di me, ma non avevo modo di sfogarla. Le lacrime scorrevano silenziosamente sulle mie guance. L'unica cosa che mi tranquillizzava era il fatto che fosse ancora viva. Di questo ero sicura. Altrimenti, il legame dell'anima gemella si sarebbe spezzato e io ne avrei subito gli effetti.

Mentre aspettavo invano, vidi i primi raggi di luce all'orizzonte. Non c'era alcuna possibilità che venisse. Dovetti rassegnarmi e tornare al castello. Il mio cuore era pesante, avevo la nausea.

Dando un'ultima occhiata in giro, nel caso in cui fosse venuta, tornai dentro.

POS di Kate

Mi svegliai sulla riva di un fiume. Il sole stava sorgendo. Mi ci erano voluti alcuni secondi per rendermi conto che ero tornatz alla mia forma umana mentre ero svenuta. Questo spiega perché ero nuda. Mi faceva molto male la testa. Misi la mano sulla testa e sentii qualcosa di caldo. Quando mi guardai le dita, c'era un po' di sangue. Credevo di aver sbattuto la testa.

Alzai lo sguardo e vidi una scogliera. Deve essere stata la scogliera da cui ero caduto quella notte. Le mie ferite non erano completamente guarite, nonostante i miei poteri di guarigione da licantropo. Ero sicura che sarei morto se fossi stata un'umana. Ringraziai la dea della luna per essere viva.

Mi alzai in piedi. Trasalii per il dolore acuto allo stomaco, ricordando che quella notte ero stata pugnalata. Studiai il mio riflesso nelle acque torbide del fiume. Il mio corpo era coperto di lividi, fango e sangue. Avevo segni di graffi ovunque. Il sangue si era seccato sulla mia fronte.

Avevo un dolore acuto ogni volta che muovevo il braccio sinistro. Ricordo vagamente di aver ricevuto una freccia nella scapola mentre scappavo dagli assassini. Mi toccai la schiena con la mano destra e sentii la punta di una freccia.

Sapevo che avrebbe fatto molto male, ma non potevo lasciarlo lì. Afferrai la freccia con la mano. Il mio battito cardiaco era alto. Avevo paura. Oh dolce Selene, vorrei non doverlo fare! Ok, concentrati Kate, prima lo tiri fuori e prima finirà. Feci un respiro profondo e tirai più forte che potei. Urlai di dolore. Sentivo la punta della freccia muoversi nella mia carne. Il dolore era lancinante e non riuscivo a trattenere le lacrime. Alla fine sentii un rumore di zampilli e sentii un liquido caldo sulla schiena. Stavo sanguinando, ma almeno la freccia era fuori. Feci alcuni respiri profondi, ancora scossa dal dolore.

In quel momento mi resi conto che era mattina, il che significava che Damien doveva avermi aspettato tutta la notte e che io non ero venuta al nostro appuntamento. Quanto mi mancava in quel momento! Avevo cercato di parlargli con la mente, ma la testa mi faceva troppo male. Immagino che prima dovessi guarire.

Ero sporca, ferita e affamata. Mi ero persa e non avevo idea di dove mi trovassi. Non avevo modo di risalire la china da cui ero precipitata. Mi girava ancora la testa. Mi guardai intorno. Il fiume era circondato da scogliere su entrambi i lati. In cima alla scogliera, alti alberi scuri assorbivano la luce del sole. Non potevo restare qui, nessuno mi avrebbe trovata.

Almeno questo significava che nessun assassino sarebbe venuto qui. Perché non mi hanno finito ieri? Credevo di aver avuto un aspetto da cadavere dopo la caduta. Avrebbero dovuto ricevere la mia "eredità" (qualunque cosa fosse). Forse avevano perso le mie tracce? Oh beh, non importava. Ero viva e avrei fatto meglio a muovermi se volevo continuare a esserlo.

Dovevo trovare qualcosa da mangiare, ma non ero in condizione di cacciare. Diamine, non sapevo nemmeno se ero in grado di tornare alla forma di lupo in quel momento! Il mio lupo era ferito. Stava curando se stessa e me allo stesso tempo. Dovevo rimanere immobile.

Una grotta sul fianco della scogliera sembrava una buona opzione. Era buio, ma non era un problema data la mia vista da licantropo. Da lontano si sentivano gocce d'acqua che gocciolavano leggermente. L'aria fredda e umida mi fece rabbrividire. Anche se era estate, c'era una drastica differenza di temperatura tra l'interno e l'esterno della grotta. Essere nuda non mi ha aiutato a stare al caldo.

Alla fine della grotta sembrava esserci un passaggio abbastanza grande da permettermi di avventurarmi. Il sibilo del vento sembrava provenire da qualche punto del fondo. Forse c'era un'uscita più in basso! Speranzosa, zoppicai sul piede sinistro, ascoltando eventuali segnali di pericolo. Fortunatamente la grotta sembrava abbandonata, quindi non sarei stata in grado di combattere con nessuno al momento.

Non avevo idea di quanto tempo fosse passato, ma sembrava un'eternità. Dopo aver attraversato diversi sentieri, finalmente vidi una debole luce in lontananza.

Un sentimento di felicità mi assalì, presto sostituito dalla paura. Dove mi stava portando quell'uscita? Inspirai una boccata d'aria per non gridare di dolore mentre mi accovacciavo a terra. Strisciai lentamente verso l'uscita, cercando di essere il più silenzioso possibile.

Sentivo delle voci in lontananza. Dopo essere rimasta al buio per così tanto tempo, dovetti fare una pausa per permettere ai miei occhi di adattarsi alla luce.

L'uscita dalla grotta era in un bosco soleggiato ai margini di un castello, che conoscevo molto bene. Era il castello di Damien! Il che significava che potevo andare da lui, che sicuramente mi avrebbe aiutato.

Provai ancora una volta a parlargli attraverso il nostro legame con l'anima gemella, ma fallii. Sembrava che la ferita nella mia testa non fosse ancora guarita. Dovevo trovare un modo per entrare.

Potevo vedere le porte d'ingresso del castello più lontano. Erano pesantemente sorvegliate. I mercanti entravano e uscivano dal castello. Le guardie perquisivano ogni carrello che entrava, quindi non c'era modo di nascondersi dentro un carrello per entrare.

Non potevo arrampicarmi sulle pareti. Anche se le mie ferite erano completamente guarite, era troppo alta. Non c'era nemmeno una porta sul retro.

L'unica via d'accesso al castello era la porta d'ingresso.

Mi nascosi tra i cespugli e osservai attentamente le guardie. Sembrava che ogni ora circa ci fosse un cambio di guardie. Credevo che quella fosse la mia migliore occasione. Se fossi stata abbastanza fortunata, ci sarebbe stato così trambusto da permettermi di entrare nel castello senza essere notata.

Un rumore alle mie spalle mi fece uscire dai miei pensieri. Feci un salto. Mi voltai e vidi un vampiro che mi saltava addosso. Mi mise una mano sulla bocca e mi tirò verso il retro del castello.

Ccercai di liberarmi, ma ero troppo debole e stanca. Quando arrivammo sul retro del castello, lo riconobbi.

"Kate! Cosa ci fai qui?" chiese Arius, sorpreso di vedermi.

Mi lasciò la bocca per permettermi di parlargli. Feci un passo indietro, ora che ero libera.

"Stai lontano", dissi con cautela. Arius ridacchiò alla mia risposta.

"Se ti volessi uccidere, saresti già morta".

Credevo che avesse ragione. Tuttavia, dovevo allontanarmi da lui. Mi girai, ma lui mi fermò.

"Non andare! Per favore, Damien mi ha detto tutto".

Mi bloccai a quel nome. Cosa gli aveva detto esattamente?

"Non farò del male alla ragazza di mio fratello" mi disse.

Mi voltai per affrontarlo. "Allora perché mi hai riportato sul retro del castello?"

"Stavi per fare qualcosa di stupido".

Lo guardai con aria interrogativa.

"Sei ferita, Kate. Puzzi di sangue. Qualsiasi vampiro avrebbe sentito il tuo odore. Non sai che i vampiri sono attratti dall'odore del sangue? Non è possibile che tu passi inosservata alle guardie".

Mi fermai un attimo. Aveva ragione. Non ci avevo pensato. Probabilmente mi ha salvato.

"Immagino che tu mi abbia salvato, allora... grazie".

Arius sorrise.

"So dove vuoi andare. Vieni, ti porto da lui. Muore dalla voglia di vederti", e mi fece cenno di avvicinarmi. Credevo che quella fosse la mia opzione migliore. Decisi di fidarmi di lui.

Solo quando si tolse il cappotto per coprirmi, mi ricordai che ero ancora nuda dopo essere tornata nella mia forma umana. Mi sentii improvvisamente in imbarazzo. Da quanto tempo mi vedeva in quello stato? Credevo di non poterne fare a meno, ma mi sentii arrossire per la situazione in cui mi trovavo.

Ad Arius non sembrava dispiacere. Mi prese tra le braccia. Sentivo che era forte come suo fratello.

"Stai tranquilla, mio padre ti sta ancora cercando freneticamente. Arriveremo in volo", disse alzando gli occhi al cielo.

Gli afferrai le spalle mentre se ne andava. Non ero ancora abituata a volare. Preferivo quando era con Damien, ma ero grata di avere l'aiuto di Arius.

In pochi secondi eravamo al quarto piano del castello.

Arius controllò che la costa fosse libera prima di entrare. Mi strinse tra le braccia mentre si dirigeva velocemente verso una porta. Senza nemmeno mettermi giù, bussò alla porta.

Non ricordavo bene il castello dalla mia ultima visita e speravo solo che Arius non mi avesse tratto in inganno. Mi ricordai che la stanza di Damien era al quarto piano. E se invece mi stesse portando a casa del mago? Aspettai con ansia che qualcuno rispondesse alla porta.

Tutta la mia paura svanì quando vidi Damien aprire la porta. Sembrava esausto. I suoi occhi erano rossi per il pianto. Era in un tale stato! Non l'avevo mai visto così.

Il suo volto si illuminò quando mi vide.

"Kate!", chiamò.

Arius mi mise a terra e io crollai. Le gambe non mi reggevano più. Non mi ero resa conto di essere così stanca.

Damien mi prese in braccio. Finalmente, mi ero detta! Quanto desideravo tornare da lui.

"Prenditi cura di lei" disse Arius.

"Come posso ringraziarti?", chiese Damien.

Suo fratello scrollò le spalle.

"Non preoccuparti".

Damien mi abbracciò. Prima che mi facesse entrare nella sua stanza, girai la testa verso Arius.

"Grazie mille, Arius".

Mi sorrise. "Guarisci presto", mi disse mentre se ne andava.

Capitolo 11 (Damien)

Guarigione

Non potevo credere allo stato in cui si trovava Kate. Non riusciva nemmeno a stare in piedi correttamente. Cosa le era successo? Come aveva fatto mio fratello a trovarla?

Avevo così tante domande in testa. Ma almeno era con me. Ero così preoccupato quando non era venuta il giorno prima! Sapevo che qualcosa non andava. Questo e il fatto che non riuscivo a stabilire un legame con la nostra anima gemella. Avevo pianto tanto e non avevo dormito. Ma una seconda scarica di energia si stava impossessando di me.

Tutte quelle domande potevano aspettare. Ora dovevo prendermi cura di lei. Era la cosa più importante da fare in questo momento.

La tenevo tra le mani come se potesse rompersi se l'avessi stretto troppo. L'amavo così tanto! Mi mancava il suo dolce profumo, anche se in quel momento sapeva di sangue. Le tolsi il cappotto di mio fratello e le feci indossare una leggera camicia da notte.

La adagiai con cura sul mio letto. Aveva graffi su tutto il corpo e un grosso bernoccolo sulla testa che ancora sanguinava leggermente. Sembrava che avesse anche una ferita sulla pancia, dato che potevo vedere un'ampia chiazza di sangue secco. E sembrava che la scapola sanguinasse ancora molto. Credevo che la cosa più importante al momento fosse guarirla.

Pensavo che i lupi mannari avessero poteri di guarigione come noi. Come mai era in così brutte condizioni? Ero fortunato ad averla in vita, a giudicare da ciò che vedevo.

Il mio petto si strinse al pensiero che avrei potuto perderla. Non sapevo cosa avrei fatto se l'avessi fatto.

Velocemente, andai nel mio guardaroba. Stavo cercando freneticamente qualcosa. Dopo aver cercato per un po', finalmente la trovati.

Era una pozione curativa che Elwin mi aveva dato una volta. Come erede al trono, non si sapeva mai quando qualcuno avrebbe cercato di ucciderti per salire sul trono. Anche se ero sicuro che mio fratello non l'avrebbe mai fatto, tenevo sempre una scorta di pozioni curative, per ogni evenienza. Non si sapeva mai cosa si nascondeva nei corridoi del castello.

Presi la pozione e tornai a letto. Kate era ancora lì, quasi addormentata.

Le accarezzai delicatamente la guancia con la mano. Girò la testa verso di me e sorrise.

"Ecco, mia piccola lupa. Per favore, bevi questo".

Guardò la pozione che tenevo in mano e poi di nuovo i miei occhi.

"Cosa c'è?"

"È qualcosa che ti aiuta a migliorare".

Lei annuì e cercò di mettersi a sedere. La vedevo trasalire per il dolore. L'aiutai a sedersi sul letto.

Quando finalmente si sedette, le diedi la pozione. La bevve tutta senza fare domande. Mi chiedevo che sapore avesse, visto che non avevo mai avuto la possibilità di assaggiarla.

Kate mi sorrise dopo averla bevuta.

"Come ti senti?"

Lei sembrò riflettere un po' prima di rispondere. "Mi fa male tutto... Ma sono così felice di essere qui con te".

Presi le sue mani tra le mie e le strinsi.

"Ero così preoccupato per te! Pensavo di averti perso".

Tutte le emozioni del giorno precedente cominciarono a riaffiorare e non riuscii a trattenere le lacrime che volevano uscire. Era come se potessi finalmente far uscire tutto quello che mi ero tenuto dentro.

Kate mi asciugò delicatamente le lacrime. Non volevo che si preoccupasse per me. Era lei che aveva bisogno di cure in questo momento.

"Cosa ti è successo? Come sei finita così?".

"Assassini" mi sussurrò.

Strinsi i denti per le sue parole. Sapevo che mio padre voleva la sua "eredità". "Non pensavo che si sarebbe spinto fino ad assoldare degli assassini. Mi ribolliva dentro al pensiero. Come vorrei poter andare a dirgli quello che penso! Mi sentivo impotente. Sapevo che mio padre era troppo potente perché potessi affrontarlo. Tutto ciò che potevo fare era curare il mio compagno.

Volevo sentire tutta la storia. Guardai Kate. Sembrava esausta. L'aiutai a tornare in posizione distesa.

"Riposa, amore mio. Io veglierò su di te".

Kate mi strinse la mano. "Ti amo, Damien".

La guardai addormentarsi. La notte scorsa non avevo dormito e anch'io ero stanco. Sapevo che la pozione curativa avrebbe iniziato a fare effetto presto. Mi sdraiai accanto a lei e mi addormentai, sapendo che era al sicuro accanto a me.

Mi svegliai un'ora o due dopo. Kate era sveglia e mi accarezzava dolcemente la schiena con la mano. Il tocco della sua mano mi fece battere forte il cuore. Ero così fortunato ad averla.

"Sembra che tu stia meglio".

Sorrise alla mia osservazione. "Sì, grazie alle tue buone cure".

Le presi il mento e le baciai le labbra morbide. La guardai. Sembrava che l'emorragia si fosse fermata. Il bernoccolo sulla fronte era già sparito. Rimanevano solo la sporcizia e il sangue secco delle vecchie ferite. Quella pozione curativa era davvero utile. Sorrisi.

"Dovremmo darti una ripulita".

Kate si sedette sul bordo del letto. "Dovrei farmi una doccia, allora".

Scossi la testa. "Ho un'idea molto migliore di questa".

Non aveva idea di cosa intendessi. Non riuscivo a nascondere il mio sorriso. Mi piaceva giocare con lei.

Mi guardò con uno sguardo sorpreso mentre prendevo un vestito dal guardaroba.

Scelsi un abito lungo blu con un motivo floreale. L'abito era senza maniche e si allacciava dietro il collo. Davvero, con quell'abito sembrerà un angelo.

Le presi la mano e la guidai dolcemente attraverso i corridoi del castello, dopo essermi assicurato di non trovarmi faccia a faccia con mio padre o con le sue guardie.

Mi piaceva il modo in cui le lucide piastrelle marmorizzate bianche e nere del pavimento contrastavano con l'alto soffitto a cattedrale. I lucernari permettevano alla luce del sole di penetrare. Il soffitto era decorato con carpenteria e opere d'arte. Era magnifico.

Alla fine del corridoio c'era la stanza che cercavo. Mi rivolsi a Kate.

"Chiudi gli occhi".

Lei rise e obbedì. Mi piaceva che avesse piena fiducia in me.

"Brava", la presi in giro mentre aprivo la porta e la facevo entrare. Chiusi la porta dietro di lei.

"Ora puoi aprire gli occhi".

Kate aprì gli occhi. Mi piaceva la sua espressione mentre si guardava intorno.

Eravamo nel bagno reale. Si trattava di una vasta stanza con una grande vasca rettangolare scavata nel pavimento di marmo. In realtà, era più simile a una piscina, tanto era grande. Intorno alla stanza c'erano vari fiori, oli e profumi che potevano essere versati nell'acqua.

C'erano quattro rubinetti a testa di leone, uno per ogni lato della vasca. Al centro c'era una lastra di marmo rotonda con tutti i tipi di saponi e shampoo. Vedere l'espressione di meraviglia sul volto di Kate valeva la pena di portarla qui.

Pressai un pulsante e tutti i rubinetti hanno iniziato a versare acqua calda nella vasca. Ho versato alcune gocce di oli profumati e petali di rosa.

"Cosa ne pensi?"

Kate fece un respiro profondo. "Damien, questo posto è bellissimo".

Sorrisi alla sua osservazione. "La cosa migliore è che possiamo fare il bagno insieme. Nessuno verrà qui".

Ci togliemmo i vestiti ed entrammo in acqua quando la vasca fu piena.

Kate sospirò leggermente mentre entrava in acqua. Il suo corpo scivolava con grazia nell'acqua. Ammirai la sua bellezza. I suoi seni galleggiavano voluttuosamente sulla superficie dell'acqua. Come avrei voluto darle piacere in quel momento. Invece, avvolsi le braccia attorno alla vita. Appoggiò la schiena sul mio petto, rilassandosi nel mio abbraccio.

Cominciai a lavare il suo corpo, strofinandolo delicatamente con una spugna marina. Guardai la sua pelle tornare alla sua solita bellezza, il fango e la sporcizia cadere via. Mi piaceva la morbidezza della sua pelle sui miei polpastrelli. Si lavò i capelli con uno shampoo profumato, lasciandoli inebrianti di fiori.

Quando finimmo di lavarci, restammo abbracciati. Le diedi dei baci sul corpo. Non c'era alcun suono, se non un gemito occasionale che le sfuggiva dalle labbra. Feci scorrere le mani sul mio corpo. Presi i suoi seni tra le mani e ci giocai, prendendomi cura di ognuno di essi. Ormai ero duro, e ogni suo sospiro di piacere non faceva che rafforzarlo. Non riuscii a trattenere un gemito quando iniziò a strofinarsi contro di me. Aveva quel sorriso diabolico sul volto che mi eccita ogni volta.

Ci sedemmo sui gradini della vasca, con i corpi ancora nell'acqua calda. Kate si mise a cavalcioni sulle mie cosce. Cominciò a dondolare su e giù, senza mai andare fino in fondo, lasciando che il mio sesso sfiorasse appena la sua vagina. I suoi capezzoli duri scivolavano sul mio petto.

"Oh Kate! Mi stai facendo impazzire", gemetti.

Mi baciò, la sua lingua danzò con la mia.

Gemetti quando finalmente scese fino in fondo, sentendo il calore del suo corpo intorno a me. Era così stretta che non riuscivo a trattenermi.

Le onde riempivano la vasca mentre facevamo l'amore. Kate aumentò il ritmo mentre il piacere la colpiva. Mi piaceva sentirla gemere e non potevo fare a meno di muovere i fianchi per prenderla più forte.

Ad ogni nuova spinta, la sentivo stringersi su di me mentre entravo più a fondo in lei. Continuammo a sforzarci fino a quando lei urlò il mio nome, con il corpo che tremava. Urlai il suo nome mentre venivo con lei.

La presi in braccio e lei appoggiò la testa sul mio petto. Dal suo petto uscì un morbido rantolo che vibrò nel mio petto. Le baciai il collo, facendole venire i brividi lungo la schiena. Questo era tutto ciò di cui avevo bisogno nella mia vita. Tra le mie braccia giaceva la donna che amavo di più. Eppure non potevo fare a meno di sentire che l'avevo quasi persa.

"Cosa farei se ti perdessi?"

Sollevò la testa dal mio petto, guardandomi con quegli occhi nocciola che amavo tanto. "Non mi perderai".

Sapevo che non sarebbe scappata intenzionalmente. Tuttavia, non c'era alcuna garanzia che non sarebbe stata inseguita di nuovo dagli assassini. Non potevo essere sempre presente con lei.

"Eppure ieri ho rischiato di perderti. Non sono nemmeno riuscito a connettermi con te attraverso il nostro legame di anima gemella".

Nei suoi occhi si leggeva che aveva capito cosa intendevo.

Sentii nella mia mente. *"Credo che il collegamento si sia interrotto perché ieri ho battuto la testa"*.

Sorrisi e la baciai. Ero così felice di vedere che la connessione era stata ripristinata.

"Sembra che tu sia guarita" le dissi.

Suggerii ad alta voce. "Forse dovremmo uscire di qui prima che l'acqua si raffreddi. Dovremmo andare a mangiare nella mia stanza".

Non c'era bisogno di chiederlo una seconda volta. Eravamo nella vasca da bagno già da un po' di tempo.

Ci vestimmo. Kate sembrava davvero una dea greca con quel vestito. I capelli le ricadevano sulle spalle nude. Il vestito le scendeva fino ai piedi. Era semplicemente perfetta.

Tornammo nella mia stanza. Mi sentivo grato che tutti sembrassero occupati. Incontrammo solo pochi servi che non avrebbero mai osato dire nulla o mettere in discussione le decisioni dell'erede.

Quando ci sedemmo e iniziammo a mangiare, sapevo che finalmente avrei ascoltato tutta la storia di ciò che gli era successo. Mi si strinse il cuore quando mi raccontò degli assassini. Ero così spaventato quando mi aveva detto che era stata pugnalata allo stomaco. La grande caduta che aveva subito spiega probabilmente il trauma cranico che aveva subito e il fatto che non riuscivamo a comunicare. Il suo lupo era ferito? Avevo sentito dire che i lupi mannari avevano una seconda anima, il loro lupo, e che aveva una vita propria. Non ci avevo mai pensato prima. Dovrò chiedere a Kate di approfondire l'argomento.

La ascoltavo mentre continuava a raccontare la storia della grotta in cui si trovava e, infine, di come era stata trovata da mio fratello. Mi promisi di trovare un modo per ringraziarlo. Le aveva già salvato la vita una volta. Gli sarò sempre grato.

Dopo che ebbe finito, pensai per un po'. Se gli assassini la trovassero nel suo branco, sarebbero guai. Significava che sarebbero tornati fino a quando non avrebbero raggiunto il loro obiettivo.

"Gli assassini sono arrivati fino alla terra del vostro branco?"

Kate scosse la testa. "No, mi sono avventurata nella foresta perché stavo cercando Zach".

Non avevo idea di chi fosse. "Zach?"

Lei annuì. "Sì, è mio zio. Finalmente mi sono ricordata!"

Sembrava molto eccitata, ma non riuscivo a capire cosa volesse dire. "Ricordato cosa?"

"Mi sono ricordata dove ho visto Lilith".

Questo spiega la sua eccitazione, pensai. Non vedevo l'ora di ascoltarla, visto che Lilith le aveva chiaramente detto che l'aveva appena conosciuta.

"Quando ero piccola, non so quanti anni avessi. Un giorno andai al lago di notte; uscivo di nascosto dalla mia stanza e andavo in giro di notte. Beccai mio zio Zach che parlava con Lilith. Lo ricordo chiaramente, si stavano baciando, Damien. Erano innamorati!"

Non potevo credere a quello che stava dicendo! Mia zia, il nostro miglior generale che si prepara alla guerra, era l'amante di un lupo mannaro? Come era possibile? E poi, qualche anno fa, non era più la stessa di adesso, quindi potrebbe essere tutto collegato?

La risata di Kate mi fece uscire dai miei pensieri. "Vedi, Zach era nel bosco quando lo stavo cercando. Era più lontano di quanto pensassi. È così che ho conosciuto gli assassini... Ma sai, ripensando a quel giorno. La cosa ancora più interessante è che ricordo che Lilith portò qualcosa a Zach... Ma non ho mai potuto vedere cosa fosse".

La situazione si faceva sempre più interessante. "Potrebbe essere questo il libro mancante, forse?".

Kate scrollò le spalle. "Forse, ero molto giovane, quindi non ricordo bene".

Avevo sempre dimenticato che i licantropi avevano un'aspettativa della vita così breve rispetto a noi vampiri. Qualche anno fa, per lei significava essere una bambina, mentre per me non avevo un aspetto molto diverso da quello attuale. Anche se sembravamo coetanei, io ero molto più vecchio di lei. Ciò significava che stava invecchiando molto più velocemente di me e che l'avrei persa molto presto se non avessi trovato un modo per farla vivere quanto me. Un problema che avrei dovuto affrontare prima o poi.

"Hai idea di quanti anni avevi quando è successo? Il libro è scomparso circa diciotto anni fa. Potrebbe aiutarci a capire se la linea temporale combacia".

Kate sembrò riflettere un po' prima di rispondere. "Credo che la linea temporale si adatti. Sarebbe logico che avessi circa cinque anni. Il che potrebbe anche spiegare perché ho avuto difficoltà a ricordare Lilith, visto che ero così giovane".

L'abbracciai e mi portai la sua mano alla bocca, baciandola delicatamente.

"Sei ancora così giovane, mia piccola lupa".

Sembrava sorpresa. "Beh, devo avere più o meno la tua stessa età, no?".

Sospirai. "I vampiri invecchiano molto, molto lentamente e vivono per centinaia di anni, amore mio. In effetti, ho duecentoventisette anni".

Kate mi guardò, senza parole.

"Spero davvero che questo non cambi il modo in cui ti senti con me. Ti amo davvero con tutto il cuore".

Mi guardò negli occhi e potei sentire tutto l'amore che provava per me mentre mi fissava.

"Damien, non l'avrei mai detto. Ma questo non cambia nulla. Sei la mia anima gemella e lo sarai sempre. Vorrei solo poter restare più a lungo al tuo fianco, visto che non vivo a lungo come un vampiro".

Le baciai le labbra morbide, assaggiando la sua dolcezza mentre facevo entrare la mia lingua nella sua bocca. Le parlai dolcemente, le nostre fronti si toccavano.

"Una cosa alla volta, mia piccola lupa. Risolveremo prima il problema della guerra. Non possiamo nemmeno avere assassini che ti inseguono in continuazione. Se possibile, lavoreremo sulla tua longevità in seguito, quando saremo finalmente liberi di stare insieme".

Kate sorrise e annuì.

"Ho cercato di parlare con Zach di Lilith. Ecco perché lo stavo cercando nel bosco. Sembra che avesse molti pensieri per la testa. Ma non ricordava nulla di Lilith", disse pensierosa.

"Mi sembrava strano che non se ne ricordasse. Soprattutto perché ricordo chiaramente che erano innamorati".

Aveva ragione, era un po' strano. A meno che non voglia parlarne.

"Domani andrò a trovare Lilith, forse si ricorderà di lui".

Kate annuì. Se tutto questo era vero, allora c'era qualcosa che non andava.

Il mio cuore ebbe un sussulto quando sentii bussare alla porta. Temevo che qualcuno avesse notato Kate e avesse detto a mio padre che era qui.

"Vai in bagno e chiudi la porta", gli dissi attraverso il nostro collegamento.

Lei annuì, si alzò e andò a nascondersi in bagno. Se era mio padre, doveva rimanere nascosta. Mi avviai nervosamente verso la porta. Non potevo aspettare troppo ad aprire la porta, altrimenti sarebbe stato sospetto. Speravo che la persona alla porta non notasse i due piatti sul tavolo.

Aprii la porta trattenendo il respiro. Con mio grande sollievo, si trattava di Arius.

"Ehi! Sono venuto a scoprire qualcosa su Kate".

"Shh!" Mi guardai intorno nel corridoio. Non c'era nessuno.

Trascinai mio fratello in camera mia e chiusi la porta.

"Puoi uscire, Kate" dissi.

Kate uscì dal bagno, sollevata di vedere mio fratello. Gli sorrise. "Ciao Arius".

Mio fratello andò ad abbracciarla. "Sono sollevato di vedere che stai meglio".

"È stato grazie a te, per avermi portato dal mio compagno. E tutte le buone cure che mi ha dato".

Sorrise mentre diceva quest'ultima parte. Sentivo la tenerezza nel modo in cui lo diceva. Le sorrisi di rimando.

"Non dimenticate la pozione curativa di Elwin. Se non fosse stata per quella, avresti ancora molta strada da fare per guarire".

Arius rise. "Quella cosa ha funzionato davvero?".

Annuii. "Basta guardarla per capire quanto sia migliorata".

Io e Arius avevamo sempre scherzato sui poteri di Elwin. Non che non pensassimo che fosse un buon mago. Ci dava ogni sorta di pozioni. Non c'ervamo mai fidati di ciò che contenevano. Non lo avevamo mai visto fare magie. Ci siamo sempre chiesti se fosse pieno di vanterie.

Ma oggi, dopo aver visto ciò che la sua pozione ha fatto a Kate... mi aveva stupito la rapidità con cui si era ripresa. Ora sapevo di essermi sbagliato. Elwin era un mago migliore di quanto pensassi. Avevo scoperto un nuovo rispetto per l'uomo. Le parole di mio fratello mi fecero uscire dai miei pensieri.

"Sai che non puoi restare qui".

Non volevo che Kate se ne andasse, ma sapevo che aveva ragione. Kate aveva un'espressione triste. Le presi le mani tra le mie e le strinsi.

"Ha ragione. Se resterete qui, la gente se ne accorgerà. È solo questione di tempo prima che mio padre venga a sapere di te".

Lei capì cosa intendevamo e annuì.

Gli chiesi: "Immagino che la tua famiglia sarà preoccupata per la tua assenza prolungata, vero?"

Il suo viso si illuminò quando capì. "Hai ragione! Mi staranno cercando ovunque!".

Guardai fuori. Il sole stava già iniziando a tramontare. Quello sarebbe un buon momento per portarla al lago senza essere visti.

"Dovremmo andare", dissi a Kate.

Andò da mio fratello e lo abbracciò. "Grazie ancora per avermi salvato".

L'abbracciò e sorrise. "Non era niente, dopotutto sei mia sorella".

Non potevo essere più felice che mio fratello andava d'accordo con Kate in quel modo. Abbracciai anche mio fratello. Dopo i nostri saluti, era arrivato il momento di andare con Kate.

Capitolo 12 (Kate)

Forza interiore

Ero tra le braccia di Damien e volavo sopra la foresta. Mi stavo abituando a viaggiare in quel modo. Era comodo e veloce. Lasciai che i miei pensieri andassero alla deriva mentre volavamo, crogiolandomi nel dolce profumo di miele e muschio di Damien.

Non riuscivo ancora a credere alla fortuna di aver trovato Arius fuori dal castello quella mattina. Se fosse stato qualcun altro, tranne lui o Damien, sarei morta. Nello stato in cui mi trovavo, non avevo alcuna possibilità di scappare o di difendermi.

All'inizio non ero sicura di potermi fidare di Arius. Da quando Damien gli aveva detto che eravamo anime gemelle, avevo capito che avrei potuto fidarmi di lui.

Mi aveva fatto molto piacere sapere che il fratello di Damien approvava la nostra relazione e che era dlla nostra parte. Era stato un sollievo! Speravo altrettanto, quando avrei detto alla mia famiglia di Damien. Non sapevo ancora come avrei fatto. Sapevo che prima o poi avrei dovuto farlo, ma non ero ancora pronta.

Non ricordavo molto prima che Damien mi avesse dato quella pozione curativa. Ricordavo lo strano sapore di fragola e menta che aveva. Sapevo solo che quando mi ero svegliata, avevo sentito che la mia lupa stava meglio. Era tornata, felice di stare con il suo compagno, scodinzolando.

Mi strinsi alle braccia di Damien mentre volavamo. Mi aveva abbracciato a sua volta. Lo amavo così tanto! Ancora una volta, era presente quando avevo bisogno di lui. Si era preso cura di me. E probabilmente mi aveva salvato la vita! Speravo che un giorno, se ne avesse avuto bisogno, avrei potuto restituirgli il favore.

Avvicinandomi al lago, vidi delle persone che camminavano nella foresta. Damien imprecò.

"Credo che ti stiano cercando. Non possiamo atterrare qui".

Ero stata via per quasi due giorni interi. L'intero branco mi stava cercarmi. Sarebbe stato difficile trovare un posto dove atterrare senza essere visti.

Come se potesse leggermi nel pensiero, Damien parlò.

"Credo di conoscere il posto dove possiamo andare".

Svoltò a destra in una zona della foresta in cui non mi ero mai avventurata. Era più lontano del territorio del nostro branco e di solito non avevamo bisogno di andare così lontano.

Damien atterrò sul bordo di una grande caverna. Era molto profonda e non riuscivo a vedere nulla oltre i primi metri, perché non c'era luce all'interno. Si potevano intravedere piccoli cristalli che crescevano tra le rocce. Era davvero bellissimo! All'esterno, la grotta era parzialmente nascosta da una cascata. Era un punto di atterraggio perfetto per noi. Non era lontano dalla terra del mio branco, quindi sarebbe stato facile per me tornare a casa.

Presi Damien tra le braccia. "Grazie, amore mio. Questo posto è mozzafiato!".

"Si dice che questa grotta sia la tana di Ladone, il drago dalle cento teste".

Sussultai ricordando la leggenda. Si diceva che Ladone fosse figlio della dea Echidna e del titano Tifone. Era un drago feroce. Se quella fosse stata davvero la sua tana, avrei dovuto fare attenzione a non svegliarlo. Non credevo davvero a tutte quelle leggende... ma la prudenza non era mai abbastanza.

"Allora è meglio che non lo svegliamo".

Damien rise alla mia osservazione. "Andiamo, allora".

Mi prese delicatamente per mano. Mi piaceva il modo in cui le nostre dita si intrecciavano. Camminammo fino al limitare del bosco, un po' più in là, fino al limite del territorio del mio branco.

Non ebbi nemmeno il tempo di mettere piede sul territorio quando due braccia forti mi afferrarono da dietro e mi allontanarono da Damien.

"Kate!" Damien gridò mentre correva, cercando di raggiungermi.

Riconobbi l'odore della persona che mi teneva in braccio. Poteva essere davvero lui? Cosa ci faceva così lontano dal nostro territorio?

Gli urlai contro. "Will! Lasciami!"

Mi scaraventò a terra senza dire una parola. Un secondo dopo era nella sua forma di lupo e ringhiava ferocemente a Damien.

Volevo fare qualcosa, ma non sapevo cosa avrei potuto fare. Non volevo che mio fratello e il mio compagno litigassero! Non lo sentiva? Avevo marchiato Damien come mio compagno. Come faceva mio fratello a non accorgersene? Aveva sete di sangue?

La sete di sangue era cattiva. Quando un lupo mannaro era infuriato, entrava in uno stato chiamato sete di sangue. Quando si era in quello stato, non si riusciva a vedere con chiarezza. Era difficile pensare con lucidità. Il vostro lupo prendeva il controllo completo di voi. Nella maggior parte dei casi, quella situazione si protraeva fino a quando la fonte della rabbia non veniva repressa, oppure fino a quando non si veniva uccisi o feriti a tal punto da non poter più combattere. Era una condizione molto grave. Tutti i lupi sapevano che non dovevano lasciarsi andare fino a quel punto.

Non riuscivo a capire come mai Will potesse trovarsi in uno stato simile. Possibile che fosse *così* preoccupato per me? Guardai impotente mentre Damien entrava in modalità di difesa.

Lo sentii attraverso il nostro legame. Non voleva fargli del male. Voleva solo difendersi. Era gentile, a causa mia. Speravo solo che non venisse ucciso nel farlo.

Will si fiondò su Damien, cercando di morderlo. Damien evitò l'attacco. Will continuava ad attaccare senza sosta, Damien schivava.

Non potevo guardarlo, ma non c'era nulla da fare. Se avessi cercato di unirmi alla lotta, mi sarei fatta sicuramente male.

Gridai, "Will, no!", ma mio fratello non sembrava ascoltarmi. Continuava ad attaccare Damien il più possibile.

L'unica cosa che potrebbe colpirlo in quello stato sarebbe...".Will, fermati! È la mia anima gemella! Smettetela, per favore!"

Non era così che volevo far conoscere Damien, ma sembrava funzionare. Will smise di attaccare. Sembrava sorpreso, anche nella sua forma di lupo. Mi fissò intensamente.

Cominciò ad avvicinarsi lentamente a Damien.

"Damien, va tutto bene. Lascia che si avvicini a te".

Damien mi guardò, poi osservò mio fratello con diffidenza. Capivo la sua apprensione. Era appena stato attaccato senza sosta e ora gli chiedevo di lasciare che quel lupo si avvicinasse a lui.

Alla fine decise di fidarsi di me e di fare ciò che gli avevo chiesto. Will non mostrava più alcun segno di ostilità. La sete di sangue era passata, poiché la sorpresa di sapere che Damien era il mio compagno fosse sufficiente a scuoterlo.

Si avvicinò a pochi metri da Damien. Stava assorbendo il suo odore, osservandolo. Sapevo che lo stava valutando. Cercava di capire se quello che dicevo fosse vero. Infine, si guardò il collo e vide il segno che avevo lasciato sul collo di Damien. Credetti che fu in quel momento di aver capito.

Corse dietro un cespuglio e riprese la sua forma umana.

"Eravamo tutti preoccupati per te! E avevi a che fare con un vampiro? Tutto questo mentre tua sorella è ancora incosciente? Pfff! Pensavo che mia sorella fosse migliore di così".

Sembrava disgustato mentre mi gridava contro.

Lo pregai. "Will, ti prego! Non è come pensi!"

"Risparmiatelo per qualcuno a cui interessa!"

Fece un gesto per allontanarsi, ma io gridai.

"Will, ti prego, non sono pronta a far sapere a tutti del mio compagno. Per favore, che resti tra noi per ora".

Mi fissò, le sue guance erano rosse. Potevo sentire la sua rabbia fino al punto in cui mi trovavo. Non disse altro. Riprese la sua forma di lupo e tornò a correre verso la casa.

Cercai di fermarlo: "Aspetta Will!", ma era già troppo tardi. Non c'era più. Non voleva ascoltare.

Caddi in ginocchio, sconvolta. Era stato un disastro! Speravo tanto che mio fratello fosse felice che io avessi trovato la mia anima gemella. L'altro giorno mi aveva detto che l'avrebbe amata subito. Certo, questo prima di sapere che il mio compagno era un vampiro. Ma io ci speravo. Le lacrime cominciarono a scendere sulle mie guance.

Damien corse verso di me e subito sentii il suo abbraccio. "Stai bene, mia piccola lupa?"

Naturalmente, si accorse che non lo ero. Sapevo che stava solo cercando di essere gentile e di farmi sentire meglio. Scossi la testa e piansi.

"Non sapevo come dirgli che eri il mio compagno. Non volevo che lo scoprisse così. Volevo prendermi un po' di tempo, far sì che l'idea fosse assimilata, in modo che la accettasse più facilmente".

Damien annuì. Capivo cosa intendevo. Io ero un lupo e lui un vampiro. Da secoli le nostre specie erano nemici. Eppure eravamo anime gemelle. Eravamo stati fortunati perché suo fratello lo aveva accettato facilmente. Ma non avevo idea di come il resto degli amici e della famiglia di Damien, o i miei, avrebbero accettato il fatto che eravamo anime gemelle. Speravo solo che andasse meglio che con Will.

Stare tra le braccia di Damien calmò lentamente le mie lacrime.

"Chi era? Era con te anche l'altro giorno. È un tuo amico?".

Mi resi conto che non aveva idea di chi fosse Will. Scossi la testa. "Era mio fratello, Will".

Damien sembra pensieroso. "Immagino che questo spieghi le sue dimensioni".

Annuii per qualche secondo. "Sì, in quanto figlio dell'Alfa, è più forte e più grande degli altri lupi. Come me... beh, non sono più grande degli altri lupi, per quello ho preso da mia madre, ma sono più forte degli altri lupi del branco".

Era la storia della mia vita! In quanto figlia dell'Alfa, ci si aspettava che fossi più grande degli altri lupi del branco. Ma cosa potevo fare? Ero una piccola lupa. Non si poteva giudicare dalle dimensioni. Ero più forte degli altri lupi. Per tutta la vita le persone mi giudicavano male per la mia taglia. Mi era sempre piaciuto dimostrare che si sbagliavano.

"Pensi che ce la farà?".

Pensai per un attimo, mi calmai, feci qualche respiro profondo prima di annuire. "Sì, suppongo che domani dovrò spiegargli tutto".

Rimasi tra le braccia di Damien, godendomi il momento di stare con lui. Non volevo allontanarmi da lui, anche se dovevo farlo.

"Riesco a malapena ad affrontare la giornata senza di te, lo sai" mi sussurrò Damien all'orecchio.

Il mio cuore sussultò alle sue parole. Sapevo esattamente cosa intendeva!

"Oh, Damien, non posso vivere così a lungo. La mia lupa si strugge per te tutto il giorno. È insopportabile".

Se solo sapesse quanto pensavo a lui ogni minuto della giornata.

"Troverò un modo per stare insieme, te lo prometto" mi disse.

Cominciai a baciargli il collo, sperando in una sua promessa. Mi prese il viso tra le mani, avvicinando le nostre bocche e baciandomi teneramente.

Le parole di mio fratello continuavano a ripetersi nella mia testa. Tutto questo mentre mia sorella era ancora incosciente... Non che mi fossi dimenticata di lei. Era solo che i miei pensieri erano occupati altrove... Essere inseguita, ferita e poi cercare di guarire.

"Damien, sei andato a trovare il mago? Per mia sorella?".

Gli occhi grigi di Damien mi fissarono e lui sorrise. "L'ho convinto ad aiutarmi, lo terrà per sé".

Ero così felice! Speravo solo che il mago trovasse una cura per mia sorella. Gli avvolsi le mani intorno al collo e lo baciai.

"Grazie mille, amore mio".

Damien ridacchiò un po'. Mi piaceva il suono sexy della sua voce. Mi fece l'occhiolino. "È il minimo che possa fare per la mia anima gemella".

Rimasi tra le sue braccia per qualche minuto, godendo della sua presenza, lasciando che il suo amore mi riempisse, godendo dei suoi baci. Ma presto capii che sarei dovuta tornare a casa. Non gli dissi nulla, lo sapeva anche lui.

"Ti prometto che questa è l'ultima volta che ti lascio. Troverò una soluzione, non posso andare avanti così" mi fierì.

Le sue parole mi riempivano di gioia. Quando ci salutammo, sentendomi già sola, corsi verso casa.

Non incontrai nessuno quando tornai a casa. Immaginai che Will avesse già detto loro che stavo bene. Aveva detto loro del mio compagno? O aveva deciso di tenerlo per sé?

Quando arrivai a casa fui accolta da tutti.

"Kate! Dove sei stata?" I miei genitori erano preoccupati.

Will non gli aveva raccontato nulla. I miei occhi caddero su di lui. Era appoggiato al muro, con le braccia incrociate. Stava aspettando la mia risposta, come tutti gli altri.

"Will mi ha detto di averti visto tornare e che stavi bene, ma non abbiamo ottenuto alcun dettaglio. Per favore, raccontaci qualcosa! Ero così preoccupata! È la seconda volta che sparisci" disse mia madre.

Ci pensai un po' e decisi che dire la verità era la cosa più semplice e migliore da fare.

"Ero nella foresta... Sono andata a trovare lo zio Zach. Ma proprio mentre stavo per tornare, sono stata attaccata da alcuni assassini".

Tutti sussultarono alle mie parole. Anche gli occhi di Will sembrarono ammorbidirsi un po' mentre mi guardava.

"Corsi per molto tempo. Mi sono fatta male, ho battuto la testa e ho passato la notte in una grotta... Solo oggi mi sono ripresa a sufficienza e sono potuto tornare a casa".

Beh... Ok, quasi la verità. Non ero ancora pronta a dire che Damien era il mio partner.

"Assassini?" gridò mia madre.

Mio padre era furioso. Non volevo più parlarne. Speravo che nessuno mi chiedesse dove avessi trovato quel bel vestito.

"Mi sento un po' stanca...", mentii.

Non mi chiesero del vestito. Nessuno sapeva che indossavo qualcosa di diverso quando andai a cercare Zach. Beh, tranne Zach stesso. Ma lui non sembrava averci fatto caso. Forse era così immerso nei suoi pensieri da non ricordarsene?

"Per oggi vai a riposare", ordinò mio padre.

Gli feci un cenno con la testa. Dovevo comunque fare quello che ordinava l'Alfa. Anche se quella volta ero felice di farlo. Ci abbracciammo in gruppo.

Quando tutti se ne furono andati e rimanemmo solo io e Will, si avvicinò e mi chiese: "Quanto c'è di vero in quello che hai appena detto? Non ti ho trovato in una grotta".

Lo guardai, era ancora diffidente, ma il suo sguardo era più morbido.

"L'unica cosa che ho saltato è stato l'incontro con il fratello del mio partner. Mi ha portato da lui ed è lui che mi ha guarito così rapidamente. Solo che... non volevo ancora dire loro del mio partner".

Will si prese un momento per decidere se volesse credermi o meno. Aspettai con ansia che decidesse. Era mio fratello e volevo che si fidasse di me. Dopo un po', parlò.

"Ne abbiamo passate tante insieme. Ci siamo sempre stati l'uno per l'altro. Quindi crederò che tu mi stia dicendo la verità. E se quello che dici è davvero vero, allora ti ha salvato la vita".

Tirai un sospiro di sollievo. Ero felice che mio fratello mi avesse creduto. Gli sorrisi. Mi abbracciò; fu un abbraccio fraterno che mi fece sentire bene.

"Sai che questo non significa che mi fidi di lui, vero? Non potrei mai fidarmi di un vampiro. Non approvo che tu abbia un vampiro come anima gemella".

Guardai mio fratello, nei suoi occhi si leggeva che era serio. Ma almeno era un passo avanti. Non potevo fare a meno di sentirmi felice, almeno un po'.

"Sai che non ho scelto la mia anima gemella. L'ha fatto la dea della luna".

Mio fratello sospirò. "Sì, questa è la parte peggiore. Ma ehi, sei sempre mia sorella".

Non riuscivo a smettere di ridere. Mio fratello si era presto unito a noi. Mi sentivo davvero felice. La battaglia non era ancora vinta, ma era un buon inizio.

Andai a letto e mi addormentai subito, esausta della giornata.

La mattina dopo, quando mi svegliai, mio padre volle vedermi. Stava guardando fuori dalla finestra quando entrai nel suo ufficio. Sulla scrivania erano sparsi fogli di carta, come se stesse cercando qualcosa. Non era da lui avere un ufficio disordinato, quindi mi chiesi cosa stesse succedendo.

"Ciao papà!" salui con noncuranza.

Si girò e vidi che era stanco. Mi sorrise. "Ciao cara. Sono così felice di vederti".

"Hai l'aria stanca".

Si strofinò la nuca. "Sì, sono stato occupato. Ho pensato a quegli assassini che ti hanno inseguito l'altro giorno...".

Oh... quindi era preoccupato per me. Non era un bene. Non volevo che mio padre si preoccupasse per me. Inoltre, non volevo che mio padre assegnasse una guardia per seguirmi in giro. O peggio, non volevo rimanere bloccata nella casa del branco. Sapevo di essere un'adulta, ma per i licantropi non aveva importanza. Quello che l'Alfa ordinava, tutti lo facevano.

"Credo sia arrivato il momento di parlarti di qualcosa".

Non avevo assolutamente idea di cosa stesse parlando. Ascoltai, curiosa.

"Anni fa, le ninfe furono attaccate da una manticora che si aggirava nel loro territorio".

"Una manticora?" ripetei.

"Sì, una creatura con il corpo di un leone, la testa di un umano e la coda di uno scorpione. Uccideva e mangiava tutte le ninfe su cui poteva mettere le mani. Le ninfe furono decimate molto rapidamente e, per quanto lottassero, non riuscirono a uccidere la bestia malvagia".

Non sapevo bene dove andasse a parare quella storia, ma era inquietante. Non avevo mai sentito parlare di manticore prima d'ora. Sembrava una creatura uscita da un libro. Mio padre sembrava molto serio. Cercai di smettere di pensare e di concentrarmi.

"Le ninfe cercarono aiuto per sconfiggere la Manticora. I lupi del nostro branco si unirono a loro. Elaborammo un piano d'attacco. Intrappolammo la bestia e, quando non poté più muoversi, riuscimmo a ucciderla, con l'aiuto delle ninfe".

Lo guardai, era molto serio. Non pensavo che credesse davvero a tutta la storia. Non capivo bene perché mi stesse dicendo tutto ciò.

"Da quel giorno, per ringraziarci di ciò che avevano fatto i nostri antenati, le ninfe risvegliarono il potere interiore del nostro Alfa".

Attese un attimo. Che Aspettava a continuare?

"Il potere interiore del nostro Alfa?" domandai.

"Sì, figlia mia, ogni Alfa del nostro branco ha un potere interiore che gli altri licantropi non hanno. La ninfa regina la risveglia a ogni generazione, in segno di gratitudine per i servizi che le abbiamo reso".

Non sapevo cosa dire. Rimasi a guardare, stupefatta. Quel potere aveva qualcosa a che fare con l'eredità di cui parlava il mago? Era questo il potere che il Signore dei Vampiri cercava?

Mio padre continuò. "Di solito risvegliamo il potere quando il prossimo Alfa si alza per diventare il capo del branco... Ma dato che sei stata inseguita dagli assassini. Credo che sarebbe meglio fare il risveglio adesso".

C'era così tanto da capire. Non sapevo nemmeno da dove cominciare.

"Che cos'è questo potere interiore?" ero troppo impreparata.

Mio padre scrollò le spalle. "È diverso per ciuscuno di noi. Mio padre aveva poteri pacifisti. È così che è riuscito a unire tanti branchi di lupi. Per quanto mi riguarda, ho la capacità di far diventare la pelle rocciosa che mi permette, per un certo periodo, di proteggermi. Agisce come uno scudo e riduce i danni che ricevo. Questo mi ha permesso di avere la meglio in molte battaglie".

Ero scioccata. Com'era possibile che ne ero venuta a conoscenza solo in quel momento? Allora era vero. Avevo davvero un'eredità, un potere interiore nascosto dentro di me. Mi chiedevo quale sarebbe stato il mio.

"Stanotte c'è la luna piena. Devi andare da Ayanna, la regina delle ninfe di Melian. Risiede nel boschetto sacro a nord. Devi trovarla stanotte".

Annuii a mio padre. Mi mostrò il boschetto sacro sul mio telefono. Non era molto lontano, ma dovevo partire subito se volevo arrivare prima del tramonto.

Andai a prepararmi per l'imminente viaggio. Fu allora che mi resi conto che non sarei stata lì per incontrare Damien. O se lo avessi fatto, sarei arrivata in ritardo.

Entrai in contatto con Damien attraverso il nostro legame di anime gemelle.

"Ciao amore mio"

"Cosa c'è, mio piccolo lupo?"

"Farò tardi stasera. Devo andare a trovare la regina delle ninfe"

"La regina delle ninfe?"

Ridacchiai. Potevo sentire il suo stupore anche attraverso il nostro legame di compagnia.

"È una storia lunga. Ve ne parlerò quando vi raggiungerò"

"Ok. Mi manchi, mia piccola lupa. Ci vediamo stasera"

"*Anche tu mi manchi, amore. Ci vediamo dopo*".

Sapevo che sarebbe stata una giornata lunga. Ma ero fiduciosa. Ero ancora scioccata da tutta la faccenda del potere interiore e della ninfa. Ma, ehi, poteva solo essere d'aiuto, no? Speravo che quel potere mi aiutasse a fermare la guerra e a restare con Damien.

Capitolo 13 (Damien)

Ricordi del passato

Solo in mattinata Kate mi aveva detto che sarebbe tornata a casa tardi stasera. Trascorrere la giornata senza di lei mi faceva sempre sentire come se fossi perso nell'oceano e vederla la sera era la scialuppa di salvataggio che mi faceva andare avanti. Almeno mi aveva detto che sarebbe stata lì stasera. Sarei stato paziente, l'avrei aspettata.

Nel frattempo, andai a cercare mia zia Lilith. La trovai subito: era nella sala della guerra, a studiare la strategia per la battaglia contro i lupi mannari. Il pensiero che la guerra stesse per iniziare mi metteva sotto pressione. Dovevo evitarlo a tutti i costi. Non solo volevo proteggere la mia compagna, ma anche i suoi amici e la sua famiglia.

Kate sarebbe devastata se tutti i suoi cari fossero morti. Quella guerra non poteva accadere.

Quando entrai nella stanza, Lilith sembrava completamente assorta nei documenti che stava guardando.

"Zia Lilith?" Quando pronunciai il suo nome alzò lo sguardo, sorpresa, ma poi si rilassò e sorrise quando mi vide.

"Damien, è bello vederti".

Non sapevo esattamente come affrontare l'argomento. Era passato così tanto tempo dall'ultima volta che avevo avuto una vera conversazione con mia zia. Pensai che sarebbe stata una buona idea passare un po' di tempo da solo con lei, forse si sarebbe aperta di più con me.

"Ti va di fare una passeggiata con me?" le domandai.

Sembrava piacevolmente sorpresa dalla mia richiesta. "Perché no? È trascorso tanto tempo da quando mi hai chiesto di passare del tempo con te!"

Gli sorrisi. "I doveri del principe ereditario mi tengono molto occupato" le spiegai.

Annuì come se avesse capito cosa intendevo. Poi mi tese il braccio, aspettando che lo prendessi. Iniziammo a camminare a braccetto, proprio come facevamo quando ero più piccolo e passavamo il tempo insieme.

Lilith mi sorrise, sembrava sinceramente felice.

"Non lo facevamo da tanto tempo".

Volevo aggiungere che non la vedevo così felice da un bel po', ma pensai di tenerlo per me, nel caso in cui avesse smorzato l'atmosfera.

Mentre camminavamo, la portai nel giardino dove mi portava quando ero bambino. Era un giardino incorniciato da alberi molto alti. Qualche macchia di fiori qua e là sembrava sempre attirare le farfalle. In fondo al giardino si trovava l'opera d'arte preferita del Signore dei Vampiri. Ai lati del sentiero c'erano alcune panchine dove ci si poteva sedere. Era esattamente come lo ricordavo. Era come se il tempo stesso si fosse fermato, conservando quel luogo in uno stato perfetto. Per un attimo mi sentii di nuovo bambino.

Guardai mia zia e probabilmente anche lei se lo ricordava, perché si guardava intorno con occhi grandi e un sorriso.

"Hai visto tutti i colori delle farfalle, zia?" le chiesi.

"Oh Damien! Ricordo che non riuscivi a pronunciare farfalle. Era così carino!" rise.

Ridemmo insieme mentre ci sedevamo su una delle panchine.

"Sì, e ogni volta mi correggevi e mi chiedevi di dire correttamente farfalle".

Sorrisi. Sembrava ieri. Lo vedevo chiaramente nella mia mente.

Lilith sospirò di felicità. "Grazie mille per avermi portato qui, Damien! Ci riporta alla mente tanti bei ricordi".

"Sì, è vero. Passavamo molto tempo insieme, anche quando stavo invecchiando. Ma all'improvviso hai smesso di voler passare del tempo con me".

Parlavo di quando aveva iniziato a essere coinvolta nella guerra. Dopo il furto del libro. Sapeva cosa intendevo. Vidi il suo volto scurirsi come avevo previsto. Cercavo di ottenere la sua fiducia. Speravo che mi avrebbe parlato se avessi assunto l'aria di un innocente.

"Ho fatto qualcosa per farti arrabbiare? Che ti ha fatto passare la voglia di passare del tempo con me?" le domandai.

I suoi occhi si allargarono. "Oh, no! Damien, sei sempre stato un angelo dolcissimo! Non rimproverarti, tesoro" mi rispose subito.

Gli sorrisi. "Mi fai sentire meglio, pensavo di aver fatto qualcosa che ti avesse fatto arrabbiare".

Mi sorrideva mentre parlavo.

In quel momento dovevo farle parlare di un potenziale amante licantropo. Il che non sarebbe stato facile. Non sapevo esattamente come convincerla a parlarne. Giocare la carta dell'innocenza sembrava ancora una buona strategia.

"Ehi, zia, posso farti una domanda?"

Annuì leggermente.

"Sai, prima di tutta questa guerra con i lupi mannari. Sarebbe stato possibile che vampiri e licantropi fossero amici?"

Decisi che chiedere degli "amici" sarebbe stato più facile che degli amanti. Da lì in poi avrei visto come avrebbe reagito. E grazie al cielo non avevo chiesto la parte degli "amanti", perché il suo viso era passato dal sorriso alla severità. Capii che avevo colpito nel segno.

"Damien, anche quando il trattato di pace non era stato infranto, licantropi e vampiri sono sempre stati nemici naturali. Non ci si può fidare dei lupi mannari! L'amicizia è fuori discussione!".

In quel momento potevo percepire la furia nei suoi occhi. Decisi di sfidare ulteriormente la fortuna. Volevo davvero vedere la sua reazione se fossi andata oltre.

"Quindi... immagino che essere amanti sia fuori questione?"

Il suo volto è diventato bianco. Sembrava che avesse visto un fantasma e agitava le dita nervosamente. "Come ti è venuta un'idea così stupida? Certo, non potrebbe mai accadere!"

Scrollai le spalle e diedi il colpo di grazia. "Non so, quando sono andato a rapire il prigioniero l'altro giorno, ho incontrato un lupo mannaro che sembrava simpatico. Si chiamava Zach".

Vidi che era senza parole. Si bloccò e sembrò non sapere cosa dire.

Girò il viso di lato, in modo che non potessi più vedere il suo volto. Sembrava ferita e le tremava la voce. "Qualsiasi cosa pensi di aver visto quando sei andato lì, ti sbagli. Non ci si può fidare di loro".

Senza dire altro, si alzò e se ne andò, senza voltarsi a guardarmi. Non cercai di fermarla. Sapevo che aveva bisogno di stare da sola. E aveva anche confermato che c'era qualcosa tra lei e Zach. Dalla sua reazione, si capiva che erano più che semplici amici. Stava succedendo qualcosa. Non sapevo cosa esattamente, ma qualunque cosa fosse stata, l'aveva ferita e la feriva ancora in quel momento.

La guardai andare via, dispiaciuta per avermi riportato alla mente quei ricordi. Ma per risolvere questo enigma, dovevo farlo. Speravo che non me lo rinfacciasse.

POS di Kate

Stavo guidando nella mia auto. Superai un fiume che scorreva a nord della capanna e che circondava una montagna. Poi, per un po', c'erano solo campi di mais. Ascoltai la radio finché non arrivai ad una grande foresta. Quella era la foresta dove avrei trovato il boschetto sacro della ninfa.

Parcheggiai l'auto sul ciglio della strada. Avrei dovuto camminare per il resto del viaggio. Non importava. Mi piaceva camminare nei boschi.

Era una foresta di frassini. La luce del sole filtrava attraverso le foglie degli alberi. Si potevano vedere fate e farfalle volare tra le felci e i fiori. Era uno spettacolo bellissimo e non potevo fare a meno di sentirmi in pace e felice mentre camminavo nel bosco.

Più andavo avanti, più gli alberi diventavano alti. Alla fine arrivai dinanzi ad un albero molto alto, almeno il doppio di tutti gli altri. Era forte e il suo tronco era così largo che ci volevano quattro persone per raggiungerlo con le braccia. I suoi rami erano pieni di fiori bianchi e rosa, l'unico che ne aveva così tanti. Mi chiedevo come potesse averli, visto che era estate.

"Questo albero è sempre in fiore. È l'albero della vita".

Girai la testa per vedere chi stava parlando. Accanto a me c'era una donna alta. Al posto delle gambe, la sua parte inferiore del corpo sembrava una radice d'albero. Le radici arrivavano fino al busto. Sembrava umana dal busto in su. Radici e foglie le facevano da bikini. Aveva le orecchie da elfo, il suo viso era quello di una donna aggraziata. Infine, i suoi capelli erano lunghi e composti da liane e rampicanti in cui sbocciavano fiori. Le farfalle sembravano seguirla mentre camminava.

Ero rapita dalla sua bellezza. Non riuscivo a trovare una parola da dire.

"Ti stavo aspettando, Kate. Tuo padre mi ha detto che saresti venuta".

Mi sorprese che conoscesse il mio nome. Questo poteva solo significare una cosa.

"Sei tu Ayanna?" le chiesi.

Lei fece un cenno di riconoscimento con la testa. "Lo sono".

Mi ricordai che era la regina delle ninfe, così feci un inchino per mostrare il mio rispetto.

"Vostra Maestà".

Mi sorrise. "Alzati. Abbiamo molto da preparare prima del tramonto".

Mi alzai e la seguii.

POS di Damien

Tornando al castello, decisi di fare visita a Elwin per vedere come procedevano le sue ricerche. Come al solito, quando entrai nella sua stanza, era impegnato a fare qualche esperimento. Mi chiedevo se avesse mai fatto qualcosa di diverso dagli esperimenti. Si fermava a mangiare? Dormiva almeno la notte?

Decisi che oggi non dovevo sembrare arrabbiato o cattivo con lui. Avrei aspettato di vedere cosa aveva da dire, prima di decidere se avevo bisogno di ulteriore persuasione.

Pronunciai il suo nome e si voltò, senza lasciare la sua esperienza quella volta.

Si inchinò leggermente verso di me. "Ah! Il mio Principe! Speravo che venissi a trovarmi oggi", disse con aria emozionata.

Mise giù l'esperimento e si affrettò a prendere qualcosa da uno scaffale.

"Immagino che questo significhi che hai avuto il tempo di svolgere il compito che ti ho chiesto?".

Elwin sorrise. "Sì, mio principe! Un caso interessante! Molto interessante!"

Rimasi lì ad aspettare una spiegazione mentre lui cercava qualcosa in una piccola scatola di legno.

"Vedi, non so di chi sia il sangue che voi avete portato. Sembra che questa persona sia stata sottoposta ad una maledizione molto potente. Non ho mai visto una magia così potente! Persino la magia del Signore dei Vampiri è meno potente di questa!"

L'ultima frase mi spiazzò. I poteri di mio padre erano di gran lunga i più forti e temibili che conoscessi. Tutti gli obbedivano, facendo attenzione a non farlo arrabbiare e a non incorrere nella sua ira. Cosa c'era di più potente di quello, mi chiedevo?

"È davvero molto interessante. Tuttavia, avete una cura per questa magia?"

Elwin sorrise vagamente. "Non ne sono sicuro, mio principe. Questo è un territorio inesplorato. Poiché una magia così potente non è mai stata vista, è difficile per me sapere se posso guarirla".

Non era quello che volevo sentire, ma non potevo biasimarlo per quello. Se quella magia era così potente come diceva lui, chi sapeva come dissiparla? Alla fine sembrò aver trovato quello che cercava e prese una fiaschetta dal baule prima di voltarsi verso di me.

"Ho preparato una pozione speciale, con i reagenti più potenti che ho. Se non funziona, allora non dipende da me e dovrete cercare altrove".

Mi porse la fiaschetta. Conteneva uno strano liquido blu lucido. Lo tenevo con attenzione, guardandolo all'altezza degli occhi con stupore. Visti gli effetti della pozione di guarigione su Kate, ero sicuro che quella pozione avrebbe funzionato anche su sua sorella. Misi la fiala in tasca, ringraziando Elwin.

Mentre stavo per lasciare il suo laboratorio, sentii Elwin chiamarmi. Mi girai mentre lui chiedeva timidamente: "Mio principe... Se posso chiedere, siamo pari adesso?"

Sorrisi alla sua domanda. Era legittimo. Mi aveva aiutato tanto. Potevo perdonare quello che aveva fatto a Kate l'altro giorno, considerando che stava solo eseguendo gli ordini di mio padre.

"Sì, Elwin, siamo pari".

Sembrava sollevato dalla mia risposta. Lasciai la sua stanza. Oggi si stava rivelando una buona giornata, mi sentivo felice. Stavo tornando nella mia stanza quando incontrai mio fratello.

"Ehi! Vieni a cena con noi oggi?"

Erano passati alcuni giorni da quando avevo raggiunto la mia famiglia per la cena. Mi chiudevo sempre in camera a mangiare, poi uscivo presto per incontrare Kate. Non avevo molto da dire, il mio pensiero tornava sempre alla mia compagna che era lontano.

"Non lo so, ho dei programmi per stasera".

Mio fratello sorrise. "Sì, ho notato che esci spesso la sera... Credo di sapere perché", aggiunse con un occhiolino, prima di continuare. "La mamma voleva vederti".

Sospirai. Volevo bene a mia madre; sapevo che le mancavo o che si chiedeva cosa stessi diventando. Si era sempre presa cura di me, anche se ero adulto.

"Credo di potermi unire alla cena di stasera".

Mio fratello sorrise e mi diede una pacca sulla spalla. "Mi fa piacere sentirlo!"

Camminammo insieme per cenare con la nostra famiglia.

Quando arrivammo, i miei genitori erano già lì, così come Lilith, che alzò lo sguardo quando entrai nella stanza, e mi ha fece un grande sorriso. Ciò significava che non era arrabbiata con me per prima. Le sorrisi di rimando, ero sollevato. Volevo molto bene a mia zia e non volevo che si arrabbiasse con me.

Mia madre si alzò quando arrivammo e venne a baciarmi.

"Non ti vedo da molto tempo, figlio mio. Sono felice che abbia deciso di unirti a noi stasera".

Gli sorrisi. "Sono stato molto occupato ultimamente, mi dispiace".

Mio padre mi rivolse il suo solito sguardo severo. Lo ignorai e mi sedetti accanto a mio fratello per mangiare.

Il cibo era eccellente e tutti parlavano, ma io non ascoltavo. L'unica cosa a cui pensavo era Kate. Dovevo trovare un modo per restare con lei. Avevo bisogno di lei al mio fianco come di respirare. Stare lontano da lei mi faceva male. Mi stava divorando dentro. Ero così perso nei miei pensieri che non prestavo attenzione a ciò che accadeva intorno a me. Alla fine del pasto, Arius mi guardò e mi chiese: "Sai, posso dire che c'è qualcosa che ti preoccupa? Vuoi condividerlo con me?"

Non mi dispiaceva parlarne con mio fratello. Ma non potevo parlargli con tutte le persone attorno al tavolo. Lo guardai, facendogli cenno di rimandare quella conversazione. Mio fratello seguì il mio sguardo e capì.

Ci congedammo dal tavolo e andammo in camera mia, dove potemmo parlare lontano da orecchie indiscrete. Chiusi la porta dietro di noi.

Arius mi guardò. "Non hai parlato per tutto il pasto. Non hai nemmeno detto nulla quando papà si vantava delle sue solite storie. Cosa succede?"

Guardai mio fratello. Pensai a come aveva salvato la mia preziosa Kate. Era sempre presente per me e per lei. Pensai a come avesse perso la sua compagna nel modo più tragico possibile. Eppure era di nuovo lì, a prendersi cura di me. In quel momento mi sentii così vicino a lui.

"Non posso andare avanti così, Arius. Devo trovare un modo per stare al fianco di Kate o impazzirò. Mi manca così tanto che è insopportabile!"

Vedevo lo sguardo fraterno di Arius su di me, che capiva perfettamente quello che stavo provando. Mio fratello sospirò, strofinandosi la nuca con la mano.

"Hmmm... È un bel problema da affrontare. Ma non preoccuparti, non è che non possiamo risolverlo".

Stavo già provando a pensarci, ma non avevo ancora trovato una soluzione.

"Non può stare qui... E nemmeno io posso stare a casa sua. E non posso certo rimanere nascosto con lei nella foresta per sempre...".

Mio fratello sembrava riflettere un po'. "O forse sì".

Lo guardai con occhi interrogativi. Aveva un ghigno sul volto.

"Ti ricordi quel casolare dove andavamo con i nostri genitori quando eravamo bambini?", mi chiese entusiasta.

Ci pensai. Quando ero bambino, andavamo in vacanza con la famiglia in uno chalet nella foresta ai margini di una montagna. Era un bellissimo chalet, non molto lussuoso, ma aveva tutto ciò di cui avevamo bisogno. Ricordavo quanto mi divertivo con mio fratello per quelle volte in cui ci andavamo! Non sapevo perché avevamo smesso di recarci lì.

"Sì! Ora che mi ci fai pensare, me lo ricordo! Ci andavamo ogni anno".

Mio fratello annuì. "Ti ricordi ancora dove si trova?".

"Come ho potuto dimenticarlo?" replicai.

"Sai che è ancora di proprietà dei nostri genitori, vero? Il che significa che in questo momento dovrebbe essere vuoto, in attesa che qualcuno entri".

Era un'idea così bella che non potevo crederci! Saltai addosso a mio fratello e lo abbracciai, dandogli una pacca sulla schiena. "Mi stai salvando, non hai idea!"

Ero così felice! Sentivo un'enorme esplosione di emozioni che volevano uscire. Ma la prima cosa che mi venne in mente fu che dovevo dirlo a Kate il prima possibile.

Mio fratello rise dolcemente. "Sì, posso capirlo. Sono andato lì per nascondermi con la mia compagna prima che papà lo scoprisse. È un ottimo nascondiglio".

Lo guardai, sorpreso, ma non riuscii a dire una parola come mio fratello. "Non preoccuparti, troverò una scusa per dire alla mamma perché non può vederti per qualche giorno".

Non potrei essere più felice! Come mai non ci aveva pensato?

"Grazie mille Arius! Sia lodato Ecate! Non posso crederci! Non vedo l'ora di vedere la reazione di Kate quando glielo dirò!"

Mio fratello rise e guardò fuori il cielo che si stava oscurando.

"Credo sia arrivato il momento di andare a dirglielo, no?"

Risi anch'io. "Ci puoi scommettere! Anche se mi ha detto che stasera farà tardi... ma non importa".

Ringraziai di nuovo mio fratello mentre mi recavo da Kate. Avevo così tante cose da dirle che non vedevo l'ora di vederla.

POS di Kate

Guardavo il cielo oscurarsi. La luna piena stava lentamente salendo nel cielo. Avevamo bisogno della luna piena, aveva detto Ayanna. Avevamo bisogno che il mio lupo fosse il più forte possibile. Non avevo ancora idea di cosa aspettarmi.

Mi sedetti a terra, su una pietra nel boschetto sacro della ninfa. Le fate erano impegnate a disporre petali di fiori intorno a me, in cerchio sul terreno. Al tramonto, le fate cominciarono a brillare e si vedeva una scia di luce ovunque andassero. L'aria si era fatta magica. Era così bello.

Ayanna si avvicinò e si sedette di fronte a me. Altre ninfe erano sedute intorno a noi. Mi mise davanti un bicchierino contenente una bevanda verde.

"Dovrete bere questa bevanda".

Non avevo mai bevuto niente del genere. All'improvviso iniziai a chiedermi se fosse una buona idea.

"Cosa c'è dentro?"

"Contiene molte piante ed erbe, ma soprattutto assenzio".

Restai sbigottita. "Questo alcol non è illegale?".

Scosse la testa. "Forse nel mondo degli umani è così. Ma non nel regno delle ninfe. Non avere paura, figlia mia. Ci sono solo poche gocce nella bevanda".

Sentivo innumerevoli storie sull'assenzio e non ero sicura di volerlo provare. Credevo di non aver avuto molta scelta.

"L'assenzio contiene una sostanza che reagisce al vostro lupo interiore. È così che possiamo risvegliare il vostro potere interiore. Si fa così da generazioni".

Pensai a ciò che aveva appena detto. Significava che mio padre, suo padre e tutti gli altri prima di me avevano sempre bevuto quell'infuso per liberare la propria forza interiore. Allora non dovrebbe essere troppo pericoloso, no?

Annuii ad Ayanna. "Devo bere questo?"

"Sì, e io ti guiderò nel resto".

Non sapevo bene cosa aspettarmi ed ero un po' nervosa. Ma era già notte. Volevo superare quella prova e poi andare da Damien.

Da una parte le fate iniziarono a danzare intorno a noi, mentre le ninfe cantarono in una lingua che non conoscevo. Non sapevo se avessero usato qualche tipo di magia o se fosse stata un'invocazione speciale, ma la mia mente si era svuotata e la pace mi aveva invaso. Senza nemmeno pensarci, presi il bicchiere tra le mani.

Alzai il bicchiere alle labbra, temendo di bere il primo sorso. Che sapore avrebbe avuto? Profumava di limone e spezie. Feci un respiro profondo e raccolsi il coraggio. "Non può essere così grave", pensai.

Lo bevvi in pochi sorsi, per essere sicura di non cambiare idea. In seguito mi resi conto che il sapore non era affatto male. Aveva il sapore di una limonata piccante.

Guardai Ayanna, che mi sorrideva.

"Ora, figlia mia. Ho bisogno che tu lasci che il tuo lupo prenda il controllo di te. Devi sfogarti, ma non cambiare te stessa. Dagli solo il controllo del tuo corpo umano".

Non ero sicura di cosa intendesse. Dare al mio lupo il controllo del mio corpo umano? Non l'avevo mai fatto in vita mia.

Non ci volle molto perché sentissi gli effetti della bevanda. Iniziò con una sensazione di bruciore dentro di me, un po' come se avessi bevuto un cocktail forte. Si diffuse lentamente in tutto il mio corpo. Non sentivo dolore, ma solo un calore che mi avvolgeva. Allo stesso tempo, sentii che la testa cominciava a girare un po'. Sentivo la mia lupa agitarsi sempre di più. Voleva uscire, aveva *bisogno di* uscire.

Rimasi lì, senza sapere bene cosa fare.

"Non opporti. Lasciala venire da me".

Sentivo quello che diceva Ayanna, ma non avevo idea di come fare. Il mio corpo era pesante e non riuscivo a muovermi. Sentivo quel potere crescere dentro di me. Bruciava dentro di me e avevo bisogno di farlo uscire, per non esserne consumata.

A un certo punto, sentii qualcosa rompersi dentro di me. La mia lupa si fece avanti. Mi sentii tirare dentro. Vedevo le mie mani muoversi, ma non avevo più il controllo. Ora capivo cosa intendeva. Osservai meravigliata come il mio lupo avesse preso il controllo del mio corpo umano.

Ayanna sorrise. "Ce l'hai fatta, guarda la bellezza del tuo lupo".

Prese un piccolo specchio dalla tasca e lo girò verso di me. Dentro di me vidi il mio riflesso nello specchio che teneva in mano. Riconobbi tutto, tranne quei due occhi dorati che mi fissavano. Erano gli occhi del mio lupo. Brillare ferocemente nello specchio, prendere possesso del mio corpo umano per la prima volta.

Cosa mi sarebbe successo? Sarei rimasta così per sempre? Cominciai ad avere un po' di panico e il mio respiro si accelerò.

Ayanna lo capì subito. "Calmati, figlia mia. Tutto andrà bene. Dobbiamo solo risvegliare i tuoi poteri e potrai riprendere il controllo".

Le sue parole furono sufficienti a calmarmi.

Sentivo sempre quel calore che bruciava dentro di me e mi chiedevo quando si sarebbe fermato.

Ayanna prese le mie mani tra le sue. "Dimmi, cosa vedi?".

Non vedevo nulla. Mi chiesi cosa volesse dire, quando mi resi conto che stava parlando alla mia lupa. Improvvisamente la mia mente si riempì di fiamme e di angeli. Mi resi conto che la mia lupa non poteva parlare, non sapeva come fare, così invece potevo vedere quello che voleva dire.

Ayanna mi guardò intensamente, come se potesse vedere attraverso i miei occhi. Le ninfe potevano fare una cosa del genere? Tutto sembrava così reale e travolgente. A un certo punto, la mia lupa ululò alla luna. Era un urlo che veniva dal profondo di me. Poi svenni.

Quando aprii gli occhi, ripresi il controllo del mio corpo. La mia lupa era tornata dentro, come al solito. Stava bene, sembrava felice e in pace. Ero sdraiato sul pavimento.

Mi alzai. Ayanna era ancora lì con me.

"Come ti senti?" mi chiese.

Mi presi un secondo prima di rispondere. "Bene... credo".

Il fuoco che sentivo dentro di me era sparito. Mi sentivo in pace. Mi guardai intorno, sentendomi un po' disorientata.

"Va tutto bene, sei svenuta un po'. È normale. Guarda".

A terra c'era una lancia infuocata. Mi chiesi da dove venisse.

"Hai una lancia di fuoco sacro, mia cara bambina".

Non ero sicuro di aver capito bene. "Io cosa?"

"Il tuo potere interiore. Puoi evocare una lancia di fuoco sacro".

Presi la lancia tra le mani, stupita. L'avevo davvero fatto apparire? Mentre esaminavo la lancia, questa scomparve.

Ayanna mi sorrise. "Le armi evocate di solito durano solo pochi minuti, ma sono molto potenti. Dovresti usare la lancia saggiamente in battaglia".

"Come posso invocarla?"

"Ora che il tuo potere interiore è stato risvegliato, dovrebbe essere abbastanza facile. Basta pensarci e dovrebbe apparire. Il tuo lupo lo saprà".

"Devo lasciare che il mio lupo controlli il mio corpo ogni volta?"

Ayanna scosse la testa. "No, ora che è stato fatto, non dovrai farlo ogni volta che vorrai usare la lancia".

Proprio mentre stavo per cercare di evocare la mia lancia di fuoco sacro, lei mi fermò.

"Non fallo troppo spesso. Ci vuole molta energia. Dovresti usarla solo quando sarà necessario".

Gli feci cenno con la testa. Era un buon consiglio. Avrei proveto quando ne avrei avuto bisogno.

Guardai l'orologio. Era già mezzanotte. Avevo davvero bisogno di raggiungere Damien. Mi ci sarebbero volute alcune ore per raggiungerlo. Probabilmente mi stava già aspettando.

"Grazie mille, Ayanna. Vorrei potermi fermare più a lungo, ma c'è un posto dove devo proprio andare".

Mi fece un sorriso complice. "Certo, figlia mia".

Come faceva a sapere dove dovevo andare? Forse mi sbagliavo e lei non lo sapeva. In quel momento, non aveva importanza. L'unica cosa importante era che io arrivassi a Damien.

"Sto arrivando, amore", dissi nella sua mente, prima di salire in macchina.

Capitolo 14 (Damien)

Amnesia

Ero così emozionato di vedere Kate. Arrivai al lago prima di lei. Sapevo che avrebbe fatto tardi, ma non potevo farne a meno. Mi mancava così tanto!

Quella sera il lago era coperto da un sottile strato di nebbia. La nebbia si aggirava intorno a me, facendomi sembrare di essere in uno strano sogno. Ma sapevo che non era un sogno e non vedevo l'ora che il mio amore venisse da me. Ascoltavo il canto delle rane e guardavo le stelle che brillavano come diamanti nel cielo.

Aspettai per un po'. Stavo diventando impaziente, ma avrei atteso il tempo necessario.

Infine, vidi qualcuno che camminava attraverso la nebbia e veniva verso di me. Sapevo che era lei. Potevo sentire il suo dolce profumo paradisiaco da dove mi trovavo, indovinando le sue curve nella nebbia. Finalmente era abbastanza vicina da permettermi di vedere il suo sorriso ammaliante.

"Finalmente", feci le fusa in modo rauco.

Kate mi guardò, potevo vedere il desiderio nei suoi occhi. "Mi sei mancato così tanto!", sussurrò mentre la baciavo, sentendo il suo corpo contro il mio.

Averla tra le braccia dopo aver trascorso la giornata senza di lei mi faceva sentire così bene. La baciai teneramente, facendo scivolare la mia lingua nella sua bocca mentre lei divideva le labbra. Aveva un sapore paradisiaco. Sentii il suo cuore battere più velocemente mentre le passavo le dita tra i capelli. Emise un gemito mentre le accarezzavo la schiena e le afferravo i fianchi. Fece scorrere le mani lungo il mio busto, tastando i miei muscoli. Gemetti un po', quel momento era semplicemente perfetto. Rimanemmo così per un po', godendoci la nostra riunione e l'amore reciproco.

Alla fine ruppi il bacio e la strinsi a me.

"Sei arrivata piuttosto tardi oggi", la presi in giro.

"Lo so. Sono andata a trovare Ayanna".

"Ayanna?" ripetei.

Non avevo idea di chi fosse questa Ayanna. Kate rise.

"È la regina delle ninfe Meliane".

Non sapevo ancora chi fosse, ma almeno avevo una spiegazione.

"E cosa ne hai fatto di quella Ayanna?"

"Beh... Ricordi quando il tuo mago ha detto che avevo un'eredità in me? Abbiamo scoperto che era vero".

Cercai di pensare a qualcosa da dire, ma non mi venne in mente nulla. Non potevo credere che Elwin avesse ragione. Non volevo che fosse vero. Solo altri motivi per mio padre per cercare di allontanare la donna che amavo.

"Perché non me ne hai parlato?".

Sembrava dispiaciuta mentre parlava. "Beh, l'ho appena scoperto. Non ne sapevo nulla".

Le accarezzai delicatamente la guancia con il dorso della mano. "Mio padre mi ha raccontato tutto stamattina. Ayanna mi ha aiutato a risvegliare il mio potere interiore. Non sapevo nemmeno di averlo. Devi credermi, Damien".

Sembrava che stesse cercando di convincermi, ma non ce n'era bisogno.

"Ehi, calmati, mia piccola lupa. Ti credo. Ti crederò sempre".

Sorrise alle mie parole. Questo la rendeva irresistibile. Le ho baciato le labbra morbide.

"Allora, che cos'è questo potere interiore?".

"Ho scoperto che posso evocare una lancia di fuoco sacro".

"Cosa?"

Vidi gli occhi di Kate brillare di eccitazione mentre mi guardava. Quel potere interiore era incredibile. E potrebbe essere molto utile a mio padre durante la guerra.

"Questo significa che tutti i membri della tua famiglia possono farlo?"

Kate scosse la testa. "No, è diverso per tutti.

Era molto interessante, ma anche molto spaventoso. Non volevo che nessuno lo sapesse. Non volevo che mio padre lo scoprisse. Volevo che Kate fosse al sicuro.

"Kate, è fantastico! Manterrai il segreto, vero?"

"Perché?"

"Beh, non vorrei che qualcuno, soprattutto mio padre, ti desse la caccia per questo potere".

Rifletté per un momento. "Non ci avevo pensato in questo senso. Ma ora che mi ci fai pensare, ha senso. Grazie, amore. Starò attenta".

Sorrisi, rassicurato dal fatto che almeno tenesse presente le mie osservazioni. Avevo anche molte cose da dirle e non vedevo l'ora di farlo.

"Ehi, mia piccola lupa, ho qualcosa per te. Sarai felice".

Kate mi mostrò il più bel sorriso sul volto. Gli porsi la fiala che mi aveva dato Elwin. Nell'oscurità della notte brillava ancora di più. Kate la guardò con occhi perplessi.

"È per tua sorella".

I suoi occhi brillavano di eccitazione. "Davvero?"

"Elwin non è riuscito a capire esattamente cosa le sia successo. Ma una cosa è certa: la magia che la tiene incosciente è più forte di quella del signore dei vampiri".

Kate sembrò scioccata da quelle ultime parole. Esitò, poi chiese: "Significa che è impossibile che un vampiro le abbia fatto questo?"

Annuii. "Sarebbe altamente improbabile, dato che il Signore dei Vampiri è il più forte di tutti i vampiri".

Sembrava sollevata dalla mia risposta.

"Il nostro mago non era sicuro che l'avrebbe curata, ma è la pozione più forte che abbia preparato. Se non funziona, dovremo trovare un altro modo per aiutare tua sorella".

Kate sembrava voler provare la pozione su sua sorella. Vedevo i suoi occhi bruciare per l'attesa. Sembrava così impaziente che mi chiedevo se volesse andare subito da lei. Non lo permisi, perché volevo ancora abbracciarla e avevo molte cose da dirle.

Era così carina che mi faceva ridere un po'. Le presi la mano e le chiesi gentilmente: "Non te ne stai già andando, vero?"

Arrossì un po' quando le baciai la parte superiore della mano. "Certo che no!"

Sorrisi, soddisfatto della sua risposta. "Bene, perché ho un'altra cosa importante da dirti"

"Davvero? Cosa c'è?", chiese scherzosamente. In quel momento, l'unica cosa che volevo fare era baciarla.
"Amore mio, sei così bella! Voglio solo tenerti per sempre", sussurrai.

Ridacchiò. "È questa la cosa importante che volevi dirmi?", chiese con un occhiolino.

Mi resi conto di aver detto ad alta voce quello che pensavo e gli sorrisi. "Beh, anche questo è piuttosto importante... Ma avevo anche qualcos'altro".

La feci aspettare qualche secondo prima di parlare. Vedevo che stava diventando impaziente, il che mi faceva venire voglia di stuzzicarla ancora di più. Ma non aspettai troppo prima di dirglielo.

"Oggi sono andata a trovare mia zia Lilith".

Gli occhi di Kate si allargarono mentre parlavo, sapeva dove volevo arrivare con la mia storia ed era ansiosa di ascoltarla.

"Le chiesi se era possibile che licantropi e vampiri fossero amanti, ma lei mi disse che dei licantropi non ci si poteva fidare".

Gli occhi di Kate si rivolsero al pavimento mentre pronunciavo quelle parole. Potevo sentire che era triste attraverso il nostro legame. Le strinsi la mano e le sollevai il mento con le dita, in modo che mi guardasse negli occhi. "Ehi, l'ha detto mia zia. Questo non significa che io sia d'accordo con lei, ok?"

Poi, per ricordarle quanto l'amavo, inclinai la testa e spinsi i capelli di lato, in modo che potesse vedere chiaramente il mio collo, esponendo il segno che mi aveva lasciato. Bastò uno sguardo per cancellare tutta la sua tristezza e farla sorridere di nuovo. Mi sfiorò con le dita la pelle del collo, facendomi rabbrividire.

"Hai ragione, me ne ero quasi dimenticata", disse lei.

"Come hai potuto quasi dimenticare che sei la mia anima gemella? È piuttosto importante!" chiesi, perplesso.

Lei rise. "Sto solo giocando con te. Non lo dimenticherò mai. La mia lupa si strugge per te tutto il giorno".

Un rantolo di soddisfazione mi sfuggì dal petto a queste parole, sollevato. Avevo bisogno di lei al mio fianco più che mai.

"Come dicevo, Lilith ha avuto una forte reazione quando ho parlato di licantropi e vampiri come amanti. Così, per sondare un po' il terreno, le ho detto che avevo incontrato un bel lupo mannaro e che si chiamava Zach... avresti dovuto vedere la sua reazione. Sembrava ferita, la sua voce tremava. Non so esattamente cosa sia successo tra loro, ma sicuramente lei lo conosce".

Kate stava ancora pensando a ciò che avevo appena detto, quando udirono un rumore proveniente dai cespugli.

"Forse posso aiutare a chiarire", disse una voce maschile.

Mi misi di fronte a Kate, preparandomi a proteggerla da chiunque potesse trovarsi lì. Mi erano già cresciute le unghie e mi stavano spuntando le zanne. Non permetterei mai che accadesse qualcosa alla mia compagna.

Un uomo emerse lentamente dai cespugli. Aveva i capelli biondi e gli occhi azzurri, era alto e sembrava in forma, più vecchio di Kate. Uscì, senza mostrare segni di aggressività.

Mi guardò e parlò con calma. "Rilassati, non sono qui per litigare con te".

Mi rilassai un po' e ritirai le unghie e le zanne.

Kate gridò: "Zio Zach, che ci fai qui?"

Allora, quello era Zach. Dovrebbe essere interessante, pensai.

Zach si strofinò la nuca, cercando una risposta. "... credo che sia la stessa cosa che facevi tu quando eri piccola", disse, guardando Kate.

Kate sorrise alla sua risposta. Mi guardò, poi si rivolse a zuo zio. "Zach, questo è Damien. È lui che mi ha riportato a casa qualche giorno fa... E... beh... è la mia anima gemella!", arrossì un po' a queste ultime parole.

Zach rise un po'. "Sì, è quello che ho capito dalla vostra piccola conversazione".

"Che cosa hai sentito?" gli chiesi.

Sorrise. "Tutto".

Per fortuna le cose non si scaldarono troppo tra me e Kate mentre lui ci guardava, pensai. Mi avvicinai a Kate e le misi un braccio intorno alla vita. Kate appoggiò la testa sulla mia spalla e sentii un morbido rantolo provenire dal suo petto che mi riempì il cuore.

Zach ridacchiò dolcemente guardandoci. "Non preoccuparti. La dea della luna ti ha scelto come compagno. Finché è felice con te, non mi importa se sei un vampiro".

Sentii Kate rilassarsi a quelle parole. Anch'io ero felice. L'ultima cosa che volevo era litigare con la sua famiglia per il nostro amore. Tutto quello che volevo era che la sua famiglia ci approvasse per poter vivere insieme liberamente.

Zach continuò. "Inoltre, non ho mai sigillato il legame, come sembra abbiate fatto voi due", ammiccò mentre lo diceva, fissando il segno sul mio collo.

Non potevo fare a meno di avere un'espressione orgogliosa, perché sapevo quanto fosse importante per i licantropi.

"... anche la mia compagna è un vampiro..." aggiunse, con sussiego.

Kate si mise le mani sulla bocca per la sorpresa. Ora tutto aveva un senso. Non avevo bisogno di tutti i dettagli: Lilith era la ragazza di Zach. Questo spiegava come si conoscevano e perché Kate aveva detto che erano amanti. Anche se non spiegava cosa fosse successo tra loro.

"Allora perché non sei con lei? Perché è così ansiosa di fare la guerra ai licantropi?" gli domandai.

Zach aveva un'aria triste. "Me ne sono ricordato solo oggi. Non so come io abbia potuto dimenticare una cosa così importante...".

Guardò Kate. "Tutti quei discorsi con te. Quando mi hai chiesto delle anime gemelle. E quando mi hai chiesto se conoscevo un vampiro di nome Lilith. Continuai a guardare, con la mente confusa. Ma all'improvviso mi sono ricordato".

Era la cosa più strana che avessi mai sentito. Il legame con l'anima gemella era la cosa più forte in assoluto. In cuor mio so che non potrei mai dimenticare che Kate è la mia compagna. Tutto in me la desidera continuamente.

Kate mi disse qualcosa nella mia mente. *"Non potrei mai dimenticarti"*.

La guardai e vidi la passione nei suoi occhi. L'abbracciai in vita e la baciai delicatamente sul collo.

Kate si rivolse allo zio con dolcezza. "Non capisco come tu possa dimenticare la tua ragazza.

Zach scrollò le spalle. "Non capisco davvero nemmeno io".

Poi pensai a qualcosa che potesse spiegarlo. Ma prima dovevo vedere se era collegato alla scomparsa del libro dei segreti dei vampiri avvenuta diciotto anni fa.

"Quella notte. Kate mi ha detto di aver visto Lilith darti qualcosa. Che cos'era?" gli domandai, diretto.

Zach mi guardò, teso. "Quello era il libro segreto dei vampiri. Contiene tutti i segreti conosciuti sui vampiri e sulla loro storia".

Ora stavamo andando da qualche parte! E forse questo spiegherebbe come avesse potuto dimenticare la sua ragazza.

"Hai aperto il libro?" continuai.

Mi guardò. "Certo!"

"Allora questo potrebbe spiegare perché hai dimenticato la tua compagna".

Kate e Zach mi guardavano con occhi curiosi.

"Il libro dei vampiri è protetto da una maledizione. Nessuno sa veramente quale sia. E se fosse stata proprio questa maledizione a farti dimenticare tutto? Questo potrebbe spiegare quello che ti è successo. E sarebbe una maledizione efficace per assicurarsi che i segreti dei vampiri siano preservati, dico bene?"

Entrambi pensarono a ciò che ebbi appena detto e sembrarono essere d'accordo con me.

"Ha senso", borbottò Zach.

"Ma cosa volevi fare con il libro?" gli domandai.

Zach sospirò: "Volevo trovare un modo per prolungare la mia durata di vita, in modo da poter vivere per sempre con Lilith".

Sembrava triste quando ne parlava. Il suo scopo era quello delle intenzioni più pure. Quella maledizione era stata così crudele con lui. Voleva solo passare tutta la vita con la sua compagna e vivere quanto lei, ma l'aveva completamente dimenticata. E pensare che Lilith aveva dovuto soffrire! Il dolore e la tristezza di vedersi portare via la sua compagna, la sua altra metà, quella che il destino aveva scelto. Probabilmente pensava che lui non la amasse più. Ma poiché non l'aveva rifiutata come compagna, significava che il legame non era mai scomparso del tutto. Quindi deve averlo desiderato per anni, senza mai riuscire a mettersi insieme a lui. Deve essere stato insopportabile.

Questo probabilmente spiegava cosa fosse successo qualche anno fa, quando mia zia era cambiata improvvisamente. E perché era così desiderosa di entrare in guerra con i lupi mannari... Questo spiegava anche perché aveva detto che non ci si poteva fidare dei lupi mannari. Se solo lo avessi saputo, forse avrei potuto aiutarla in qualche modo.

"Troveremo il modo di prolungare la tua vita, e poi te lo diremo!", disse Kate con la determinazione negli occhi. La mia dolce Kate. Sempre quella determinazione e quel fuoco interiore che mi piacevano tanto.

"Dobbiamo anche trovare un modo per prolungare la vita di Kate", dissi.

Zach ci sorrise e annuì.

Ma c'era ancora qualcosa che mi turbava. Tutti dicevano che i lupi mannari ci avevano rubato il libro. Se Lilith gli aveva portato il libro, perché tutti pensavano che i licantropi lo avessero rubato?

Guardai Zach. "Non capisco. I vampiri pensano che i lupi mannari abbiano rubato il libro diciotto anni fa. Ma se è stata Lilith a portartelo, non vedo perché dovrebbero pensarlo".

"Credo di conoscere la risposta a questa domanda... Quando Lilith mi ha portato il libro, nessuno sapeva che l'aveva preso. Era il nostro segreto, perché non potevamo dire a nessuno che eravamo compagni. Il punto era che avrei trovato un modo per prolungare la mia vita e, una volta trovato, avrei restituito il libro e sarei scappato con Lilith. Vivere lontano da qui. In un posto dove nessuno avrebbe messo in dubbio il fatto che io fossi un lupo mannaro e lei una vampira".

Sembrava una buona idea. Ma non volevo scappare. Volevo trovare un modo per far sì che la gente approvasse la nostra relazione. Ero l'erede al trono. Nel peggiore dei casi, avrei atteso di diventare Signore e di fare una dichiarazione pubblica che permettesse alle persone di amare chi volevano. Ma speravo di non dover aspettare così a lungo. E avevo intenzione di stare con Kate d'ora in poi, perché non potevo sopportare di separarmi da lei.

Zach sospirò. "Avrei dovuto incontrarla qui una settimana dopo per restituirle il libro. Ma non appena ho aperto il libro, me ne sono dimenticato. O almeno questa è la migliore spiegazione che ho".

Kate parlò a bassa voce. "Immagino che abbia dovuto trovare una scusa per la scomparsa del libro quando la gente si è accorta che era sparito..."

Di sicuro mia zia pensava che non gli piacesse e che l'avesse tradita per avere il libro, ma decisi di non dirlo ad alta voce, perché probabilmente era già abbastanza difficile per Zach.

"Ha senso, perché questo libro è della massima importanza per i vampiri ed è sotto stretto controllo" rispose Zach.

"Zach... sta per scoppiare una terribile guerra perché manca questo libro. Se potessi restituirmelo, sarei in grado di fermare questa guerra" la mia voce era soffocata.

Zach mi guardò, imbarazzato. "Il problema è che... non ricordo dove sia il libro".

Lo guardai, sorpreso.

"Ricordo di averlo aperta, ma non so cosa ne abbia fatto dopo"

"Pensi che avresti potuto metterlo in biblioteca?", chiese Kate.

Zach scuote la testa. "No, questo libro è piuttosto grande e ha una strana aura magica. Qualcuno l'avrebbe già trovato se fosse stato in biblioteca".

Mi sentivo scoraggiato. Era l'unica cosa di cui avevamo bisogno per evitare la guerra. Eravamo così vicini a trovarlo! Ma sembrava di essere tornati al punto di partenza. Kate doveva aver percepito i miei sentimenti attraverso il nostro legame di compagnia, mentre mi stringeva e spingeva nella mia mente: "*Non arrenderti, amore*".

Quelle parole erano tutto ciò di cui avevo bisogno per riportare il fuoco dentro di me. "*Hai ragione, mia piccola lupa*", incalzai nella sua mente.

"Ti prego, Zach, devi cercare di ricordare, devi cercare di trovarlo. Se scoppia questa guerra... Kate potrebbe farsi male. Anche la sua famiglia e i suoi amici potrebbero farsi male. Non voglio vittime da nessuna delle due parti".

Zach annuì. "Sì, capisco. Farò del mio meglio per trovarlo e riportarlo indietro. Sarebbe meglio se potessimo evitare questa guerra... Inoltre, ho bisogno di vedere Lilith".

Naturalmente, doveva vederla. Non sapevo come avrebbe reagito dopo tutti questi anni. Ma era qualcosa che dovevano affrontare da soli.

Zach continuò. "Credo che dovrei andare. Ho un libro e un'anima gemella da trovare".

Kate guardò suo zio, poi si voltò verso di me. "Credo che dovrei andare anch'io".

Scossi la testa e la trattenni per il braccio. "No, aspetta! Non di nuovo, io... non posso continuare così. Ti prego, resta con me".

Mi guardò. "Amore mio, lo so. Anch'io voglio stare con te. Ma sai che devo andare a casa, e anche tu". Potevo leggere la tenerezza nei suoi occhi e sapevo che era triste per quel congedo, ma non sapeva cosa stavo per dirle.

La guardai con occhi maliziosi. "In realtà, forse no".

Kate mi guardò con occhi curiosi. Mi piaceva lo sguardo che mi rivolgeva. Amavo giocare con lei.

"C'è un cottage nelle vicinanze, di proprietà della mia famiglia. Non c'è nessuno. Vi prego, venite con me. Venite con me. Possiamo stare lì insieme! Non dobbiamo stare separati tutto il giorno".

Potevo sentire tutta l'eccitazione che provava grazie al nostro legame di anime gemelle.

Sentivo il battito del suo cuore accelerare e leggevo la gioia sul suo volto. Era così bella, sorridendo in quel modo, che avrebbe fatto invidia ai diamanti.

"Oh Damien! È una grande idea!".

Kate mi saltò in braccio, abbracciandomi forte. Appoggiai la testa nell'incavo del suo collo e mi godetti il suo dolce profumo. Ma all'improvviso fece un passo indietro e il suo volto passò dall'eccitazione alla tristezza. "Non posso... la mia famiglia si preoccuperebbe per me... E devo ancora andare da mia sorella e svegliarla... E dobbiamo trovare il libro e fermare la guerra... e...".

In quel momento sentivo in lei tanti dubbi. Stava cercando di caricarsi sulle spalle tutti i problemi del mondo, ed era troppo. Aveva bisogno di lasciare che anche gli altri la aiutassero. Ero il suo compagno, volevo condividere il peso con lei, volevo poterla aiutare.

La interruppi. "Ehi, piccola lupa, calmati. È troppo da gestire per una sola persona. Lascia che ti aiutiamo noi, ok? Sai che puoi contare su di me. Sono il tuo compagno, sono qui per te. Ti prego, lascia che ti aiuti".

Zach, che aveva assistito all'intera vicenda, aggiunse: "Lasciate che sia io a occuparmi del libro. Sono io che l'ho perso. Sarò io a trovarlo e a riportarlo indietro, ok?"

Kate annuì; si era un po' calmata quando le avevamo parlato.

Poi Zach tossì. "Penso che dovresti andare alla baita con Damien. Dirò ai tuoi genitori che ti ho chiesto di occuparti di alcuni affari che ho con il branco di lupi della porta accanto. In questo modo sapranno che sarai via per qualche giorno".

Kate sgranò gli occhi. "Davvero. Lo faresti per me?"

Zach annuì, ma Kate si affrettò ad aggiungere: "Ma prima voglio provare a svegliare Bianca. E devo anche prendere alcune delle mie cose".

Mi guardò concitata. Capivo che quando aveva qualcosa in mente, niente poteva fermarla.

"Ti andrebbe bene se invece ti raggiungessi domani mattina?"

Aveva quei begli occhi a cui era impossibile resistere. Risi dolcemente: "Certo che puoi, mia piccola lupa. Lascia che ti mostri dove si trova sul tuo telefono".

Mostrai a Kate la posizione del cottage sul suo telefono. In questo modo era sicura di non perdersi. Zach guardò la mappa e disse: "Oh sì! So dove si trova. È un bel posto, starai bene".

Sorrisi. Aveva ragione, mi sarebbe piaciuto, pensai. Anche più di quanto pensasse. Non era la posizione e nemmeno il cottage in sé che aspettavo con ansia. Finalmente avrei avuto un po' di tempo da solo con la mia bellissima Kate, tutto il giorno e tutta la notte. Era proprio questo che aspettavo con ansia.

Mentre ci salutavamo per la notte, diedi a Zach una pacca amichevole sulle spalle. Fu bello sapere di avere un alleato nella famiglia di Kate. Il mio primo alleato licantropo, pensai.

Quando Kate si avvicinò a me, sentii il calore del suo respiro sul mio collo. Era così allettante che non potevo aspettare che fossimo soli.

"Vado a preparare il cottage. Sarò qui ad aspettarti. Non farmi aspettare troppo, amore mio"le sussurrai.

Kate si alzò in punta di piedi e mi baciò mentre la tenevo per la vita. Non avevo bisogno di nient'altro che di lei per essere felice. La seguirei fino ai confini del mondo.

"Sarò veloce, lo prometto. Vedrai, in men che non si dica tornerò tra le tue braccia".

Le sue parole erano tranquillizzanti. La promessa di averla tutto il giorno risvegliava in me un fuoco che non sapevo esistesse. La baciai con passione, resistendo a stento all'impulso di prenderla subito. Avevo bisogno di lei più che mai. Sapevo che stasera doveva tornare dalla sua famiglia e che suo zio era ancora lì a guardarci. Ma era come se il mio cuore avesse preso il sopravvento sulla mia testa. Il legame con l'anima gemella mi attirava a lei più che mai. Era impossibile resistere.

Kate mi sussurrò senza fiatare tra un bacio e l'altro. "Domani avremo tutto il tempo che ci serve, amore. Ora devo partire per la notte".

Le sue parole erano sufficienti per riportare la mia mente sotto controllo. Immaginavo che in quel momento avesse quel potere su di me.

"Hai ragione. Vai, mio piccolo lupo, così potrai tornare da me il prima possibile". Le feci l'occhiolino e la lasciai andare. La guardai tornare verso la casa della sua famiglia con Zach.

Mi sentivo felice, perché sapevo che quella volta mi avrebbe raggiunto al mattino, invece di dover aspettare un giorno intero. Mi diressi al cottage con il cuore leggero, pensando a tutte le cose che volevo preparare prima dell'arrivo di Kate.

Capitolo 15 (Kate)

La maledizione del demone

Tornata a casa con lo zio Zac mi sentivo più felice che mai, sapendo che il giorno seguente sarei potuta andare da Damien e stare con lui. La mia lupa non era contenta, voleva andarsene subito. Ma le ripetei che prima dovevamo andare da mia sorella. Quello era più importante.

Mentre ci avvicinavamo alla casa, Zach mi disse: "Sono davvero contento che tu abbia trovato il tuo compagno. Prenditi cura di lui. Non fare come me".

Deve essere stato così difficile per Lilith... ma quello che era successo non era nemmeno colpa di Zach.

"Non volevi dimenticarla... sono sicura che sarai in grado di sistemare ciò che si è rotto".

Zach sembrava preoccupato. "Non ne sono così sicuro, ma spero di poterlo fare".

Arrivammo a casa.

"È meglio che tu vada a vedere se riesci a far svegliare tua sorella. Provo a vedere se riesco a ricordare dove ho messo il libro dei segreti dei vampiri" mi disse.

Annuii, aveva ragione. Ero già stanca, ma mia sorella era più importante del sonno in quel momento.

Entrai in casa senza far rumore; la maggior parte delle persone stava già dormendo. Entrai nella stanza di Bianca. Come sempre, Steven era lì, a dormire sulla sedia, appoggiato al letto. Mi avvicinai lentamente a lui e gli accarezzai delicatamente il braccio.

"Steven" lo chiamai, a bassa voce.

Alzò la testa, socchiudendo gli occhi. Si voltò verso di me, con gli occhi assonnati. "Eh? Oh, ciao Kate. Cosa ci fai qui a quest'ora?"

Gli sorrisi mentre estraevo la fiala. "Ho qualcosa da mostrarti".

I suoi occhi si allargarono guardando il liquido incandescente nell'oscurità. "Wow! Che cos'è questo?"

"È qualcosa per cercare di svegliare Bianca".

Steven mi guardò con un grande sorriso. "Davvero?"

Gli feci un cenno mentre mi avvicinavo a Bianca. "Aiutami a metterla in posizione seduta, così posso farle bere questo".

Steven fece come avevo chiesto e tenne Bianca in posizione seduta. La strinse con grande cura, la tenerezza traspariva dai suoi movimenti. Vedevo quanto l'amava.

Le aprii la bocca e le rovesciai un po' la testa all'indietro mentre le versavo il contenuto della fiala. Quando lei lo ebbe inghiottito tutto, Steven la rimise giù, delicatamente, come se stesse tenendo tra le mani la persona più preziosa del mondo.

Aspettammo per un po', ma non accadde nulla.

Steven mi guardò. "Dovrebbe funzionare immediatamente?"

Alzai le spalle. "Non lo so. So solo che è afflitta da una magia o maledizione molto potente. Era l'intruglio più potente che si conoscesse, avrebbe dovuto risvegliarla".

Guardai mia sorella. Sembrava la Bella Addormentata. Forse un bacio del suo principe la sveglierebbe? Risi al pensiero.

"Grazie per averci provato. Vedremo se alla fine si sveglierà" disse Stephen.

La abbracciai. "Sì, mi dispiace che non si sia svegliata subito. Spero che accada presto. Nel frattempo, vado a dormire un po' ".

Steven annuì. "Sì, anch'io vado a dormire", disse mentre si sistemava sulla sedia.

Andai in camera mia. Mi sentii esausta e mi addormentai subito. Avevo avuto incubi per tutta la notte. Qualcosa mi inseguiva, sentivo il suo alito caldo mentre si avvicinava. Ogni volta che mi svegliavo, mi riaddormentavo e facevo di nuovo lo stesso incubo.

Ad un certo punto mi svegliai e sentii la voce preoccupata di Damien nella mia testa che mi chiedeva: "*Stai bene, piccolo lupo?*"

Credevo che avesse percepito la mia paura attraverso il nostro legame. Lo rassicurai. "*Sì, solo incubi, non preoccuparti*".

Sentii la sua voce rilassarsi. "*Ok, farò in modo che tu non abbia incubi domani quando dormirai tra le mie braccia*".

L'idea di dormire tra le sue braccia sembrava così meravigliosa in quel momento! Quanto mi piacerebbe essere tra le sue braccia, sentire il suo corpo fresco contro il mio, essere immersa nel suo profumo, sentirmi amata e protetta.

Spinsi un altro pensiero attraverso il nostro collegamento. "*Mi manchi*".

Damien ha spinto nella mia mente il ricordo di lui che mi abbracciava, facendomi rilassare. "Presto, mio piccolo lupo, saremo insieme".

Dopo di che, finalmente, mi addormentai. Mi svegliai con un urlo. Mi sembrava di aver dormito solo pochi minuti, ma quando mi guardai intorno sembrava che il sole fosse già sorto.

Ero seduta a letto, cercando di raccogliere i miei pensieri, quando sentii di nuovo l'urlo.

Uscendo di corsa dalla mia stanza, trovai mio fratello Will che correva verso la stanza di Bianca. Non gli avevo più parlato dall'altro giorno della mia anima gemella. Non ero sicura di cosa ne pensasse. Sapevo di dovergli parlare prima di andare al cottage con Damien. Ma prima dovevo vedere cosa stava succedendo a Bianca.

Mi precipitai nella stanza di Bianca con Will e Bianca era sveglia! Era Steven che urlava. Mi guardò, con le lacrime di gioia sulle guance.

"Oh grazie a Ecate, Kate! Ha funzionato! Ce l'hai fatta! L'hai svegliata!"

Will mi guardò con occhi interrogativi. Non ebbi il tempo di rispondere prima che Zach irrompesse nella stanza. Guardò Steven e poi Bianca prima di esclamare: "Oh dea della luna, Bianca! Sei sveglia! Ha funzionato, Kate!"

Ancora una volta, Will mi guardò. "Qualcuno potrebbe spiegarmi perché tutti dicono che Kate è il motivo per cui Bianca si è svegliata?"

Bianca si guardò intorno nella stanza. "Mamma e papà non sono qui?"

Zach scosse la testa. "No, sono andati in viaggio per fare i preparativi per la guerra".

Ero così sollevata che mia sorella fosse tornata con noi. Volevo abbracciarla, ma Steven la tenne per sé, non permettendo a nessuno di separarli.

Glielo chiesi con un sorriso. "Posso abbracciare mia sorella?"

Sentii il suo lupo ringhiare un po', ma con riluttanza la lasciò andare per permettermi di abbracciarla.

"Sono così felice che tu sia tornata", dissi a mia sorella, abbracciandola.

"Sono felice di essere tornata... e sembra che debba ringraziare te".

Trattenni una risata vedendo la faccia infastidita di mio fratello. Era l'unica a non sapere che avevo fatto qualcosa per cercare di curare Bianca.

"Ho avuto l'aiuto da parte della mia anima gemella", esordii.

Il volto di Will si oscurò a quelle parole. Sapeva che il mio compagno era un vampiro.

Gli occhi di Bianca si allargarono e gridò eccitata: "Hai trovato la tua anima gemella?"

Ridacchiai alla sua domanda. "Sì, l'ho trovata e quando non ti sei svegliata gli ho chiesto di aiutarmi. È andato da uno stregone e gli ha chiesto di aiutarlo. Ieri mi ha dato una fiala di un forte intruglio e con l'aiuto di Steven te l'ho fatta bere".

Zach sorrideva, era presente quando Damien mi aveva dato la fiala, quindi conosceva già la storia. Bianca e Steven sembravano sbalorditi.

Will non sembrava ancora contento.

"Quindi, immagino che ci sia voluto un vampiro per spezzare la maledizione di un vampiro", sputò con rabbia.

Steven sembrava scioccato. Mi rivolsi a Will. "Non sono stati i vampiri a lanciare la maledizione su Bianca!" ribadii.

"Ah sì? Come fai a esserne così sicura?"

"Perché è stato lanciato da una magia più potente di quella del Signore dei Vampiri!".

Will non mi credeva ancora, si vedeva dal suo volto. "Sciocchezze! Perché gli credete? È un vampiro!"

Risposi dolcemente : "Perché è la mia anima gemella, Will. So che sta dicendo la verità".

Non avevo un motivo migliore, lo sentivo nel mio cuore. Se solo potessi far provare a Will quello che provavo io, saprebbe che era vero. Ma ancora non mi credeva. Glielo si leggeva in faccia.

Bianca parlò, "Dice la verità".

Tutti gli occhi erano puntati su di lei mentre continuava.

"Anche se sembrava che stessi dormendo, non era così. La mia anima è stata tenuta prigioniera da un demone di nome Eurynomos".

Non avevo mai sentito il nome di quel demone, ma a giudicare dalla faccia di Zach, ne sapeva qualcosa.

Zach la guardò. "Eurynomos... era stato sigillato in una tomba dalla stessa dea della luna, molto tempo fa. Ma qualche anno fa, prima che tu nascessi, alcuni lupi hanno cercato di resuscitarlo. Alla fine sono stati i vostri genitori, Sam e Sarah, a sconfiggerlo".

Ero così sorpresa che non sapevo cosa dire. Non avevo mai sentito parlare di quella storia! Alzai lo sguardo verso Will e Bianca, che sembravano sorpresi quanto me.

"Tua madre fu fatta prigioniera da quei lupi, ma tuo padre la salvò. Ero lì, abbiamo combattuto insieme. Alla fine, Sam è rimasto ferito ed è stata Sarah a respingerli. Si è scoperto che era la figlia della dea della luna".

Non sapevo cosa dire. Avevo sempre pensato che mia madre fosse solo umana.

Bianca gridò. "È quello che ha detto!"

La guardammo tutti con occhi interrogativi, mentre sei si affrettòad aggiungere: "Eurynomos continuava a dire che ero la figlia della dea della luna. Che aveva lanciato una maledizione sulla mia stirpe, ancor prima che nascessi. E ora che avevo trovato il mio compagno, la maledizione si era attivata".

La guardammo tutti con stupore. Sarebbe la figlia della dea della luna? Questo spiegherebbe perché non aveva i nostri stessi geni. Ma c'era qualcosa che non tornava.

Chiesi, perplessa. "Se sei la figlia della dea della luna, perché non hai gli stessi geni di nostra madre? Anche nostra madre era figlia della dea della luna, dico bene?"

Il silenzio calò su di noi, perché nessuno seppe cosa rispondere alla mia domanda.

All'improvviso, Zach esclamò: "Credo di sapere perché!"

Lo guardammo tutti, in attesa di una spiegazione.

"Dopo la nascita di Bianca, il potere di tua madre sembrò scomparire. Ho sempre sentito dire che la dea della luna aveva una sola figlia. Forse quel giorno i poteri di vostra madre sono stati trasmessi a te. E forse i geni della dea della luna sono stati trasferiti nello stesso momento".

Era un po' esagerato. Ma non avevo una spiegazione migliore. Sembrava troppo inverosimile per essere vero.

"Ma tu sapevi che Steven era il tuo compagno da molto tempo, vero?" domandai a Bianca.

Mi fece un cenno con la mano. "Sì, sapevo che Steven era il mio compagno da quando avevo diciotto anni. Ma era troppo giovane. Anche lui non poteva saperlo, quindi ho avuto pazienza, aspettando che invecchiasse".

"Allora perché la maledizione si è risvegliata adesso?" continuai.

"Beh, poiché Steven era troppo giovane, il legame con l'anima gemella non poteva attivarsi. Ma quando ha compiuto diciotto anni, ha scoperto di essere il mio compagno e il legame si è finalmente attivato. Credo che sia stato questo ad attivare la maledizione" rispose Bianca.

"Ehm", disse Will, "credo che abbia senso... più o meno".

Avevamo tutti un'espressione sconcertata.

"Sono felice che tu stia bene", dissi a Bianca.

Scosse la testa. "Beh, non sto del tutto bene", ha spiegato lei. "Vedete, una parte della mia anima è ancora prigioniera di Eurynomos. Finché manterrà quella parte della mia anima, sarà in grado di vedere e sentire tutto ciò che faccio. Poiché sono in grado di vedere e sentire anche tutto ciò che fa lui".

Oh dea della luna, era come se non ci fosse fine!

Steven la guardò. "Come posso salvarti? Per favore! Ci deve essere un modo! Ho bisogno di te al mio fianco. Sono il tuo compagno, farò tutto il necessario per salvarti!"

Sembrava disperato. Era ovvio che sarebbe andato in capo al mondo per salvarla.

Bianca pensò per un attimo. "Ho sentito dire ad Eurynomos che era impossibile liberarmi, perché sarebbe stato necessario che due nemici ancestrali unissero le forze, e questo non sarebbe mai potuto accadere".

Zach ci rifletté. "Pensi che intendesse lupi mannari e vampiri?"

Steven sussurrò: "Certo, starà parlando di noi e dei vampiri".

Will aveva un'espressione severa, ma non disse nulla. Era appoggiato al muro con le braccia incrociate.

"Ma non importa, giusto? Perché la tua anima gemella è un vampiro, quindi possiamo spezzarc la maledizione, giusto?", Steven mi chiese, speranzoso.

La speranza di tutti era sulle mie spalle. Sentivo molta pressione. Pensai a Will, che ancora non sembrava approvare la mia compagna. Cominciai, a disagio, non volendo infrangere i sogni di nessuno.

"Non è così semplice... non tutti accetteranno Damien a braccia aperte, anche se è il mio compagno. Essendo lui un vampiro... molte persone non approverebbero il nostro amore".

"Ha aiutato a riportare la mia ragazza da me, non mi interessa se è un vampiro. Lo amo già" rispose immediatamente Steven.

Gli sorrisi, "Eppure il mio stesso fratello ancora non lo accetta". Fare pace con i vampiri non è un compito facile".

Tutti si voltarono a guardare Will, che era ancora appoggiato al muro. Mi fissava negli occhi, perso nei suoi pensieri. Tutti aspettavano che dicesse qualcosa.

Alla fine sospirò. "Senti, non mi piace il fatto che sia un vampiro. Ma ci ha aiutato... e probabilmente ti ha anche salvato la vita... non posso fare a meno del fatto che la dea della luna abbia scelto un vampiro come compagno... quindi, gli darò una possibilità".

Volevo tanto bene a mio fratello. Sapevo che si stava sforzando molto in quel momento. Lo abbracciai forte, con le lacrime di gioia che scorrevano mentre sussurravo: "Grazie, fratellino, ti voglio bene".

Mi abbracciò a sua volta. Rimanemmo così per qualche secondo prima di rompere il contatto.

"Vedi? Non tutte le speranze sono perse", disse Bianca con un sorriso.

"Non dimenticate che tra pochi giorni scoppierà una guerra..." esordì Will, "mamma e papà stanno dando gli ultimi ritocchi ai preparativi. Non ci spererei troppo".

"Fermeremo la guerra!" gridai. Mi guardarono tutti mentre spiegavo. "Io e Damien vogliamo fermare la guerra. Non vogliamo vittime".

"Cercherò di aiutare anche loro. Vedete, non l'ho ancora detto, ma... anche il mio partner è un vampiro" aggiunse Zach.

Will, Bianca e Steven sussultarono.

Bianca rispose: "Allora c'è speranza!".

Gli sorrisi. "La vittoria è ancora lontana, ma faremo tutto il possibile per portare la pace tra licantropi e vampiri".

"Allora ti aiuto anch'io!" disse Steven, seguito a ruota da Bianca, "e lo farò anch'io!".

Will replicò: "Non puoi".

"E perché no?", gli chiede lei con aria di sfida.

"Perché sei ancora legata a Eurynomos e, finché non te ne sarai liberata, saprà tutte le nostre mosse se ci aiuterai", rispose Will.

Dovevo ammettere che aveva ragione. Anche se avrei voluto che Bianca ci aiutasse, era vero che Eurynomos avrebbe probabilmente cercato di impedirci di fermare la guerra, se avesse potuto. Quindi era meglio che non sapesse troppi dettagli su quello che stavamo facendo. Lo stesso valeva per Steven, visto che era il suo compagno.

"Credo sia meglio che tu e Steven non sappiate troppo su come fermare la guerra", cominciai. "Ma questo non significa che non ci possiate aiutare".

Ti ho sempre guardato le spalle quando abbiamo combattuto insieme al branco. Questa volta mi coprirai le spalle e mi aiuterai a fermare questa guerra?" chiese Stephen a Will.

Lui si avvicinò a Steven e gli accarezzò amichevolmente la schiena con la mano. "Certo che ci sarò per te. Aiuterò a fermare questa guerra e libereremo mia sorella da questa maledizione". E ha aggiunto: "È meglio che ti prenda cura del tuo partner. È mia sorella, quindi se non lo fai avrai mie notizie".

Steven rise alla sua ultima affermazione.

"Allora è deciso", cominciai, "devo fare i bagagli e prepararmi a partire".

Will chiese, perplesso: "Partire?"

Oh, vero! Non gliel'avevo ancora detto.

"Parto per qualche giorno, raggiungerò Damien in un cottage nel bosco".

"Mamma e papà non sarebbero mai d'accordo", rispose Will.

"È per questo che non hai intenzione di dire loro dove si trova veramente... ufficialmente, si sta occupando delle cose con il branco di lupi della porta accanto", dice Zach.

Tutti annuirono e io mi sentii felice di sapere che sarei stato in grado di andare dal moi compagno, come voleva la mia lupa.

"Vi mostro dov'è, così se avete bisogno di trovarmi, potete farlo", aggiunsi, tirando fuori il mio telefono per mostrare loro la posizione sulla mappa.

Poco prima di uscire dalla stanza, Will mi afferrò delicatamente il braccio e mi allontanò dagli altri.

"Senti, mi dispiace che abbia iniziato col piede sbagliato con la tua anima gemella. Digli che non lo biasimo. E per favore fatemi sapere come posso aiutarvi a fermare questa guerra".

Ero così felice che Will avesse deciso di accettare il mio compagno, anche se era un vampiro. E ancora di più che voleva fermare la guerra.

"Certo che lo farò! Grazie, Will", dissi abbracciandolo.

Andai in camera mia. Mi sembrava di camminare su una nuvola. Non mi sentivo così felice da molto tempo. Le cose stavano finalmente migliorando. Mia sorella era sveglia, non completamente libera, ma comunque sveglia. Avevamo degli alleati per cercare di fermare la guerra. E ora era il momento di prepararsi e di andare a trovare Damien. Non vedevo l'ora!

Portai con me il minimo indispensabile e lo misi in una piccola borsa che mi piaceva portare con me. Era leggera e non troppo grande, quindi potevo portarla senza troppe difficoltà, anche quando ero in forma di lupo.

Quando uscii di casa, Will, Zach, Bianca e Steven vennero ad abbracciarmi prima di andare al cottage. Li guardai e un calore mi riempì il cuore. Era vero che eravamo lupi e che ci prendevamo cura l'uno dell'altro nel branco. Ma in quel momento, con il nostro obiettivo comune di fermare la guerra, sentii che era più di quello. Non avrei potuto sperare di avere così tanti alleati. Insieme a Damien eravamo una squadra forte. Un barlume di speranza illuminò il mio cuore quando li salutai per andarmene.

Feci qualche passo nel bosco, lontano da occhi indiscreti. Dentro di me sentivo la mia lupa che mi chiamava. Continuava a ripetere sempre la stessa cosa: compagno. Voleva uscire, voleva unirsi a lui. E ora che ero nascosta, mi tolsi i vestiti e li misi nella borsa. Lasciai che prendesse il controllo su di me. Sapevo cosa voleva. Lasciai che il cambiamento avvenisse lentamente. Mi piaceva sempre la sensazione di trasformarmi nella mia forma di lupo. Soprattutto quando non c'era di mezzo un combattimento, bensì per diletto, come in quel momento.

Era rilassante, come scivolare in un bagno caldo. Sentivo tutti i miei sensi amplificati, molto più di quando ero nella mia forma umana. Improvvisamente mi accorsi del vento che soffiava tra gli alberi e che si infilava nella mia pelliccia. Il dolce profumo della rugiada sull'erba mi colpì il naso. Osservai due scoiattoli che si rincorrevano tra le foglie, mentre mi passava per la testa il pensiero che non sarebbero stati un granché come pasto.

Sentivo il mio istinto animale prendere il sopravvento. L'unica cosa che volevo fare adesso era raggiungere il mio compagno. Presi la borsa e iniziai a correre nel bosco, lasciandomi guidare dai sensi. Sentivo ancora l'odore di Damien, anche se flebile, e lo seguivo fino al cottage.

Se dovessi descrivere cosa significasse essere liberi, direi che era quello. Poter correre liberamente nella foresta, essere in contatto con la natura, sentire il calore del sole sulla mia pelliccia, godermi semplicemente la vita.

Corsi per un po', non seppi quanto a lungo, perché al momento non mi importò del tempo. Attraversai il fiume che sfociava nel Lago dei Dormienti. Mi arrampicai su una piccola scogliera. Sapevo che mi stavo avvicinando, perché l'odore di Damien stava diventando più forte. Il suo odore di miele e muschio mi faceva impazzire e in quel momento non riuscivo a pensare ad altro.

Infine, vidi una grande casa che si profilava all'orizzonte. Non era un cottage squallido. Era a due piani, con un lungo balcone al secondo piano. Nel cortile c'era una vasca idromassaggio e un grande patio con tutto il necessario per ospitare una festa. Mi chiesi se fossi nel posto giusto, ma sentivo l'odore di Damien. Non vedevo l'ora di vedere com'era l'interno.

Proiettai i miei pensieri nella mente di Damien. "*Sono qui, vieni fuori*".

Non passò molto tempo prima che Damien uscisse. Si era legato i capelli in uno chignon basso e mi sembrava ancora più sexy. Indossava jeans e una camicia attillata. Lo guardai mentre mi cercava, senza sapere che ero nella mia forma di lupo. Avrei potuto dirglielo attraverso il nostro collegamento, ma era più divertente aspettare e vedere quale sarebbe stata la sua reazione quando mi avrebbe visto.

Riuniti

Ero seduto sul divano a rilassarmi, quando sentii Kate chiamarmi.

"Sono qui, vieni fuori".

Avevo aspettato quelle parole per tutta la mattina e adesso era finalmente arrivata! Mi alzai di scatto e andai fuori.

Guardai ovunque, ma Kate non si trovò da nessuna parte. Era andata nel cottage sbagliato? Mi aveva appena detto che era lì, quindi sicuramente doveva essere arrivata in un qualche cottage. Come aveva fatto ad andare nel posto sbagliato? Le avevo mostrato sul suo telefono la posizione esatta.

"Dove sei? Sono fuori e non riesco a vederti".

Proprio mentre dicevo questo, vidi un piccolo lupo grigio emergere lentamente da un cespuglio. Il lupo mi guardò e lo riconobbi subito. Era lei, che mi guardava con i suoi profondi occhi nocciola.

"Eccoti qui, mia piccola lupa" le dissi, ad alta voce.

Sia in forma di lupo che in forma umana, era mozzafiato. Si avvicinò a me e io afferrai la borsa che portava con sé. Strofinava teneramente il muso contro di me, mentre io le passavo le dita tra la pelliccia. Era morbida come la seta.

"Mi sei mancata. Ti piacerebbe venire al cottage?"

Lei annuì e si alzò in piedi. Mi piacque vederla nella sua forma di lupo. Era quasi sempre rimasta nella sua forma umana, quindi vederla in quel modo era una novità. Mi piaceva il suo aspetto selvaggio e forte. Eppure c'era dolcezza nei suoi occhi e nel modo in cui si accoccolava a me. Potevo sentire quanto si preoccupava per me, anche nella sua forma di lupo.

Aprii la porta e Kate entrò nel cottage. Sentii sentito un rumore mentre chiudevo la porta. Quando mi voltai Kate era sul pavimento nella sua forma umana, nuda.

"Oh, dio Ecate, sei bellissima!" esclamai.

Mi guardò con il desiderio negli occhi. "Mi sei mancato così tanto!"

Un basso rantolo mi sfuggì dal petto mentre la guardavo vestirsi. "Era meglio quando eri nuda, ma sei sempre bellissima".

Kate rise per il complimento, mentre io l'abbracciavo affettuosamente. Era così bello godere del calore del suo corpo contro il mio. Mi era mancata così tanto che non volevo lasciarla andare.

"Finalmente posso abbracciarti", le sussurrai all'orecchio.

Una fusa morbida risuonò nel suo petto fino al mio. Mi guardò con un sorriso affettuoso. "Finalmente ti ho tutto per me", disse sensualmente. Rimanemmo così per un po', mentre le sussurravo parole dolci all'orecchio e la inondavo di baci.

Le presi la mano nella mia. "Vieni", dissi mentre gli facevo visitare ogni stanza, mostrandogli la nostra nuova casa. Per me era solo una casetta rispetto al castello in cui vivevo. Ma Kate sembrava impressionata ed io non potevo essere più felice. Volevo che fosse a suo agio qui. Volevo che il cottage le piacesse così tanto da volerci rimanere per sempre. Tutte le camere erano arredate con gusto. Era confortevole e caldo, con un tocco di lusso, ma non troppo.

Conclusi la visita con la nostra camera. Kate notò subito il vestito che avevo lasciato sul letto per lei.

"Che cos'è?", chiese curiosa.

"Un regalo per te. Stasera ci festeggiamo *a vicenda*", risposi con un sorriso.

"Posso davvero indossare un vestito così bello?"

Lo chiedeva davvero? Era molto più bella di quel vestito. Non sapevo come farle vedere quello che vedevo nei miei occhi quando la guardavo.

"Ho cercato di trovare un vestito all'altezza della tua bellezza, ma non ho trovato nulla che si avvicini lontanamente, quindi spero che tu lo trovi abbastanza bello da indossare".

Kate si mise una mano sulla bocca, commossa. "Oh Damien! È una delle cose più romantiche che mi abbiano mai detto".

Sorrisi, soddisfatto dell'impatto che le mie parole avevano avuto su di lei. Niente eguagliava la sua bellezza, volevo che lo vedesse. Forse adesso era più vicina a capire cosa provavo per lei.

"Questo abito è bellissimo! Certo che lo indosserò" aggiunse lei, sorridendo.

Nell'angolo della stanza c'era un piccolo tavolo rotondo. Vi avevo appoggiato due bicchieri da vino. Una bottiglia di vino bianco frizzante era immersa in un secchiello del ghiaccio ad aspettarci.

Kate ebbe uno scintillio negli occhi quando notò gli occhiali.

"Vuole unirsi a me per un drink, signorina?".

Risi un po'. "Certo", rispose lei.

Versai il vino nei bicchieri e ci sedemmo fuori sul balcone, rilassandoci al sole mentre il giorno passava. Kate mi guardò, eccitata.

"Non te l'ho ancora detto! Indovina un po'? La pozione che mi hai dato ha funzionato! Mia sorella si è svegliata!"

Aveva il sorriso più grande sul viso. Tutto ciò che la rendeva felice mi inorgogliva, solo per vederla sorridere.

Gli feci l'occhiolino. "Chi l'avrebbe mai detto che quel vecchio mago potesse essere utile?"

Kate rise alla mia osservazione.

"Come sta?" le chiesi.

"Si sta comportando bene. Abbiamo scoperto che è stato un demone a tenerla prigioniera in una maledizione. Eurynomos è il suo nome, ne hai mai sentito parlare?"

Pensai per un po', ripensando alle mie lezioni di storia. Era trascorso tanto tempo, perciò ricordavo il nome. "Sì, c'è una vecchia leggenda. Si dice che la dea Ecate sia la dea dei vampiri. È la dea della magia, della stregoneria, dei fantasmi e di molte altre cose. Era la custode delle chiavi, la custode delle porte degli inferi. Era in grado di fare il bene e il male. Si dice che un giorno decise di far passare Eurinomos attraverso le porte degli Inferi e di farlo entrare nel nostro mondo".

Kate aveva un'aria pensierosa. "Immagino che sia qui che entra in gioco la nostra leggenda".

La guardai con occhi curiosi.

"Si dice che Selene, la dea della luna, rinchiuse Eurinomos in una tomba molto tempo fa. Ma qualche anno fa, i lupi mannari lo hanno liberato dalla tomba. Furono mia madre e mio padre a sconfiggerlo" raccontò lei.

Era intrigante. Pensavo che tutte quelle leggende fossero solo leggende. Non mi era mai venuto in mente che potesse esserci del vero.

Mentre pensavo, Kate continuò: "E sai cosa ho imparato? Pensavo che mia madre fosse solo umana. Ho scoperto che era la figlia della dea della luna! Ma sembra che non lo sia più. Adesso, la figlia della dea della luna è mia sorella".

Tante cose da assimilare in una volta sola. "Aspetta cosa? Tua madre è figlia della dea della luna? E anche tua sorella lo è?"

Kate rise alle mie domande. "Sì, c'è molto da assimilare, non è vero? E niente di tutto questo ha senso, ma è la migliore spiegazione che abbiamo finora".

Assunse un tono come se stesse spiegando qualcosa a un bambino e cominciò dall'inizio. "Sembra che mia madre fosse figlia della dea della luna, ma che abbia trasmesso questi geni a mia sorella quando l'ha messa al mondo.

"È mai possibile?"

Kate scrollò le spalle. "Non lo so, ma sembra che Eurynomos abbia lanciato una maledizione sulla figlia della dea della luna anni fa. Ora che mia sorella ha trovato la sua anima gemella, la maledizione si è attivata. Da qui il motivo per il quale è rimasta incosciente per diversi giorni".

La sua storia mi stupiva. Per quanto possa sembrare improbabile, dovevo ammettere che quello che era successo a sua sorella era strano. E poiché Elwin aveva detto che la magia che la malediva era più potente di quella del signore dei vampiri, suppongo che dietro la maledizione ci sia un demone. Eppure, c'era da crederci.

Il mio bicchiere era vuoto da tempo e sapevo di averne bisogno di un altro per continuare ad ascoltare la sua storia.

"Vuoi che ti porti un altro drink prima di continuare questa storia?" chiesi a Kate.

Lei mi sorrise e annuì. "È un'ottima idea!"

Le posai un tenero bacio sulle labbra mentre prendevo il suo bicchiere vuoto e andavo a riempirlo. Quando tornai sul balcone, notai che il sole era già più basso nel cielo, era già pomeriggio inoltrato.

Mi sedetti sulla sedia e cominciai a sorseggiare il mio drink.

"Ok, diciamo che tua madre era, ma non è più, la figlia della dea della luna. E diciamo che tua sorella ora è la figlia della dea della luna. Com'è possibile che riesca a parlare con Eurynomos?"

"Bianca ha detto che quando si è addormentata, la sua anima è stata fatta prigioniera da Eurynomos, nel regno dove si trova" spiegò Kate.

"Immagino che fosse negli Inferi".

Lei annuì. "Ma vedi, mentre la sua anima era imprigionata, mia sorella era in grado di parlare con Eurynomos. Inoltre, non è ancora libera. Una parte della sua anima è ancora imprigionata. Finché non sarà libera, Eurynomos sarà in grado di vedere e sentire tutto ciò che sente mia sorella, e viceversa".

L'ultima parte mi fece sprofondare il cuore. Sua sorella non era ancora libera dal demone. Questo non poteva essere un bene. La mia lupetta non potrebbe mai essere completamente felice se non riuscissimo a liberare sua sorella.

"Cosa dobbiamo fare per liberarla?"

Kate sembrò esitare mentre parlava.

"Beh... sembra che i vampiri e i licantropi debbano fare squadra per liberarla".

Kate sembrava triste nel parlarne. Volevo tirarle su il morale. Le presi il mento con la mano e le sollevai la testa in modo che potesse guardarmi negli occhi.

"Non perdere la speranza, mia piccola lupa. Fermeremo questa guerra e libereremo tua sorella. Stai parlando con l'erede al trono, non dimenticatelo! Renderemo possibile l'impossibile".

Il sorriso di Kate riappare sul suo volto. I suoi occhi brillano di nuovo di eccitazione mentre parla. "Sì! Hai ragione! E mio fratello ha detto che ti accetterà come mio compagno e che vuole ricominciare da capo con te".

Sorrisi alle sue parole. Era bello sentirlo, soprattutto perché avevo già avuto due scontri con suo fratello.

"Tutti vogliono aiutarci a fermare la guerra! Non siamo soli in questo".

"È fantastico! Anche mio fratello ci aiuterà. Quindi stiamo diventando più forti, questo è positivo".

Le cose cominciavano finalmente a girare a nostro favore. O almeno così sembrava. Volevo comunque credergli. Ora, se solo suo zio riuscisse a trovare il libro dei vampiri, avremmo la possibilità di fermare questa guerra. Fermare la guerra sarà sufficiente per liberare la sorella di Kate? Lo speravo davvero.

Alzai lo sguardo verso l'orologio. Era già ora di cena. Avevo programmato una bella serata per Kate. Volevo che si sentisse la principessa che doveva essere. Era la mia compagna e, poiché ero l'erede al trono, tecnicamente era una principessa, anche se non le avevo mai chiesto ufficialmente di sposarmi.

Kate mi guardò mentre mi alzavo. Le porsi il braccio. "Vuole unirsi a me per la cena, signorina?" le chiesi, con fare elegante.

Kate ridacchiò alla mia domanda e fece un mezzo inchino. "Certo che mi unirò a voi, mio principe".

La portai in camera nostra e le mostrai il vestito sul letto.

"Ti aspetto di sotto", dissi in tono gentile. Uscii dalla stanza per lasciarla cambiare.

Mi chiesi come sarebbe stata con il vestito che avevo scelto per lei. Era un abito di pizzo nero con la schiena scoperta. Preparai il nostro pasto mentre aspettavo che scendesse. Non vedevo l'ora di vederla. Speravo che le piacesse la nostra serata.

Quella serata era stata fatta solo per lei e per me. La nostra prima vera serata insieme come amanti, pensando solo a noi e a nient'altro. La prima volta che potevo godermi lo stare con lei, senza temere che le succedesse qualcosa. La prima notte potevo solo assaggiarla e godermela, assaporarla il più a lungo possibile prima di cedere al sonno della notte.

Mi fermai e mi voltai quando sentii dei passi sul pavimento. Era ancora più affascinante di quanto avessi immaginato. Non potevo muovermi. Ero affascinato dalla sua bellezza. La guardai dalla testa ai piedi.

"Wow" fu tutto ciò che riuscii a dire, ero senza parole. Le presi la mano e la baciai delicatamente.

"Sei splendida, amore mio", sussurrai.

Kate arrossì per il mio complimento. L'accompagnai al tavolo e le tirai fuori la sedia. Le strinsi delicatamente la vita mentre si sedeva e spingeva indietro la sedia. Era la donna più preziosa del mondo.   Portai una buona bottiglia di vino rosso e ne versai un bicchiere per lei. Poi mostrai una delle migliori bottiglie di vino di sangue e me ne versai un bicchiere.

Alzai il bicchiere. "Un brindisi per noi. Possa il nostro amore rimanere forte e resistere alla prova del tempo".

Kate alzò il bicchiere e brindammo al nostro amore. Andai in cucina a prendere i nostri piatti. Kate sembrava impressionata. Avevo preparato alcuni deliziosi piatti di filet mignon. Scelsi solo gli ingredienti migliori per preparare il pasto.

Sorrisi, felice di vedere Kate chiudere gli occhi e annusare con piacere mentre mangiava. Volevo che quel pasto la stupisse. I pasti al castello erano sempre deliziosi. Ma preparare un pasto per la persona che amavo e vederla godere era molto meglio.

Sparecchiammo mentre parlavamo e bevevamo il nostro vino. Concludemmo il pasto con una mousse al cioccolato. Il pasto era semplicemente perfetto.

Finimmo di bere e vidi che il vino stava facendo effetto su Kate, poiché le sue guance erano arrossate e i suoi occhi erano sensuali. Si vedeva che il vino faceva effetto anche su di me, visto che ora non riuscivo a resistere a prenderlo.

Le presi la mano e la condussi alla terrazza esterna, dove avevo allestito luci soffuse e musica. Con il suo abito, sembrava davvero una principessa e la sala da ballo era perfetta.

"Posso avere questo ballo?" chiesi con un sorriso affascinante.

Kate mi baciò languidamente e notai che il suo corpo era ancora più caldo del solito. Non sapevo se fosse per il suo bacio, per il suo odore o per il modo in cui i suoi seni premevano contro di me mentre ci baciavamo, ma mi stavo eccitando parecchio.

"Ne sarei felice".

Il suo sorriso dimostrava che sapeva esattamente a cosa stava giocando e io adoravo giocare con lei.

Ballammo alcune canzoni, le stelle che già illuminavano il cielo, i nostri corpi che si muovevano in armonia. Man mano che le canzoni progredivano, Kate diventava più maliziosa e lussuriosa. Ballava e faceva sfiorare ai suoi fianchi il rigonfiamento dei miei pantaloni ogni volta che la facevo volteggiare. Stava giocando con me e mi faceva sentire così bene. Non riuscivo a trattenermi e sapevo che lei voleva la stessa cosa.

Le canzoni andavano e venivano, ma noi le ascoltavamo appena. Continuai a seguire il corpo di Kate mentre si muoveva. La luna era già alta nel cielo.

A un certo punto non riuscì più a resistere. Le presi la mano e la condussi all'interno, nella camera da letto, dove mi seguì volentieri, con un sorriso seducente. La adagiai con cura sul letto e cominciai a farle scivolare lentamente le spalline del vestito lungo le spalle, baciandole la pelle nuda mentre procedevo. Kate gemette mentre le mordicchiavo teneramente il collo.

Kate iniziò a passarmi le dita tra i capelli. Mi piaceva il modo in cui lo tirava delicatamente. Lasciai che le mie mani vagassero liberamente sul suo corpo. Mi piaceva il modo in cui facevo apparire i brividi sulla sua pelle quando ne avevo voglia. Di tanto in tanto, quando toccavo un punto sensibile, venivo ricompensato con un suo gemito che mi faceva desiderare ancora di più.

Kate iniziò a baciarmi il collo. Sentivo il suo respiro caldo sulla pelle e la punta delle sue unghie che mi sfioravano il collo, facendomi venire i brividi. Sentivo il suo battito cardiaco accelerare e la sua temperatura corporea aumentare per l'eccitazione. Cominciò a leccarmi il collo e io emisi un gemito di piacere mentre lei leccava il segno del morso. Era come se tutto il mio corpo reagisse al segno del morso che mi aveva lasciato. Come se il mio corpo sapesse che era *lei*, per questo reagiva al suo tocco.

Ero sopraffatto dal desiderio di lei. Da quando mi aveva morso l'altro giorno, avevo sentito quel desiderio crescere dentro di me. Stasera era al suo apice e non riuscivo più a trattenerlo. Mi spogliai, liberandomi finalmente di quei pantaloni restrittivi. Kate mi accarezzò il petto, sapevo che le piacevano i miei muscoli, glielo leggevo negli occhi ogni volta che mi guardava. Le lasciai scorrere le dita sul mio corpo mentre le toglievo il resto dei vestiti.

La baciai appassionatamente, le nostre lingue danzavano l'una con l'altra. Era già bagnata dall'attesa quando le avevo inserito un dito nella figa. Non riusciva a trattenere i suoi gemiti mentre le leccavo il clitoride. I suoi gemiti sommessi mi fecero venire ancora più voglia di prenderla, sembrava un dolce paradiso. Inarcò la schiena in segno di piacere mentre continuavo a mangiarle la figa. I suoi respiri si acceleravano man mano che il piacere aumentava.

Risalii, baciando la sua pelle morbida. Afferrò il mio dito e cominciò a leccarlo languidamente. Ogni movimento della sua lingua mi faceva gemere e accendeva ancora di più il fuoco dentro di me.

Cominciò a dimenarsi, facendomi capire che voleva di più. La desideravo tanto, ma volevo giocare di più con lei. Così continuai a baciare ogni parte della sua pelle morbida, facendo scorrere la lingua sulla sua pelle.

"Oh, ti prego Damien! Prendimi!", implorò.

Le sue parole mi eccitarono ancora di più. "Mi piace quando mi supplichi".

Pensai che potrebbe essere un gioco a cui avrei giocato per molto tempo. Mi allineai con lei. Kate gemeva forte mentre entravo in lei e le leccavo i capezzoli. Era così calda e bagnata per me che gemetti forte. Spinsi dentro di lei lentamente e poi più forte, adattandomi alle sue grida. Mi stava graffiando la schiena con le unghie.

Mentre le ondate di piacere ci investivano, i miei istinti presero il controllo di me, e sfiorai i denti contro il suo collo senza nemmeno pensarci. Esitai, poi mi staccai dal suo collo. Mi afferrò i capelli e mi spinse indietro contro il suo collo, pregandomi di farlo.

Era tutto l'incoraggiamento di cui avevo bisogno. Il mio corpo mi chiamava a prenderla *completamente*. Affondai i denti nel suo collo, facendola sussultare di piacere mentre la mordevo. La sensazione era semplicemente incredibile. Mi sembrava di essere un tutt'uno con lei, di sentire il suo cuore battere dentro di me. Nessuna parola potrebbe spiegare il legame che ho sentito in quel momento. Bevevo il suo sangue lentamente, prendendomi tutto il tempo necessario. Il suo sangue aveva il sapore del più dolce nettare mai esistito, come se fosse stato fatto apposta per me. Non ne avevo mai abbastanza di lei.

Non volevo fermarmi, ma non volevo bere troppo sangue. Tolsi con cura i denti dal suo collo, curando la ferita con la lingua nel punto in cui avevo morso. Spinsi con forza dentro di lei, facendole urlare il mio nome. Si stava stringendo sempre di più intorno a me. Stava diventando difficile resistere, ma non volevo che si fermasse.

Sentii il suo corpo tremare sotto di me, le sue mani stringere le mie spalle e la sua schiena inarcarsi mentre urlava di piacere. Era uno spettacolo perfetto. Mi piaceva il modo in cui si stringeva intorno a me. Continuai il mio sforzo, facendola bagnare ancora e ancora, guardandola contorcersi e gemere sotto di me. Vedendola così, non riuscii più a trattenermi e mi lasciai andare al piacere, sborrando a mia volta.

Alla fine, esausti, restammo l'una nelle braccia dell'altro, crogiolandoci nel nostro amore. Avevo passato tante notti da solo, pensando a lei. Ma stasera avrei potuto tenerla tra le braccia, finalmente.

Mentre eravamo a letto, le sussurrai: "Sono follemente innamorato di te, eppure so che domani ti amerò ancora di più".

Kate sorrise, con un'aria sinceramente felice. "La mia vita è cambiata per sempre il giorno in cui sei entrato a farne parte. Non potrei essere più felice di averti come compagno. Ti amo tanto Damien".

La abbracciai, godendo del suo dolce profumo. I suoi capelli erano così morbidi. Sentii un morbido rantolo provenire dal suo petto e risuonare dentro di me, facendomi cullare lentamente. La baciai teneramente. "Buona notte, mia piccola lupa".

Lei rispose sottovoce: "Buonanotte, amore mio".

La sentii cadere in un sonno profondo mentre le accarezzavo la schiena con la mano. Quel momento era il mio paradiso. Non volevo addormentarmi, volevo godermelo più a lungo. Alla fine non potei resistere e mi addormentai anch'io, stringendo tra le braccia la donna che amavo.

Capitolo 17 (Kate)

Il viaggio verso la valle

Gli ultimi giorni erano stati come un sogno. Trascorrere le mie giornate con Damien, godere della sua compagnia, vedere la sua personalità. Finalmente potevo dormire tra le sue braccia. Per un po' mi era sembrato che tutti i miei problemi fossero scomparsi. Nulla aveva più importanza, né la guerra né la liberazione di mia sorella, l'unica cosa che contava era la mia anima gemella.

Tra le sue braccia mi sentivo al sicuro e protetta. Il suo sorriso mi faceva battere il cuore e i suoi baci mi facevano venire le farfalle nello stomaco.

Mi stavo rilassando tra le braccia di Damien, baciandogli il collo e passando le dita tra i suoi capelli. Tutto andava bene. All'improvviso bussarono alla porta. Aprii la porta e vidi Will. Dietro di lui c'erano Bianca e Steven.

"Ciao, Will, cosa ti porta qui?".

Entrarono nel cottage e io chiusi la porta dietro di loro. Damien si alzò per raggiungerli. Gli occhi di Bianca si allargarono.

"Oh! Finalmente conosco il tuo compagno!"

Ridacchiai al suo commento e andai al fianco di Damien. Mi mise un braccio intorno ai fianchi e mi baciò sulla guancia.

Feci le presentazioni ufficiali. "Questo è Damien, la mia anima gemella".

Bianca saltò al collo di Damien e lo abbracciò, cogliendolo di sorpresa. Risi un po', era proprio da lei fare così.

"Oh dea Selene! Sono così felice di conoscerti!", esclamò, facendo un passo indietro.

"Damien, questa è mia sorella Bianca e il suo compagno Steven".

Steven si rivolse a Damien. "Ho saputo che hai contribuito a spezzare la maledizione della mia compagna. Ti sono eternamente grato!"

Damien sorrise e prese la mano di Steven, sembrava davvero felice.

Will rimase indietro a guardare. Sembrava un po' nervoso, forse a causa dei loro precedenti incontri. Lo afferrai delicatamente per un braccio e annuii.

"Damien, questo è mio fratello Will".

I due uomini si guardarono con reciproco rispetto. Sembravano capirsi attraverso i loro occhi. Will fece un passo verso Damien.

"È un piacere conoscerti finalmente", disse con un sorriso.

"Anche per me", rispose Damien, dandogli una pacca sulla spalla.

Era davvero bello vedere mio fratello e la mia anima gemella andare finalmente d'accordo. Non potrei essere più felice.

"Cosa ci fate tutti qui? Vi mancavo?" domandai.

Il volto di Will mutò da felice a preoccupato. Non era un buon segno.

"Temo che non sia questo il motivo per cui siamo venuti qui. Le nostre vedette hanno visto vampiri camminare verso la Valle di Nysa. Ce ne sono molti. Mamma e papà sono partiti per incontrarli lì, con tutto il branco e i nostri alleati. La guerra sta per iniziare.

Guardai mio fratello, scioccato, e poi Damien. La Valle di Nysa era il luogo in cui migliaia di anni fa fu combattuta la guerra tra vampiri e licantropi. Dopo la guerra, i cadaveri furono ammassati in tutta la valle. Ma da allora la natura prese il sopravvento e la valle diventò una pianura rigogliosa di piante ed erbe. Si diceva che fosse la casa delle ninfe dei boschi.

"La storia sta per ripetersi... Faranno la guerra nello stesso luogo del passato", dissi costernata.

Will stava per dire qualcosa, ma fu interrotto da un colpo alla porta. Mi chiesi chi potesse essere, visto che Will, Bianca e Steven erano già lì.

Andai ad aprire la porta, sperando che fosse Zach, ma mi trovai faccia a faccia con il fratello di Damien.

"Oh, ciao", dissi, sorpresa.

Dopo che mi salvò la vita, capii che potevo fidarmi di lui. Era da un po' che non lo vedevo. Sembrava sorpreso di vedermi aprire la porta, ma sorrise, passandosi una mano tra i capelli.

Mi disse: "Ehi, è bello vederti". Mi aspettavo che mio fratello rispondesse".

"Sono così felice di vederti!".

Lo abbracciai. Credevo di averlo colto di sorpresa, ma dopo un attimo mi ricambiò. Poi guardò all'interno del cottage. "Sembra che tu stia dando una festa, ma non mi hai invitato".

Sorride al fratello; Damien gli ha fatto cenno di entrare. Quando Arius entrò, la stanza rimase in silenzio e tutti lo fissarono.

"Tutti quanti, questo è mio fratello Arius", disse Damien. "È un alleato".

Tutti si rilassarono dopo quest'ultima frase.

Arius guardò il fratello e osservò con un sorriso. "Beh, sembra che tu faccia amicizia piuttosto facilmente".

Damien rise. "Beh, sembra che avere una lupa come compagna comporti molti amici. Non che mi lamenti, sono felice di averli come amici".

Sentirglielo dire mi riempì il cuore di gioia.

"Come mai Zach non è qui con voi?" chiese Damien a Will.

Mio fratello scosse la testa. "Nessuno lo ha visto negli ultimi giorni. Una mattina ha parlato di un libro e se n'è andato. Non ho idea di dove sia".

Il libro. Sembrava che Zach lo stesse ancora cercando. Forse stava ricordando qualcosa. Speravo che lo trovasse prima che non fosse troppo tardi.

"Immagino che dovremo fare a meno di lui, allora", rispose Damien.

Arius interruppe la conversazione. "Mi dispiace interrompere, ma ho un po' di fretta. Sono venuto qui perché il Padre ti ha convocato, Damien. Come principe ereditario, ti vuole sul campo di battaglia ed era furioso di non trovarti questa mattina".

Su di noi calò un silenzio tombale. Guardai a terra, con il cuore spezzato dal fatto che il mio compagno dovesse trovarsi sul campo di battaglia.

Il volto di Damien si indurì. "Sembra che non possiamo evitare questa guerra, dopo tutto... Vado sul campo di battaglia. Spero ancora che si possa abbreviare la guerra e ridurre al minimo le perdite".

Presi Damien tra le braccia. "Ti prego, non andare! Non potrei sopportare se ti succedesse qualcosa".

Damien mi abbracciò. Nascosi il viso nell'incavo del suo collo, respirando il suo dolce profumo. Mi tirò indietro quel tanto che bastava per permettermi di guardarlo negli occhi. I suoi occhi grigi erano pieni d'amore.

"Ti amo con tutto me stesso, con tutta la mia anima. Se non vado, mio padre mi ucciderà. Almeno sul campo di battaglia ho la possibilità di sopravvivere".

Alcune lacrime mi scesero sulle guance, ma Damien le asciugò non appena comparvero.

"Allora vengo anch'io", dissi.

Damien scosse la testa. "Ti prego, non voglio che ti accada nulla".

Avevo già deciso. Se il mio compagno dovesse essere in guerra, ci sarei andata anch'io. A qualunque costo, lo avrei protetto. Troverò sicuramente un modo per fermare la guerra.

"Se tu sarai sul campo di battaglia, allora ci sarò anch'io".

Damien mi guardò, sapeva che non poteva farc nulla per farmi cambiare idea.

"E anche noi! Non possiamo lasciare che sia tu a divertirti. Ti guarderemo le spalle" aggiunse Bianca.

Io osservavo da lontano. L'oscurità mi circondava. In lontananza sentivo i fiumi scorrere e le anime lamentarsi. Questo era il mio dominio. Ero io il padrone qui.

Guardai il frammento d'anima ancora intrappolato nella gabbia che avevo preparato. Lo odiavo tantissimo. Non avrei mai lasciato che fosse libera. Potevano cercare di fermare la guerra quanto volevano. Quelle creature erano patetiche. Non vedevo l'ora di vedere la loro speranza crollare. Erano degli sciocchi a pensare di poter raggiungere la pace...

Mi guardai intorno nella stanza. Sembrava che tutti avessero intenzione di combattere. Mio fratello e Steven erano tra i migliori combattenti del branco. Speravo che vincessero. Ero più preoccupato per Bianca. Non poteva trasformarsi in un lupo... ma era la figlia della dea della luna. Non capivo bene cosa significasse, ma speravo che l'avrebbe aiutata nel campo di battaglia.

Guardai il mio dolce Damien, il mio amore. Sapevo che poteva combattere e che i vampiri avevano molti poteri. Speravo solo che fosse abbastanza forte da non farsi male. Da quello che avevo capito, il signore dei vampiri era il più forte dei vampiri, poi sua moglie. Quindi, come primo principe, era il terzo più forte tra i vampiri. Sicuramente doveva essere in grado di combattere, no?

Infine, guardai Arius. Sapevo che era un alleato. Essendo il secondo principe dei vampiri, speravo che la sua forza ci avrebbe aiutato.

Speravo che potesse proteggere suo fratello. Non potevo mentire, la mia principale preoccupazione era che Damien uscisse indenne da questa guerra. Se il mio compagno dovesse morire, sarei distrutta per sempre.

Mio fratello mise una mano sulla spalla di Damien. "Ti guarderò le spalle, ma ti prego di tenere al sicuro mia sorella".

Damien annuì. "La sua sicurezza è la mia principale preoccupazione. Darei la mia vita per lei".

Will sembra soddisfatto della sua risposta.

Urlai loro contro con rabbia. "Smettetela, voi due! Oggi non morirà nessuno, ok? Smettila di parlare come se questa fosse l'ultima volta che ci vediamo!"

Tutti sorrisero con aria solenne dopo le mie parole. Allo stesso tempo, tutti noi sapevamo che nessuno era al sicuro durante una guerra, specialmente di quella portata.

Incamminammo tutti verso nord-est, verso la valle di Nysa. Tutti sembravano persi nei loro pensieri. Abbiamo scalato una piccola collina. In cima potevamo vedere la Valle di Nysa in tutto il suo splendore.

La valle era sormontata da montagne su entrambi i lati. Dalla cima delle montagne scorrevano fiumi che scendevano verso le foreste alla base delle montagne. Infine, tra le due montagne c'era la grande valle piena di verde.

Sul lato sinistro della valle si trovava l'esercito dei licantropi. Umani mescolati a licantropi. La maggior parte di loro era in forma umana, ma alcuni erano in forma di lupo. Erano alcune centinaia. Sembrava che mamma e papà avessero radunato la maggior parte dei branchi della zona.

Insieme a loro, anche le ninfe dei boschi risiedevano nella valle. Di sicuro avevano deciso di unirsi alla battaglia. Mi chiedevo perché loro si fosse unite alla guerra, visto che erano di solito creature pacifiche. Forse per difendere la propria patria? Immaginavo che la guerra stesse invadendo il loro territorio e che quello fosse un motivo sufficiente per combattere.

La prima linea era composta dai nostri Beta e dai nostri combattenti più forti.

I miei genitori erano in piedi davanti a loro, in rappresentanza dei lupi mannari. Si erano imposti con forza contro l'esercito nemico.

Sul lato destro si trovava l'esercito di vampiri. Sembravano in numero pari all'esercito dei licantropi. In mezzo a loro c'erano donne con le loro corna contorte, suppongo fossero le Succubi. Odiavo quelle creature ingannevoli.

Guardando la loro prima linea, riconobbi Lilith. Indossava una grande armatura e brandiva una lunga spada. Era alta e forte. I suoi occhi erano pieni di odio per i suoi nemici. Altri vampiri erano con lei in prima linea. Sembrava che tutti i combattenti più forti fossero lì. Riconoscevo gli assassini che mi avevano attaccato l'altro giorno.

Davanti a loro c'erano un uomo e una donna. Immaginavo che fossero il signore e la regina dei vampiri. I genitori di Damien. Non li avevo mai incontrati, ma sembravano forti. L'uomo aveva lunghi capelli bianchi e sembrava molto potente; era come se da lui emanasse un'aura di magia. Non c'era da stupirsi che tutti lo temessero... compresi i suoi stessi figli.

La donna aveva capelli castani molto lunghi e un aspetto aggraziato. Aveva gli stessi occhi grigi di Damien. Anche lei sembrava potente. Aveva un maggiore controllo sui suoi poteri, che sembrava contenere meglio del marito. Damien assomigliava molto a sua madre.

Nel complesso, entrambi gli eserciti sembravano essere ugualmente forti e la battaglia sarebbe stata sicuramente una resa dei conti. Questo mi spaventava molto, perché significava anche che ci sarebbero state delle vittime da entrambe le parti, e io non volevo che accadesse qualcosa a Damien o a chiunque amassi.

Mi voltai verso Damien; cominciavo a preoccuparmi per gli eventi a venire. I dubbi cominciarono a insinuarsi nella mia mente. E se non riuscissimo a fermarli? E se ci facessimo male? Potrei proteggere il mio compagno? Potrei proteggere mio fratello e mia sorella? All'improvviso, tutto diventò molto più reale...

Sentii il calore salire sulle guance; mi si formò un groppo in gola mentre reprimevo alcuni singhiozzi.

Damien si girò verso di me. "Stai bene, mia piccola lupa?", chiese, con voce piena di preoccupazione.

"Ho paura", ammissi.

Mi abbracciò teneramente. "Lo so. Andrà tutto bene, amore. Andrà tutto bene".

Tra le sue braccia mi sentivo un po' meglio. Volevo che quel momento durasse, non volevo andare in guerra. Non possiamo lasciarli combattere e starne fuori?

La mia coscienza non me lo permetterebbe. Amavo tutta la mia famiglia. Dovevo cercare di fermare la guerra, anche a costo di rischiare le nostre vite.

Mi rivolsi a tutti. "Non hanno ancora iniziato a combattere. Forse c'è ancora un modo per fermarli".

"Sì, ma Zach non è ancora qui con il libro. Non so come faremo a fermarli" disse Will.

Ci guardammo tutti in faccia. Pensai che nessuno sapesse davvero come avremmo potuto fermare la guerra.

"Non importa!", dice Damien con determinazione. "Troveremo un modo. Insieme possiamo farcela".

Sembrava così sicuro di sé. Ci dava speranza.

"Siete tutti pronti?" chiesi.

Erano tutti d'accordo.

Ci abbracciammo in gruppo e iniziammo a scendere la collina per raggiungere gli eserciti. Eravamo ancora molto lontani e nessun esercito ci aveva ancora visto. Mi chiedevo cosa avrebbero pensato se ci avessero notato. Un gruppo di lupi mannari e vampiri insieme.

Mentre scendevano dalla collina, i miei genitori iniziarono a camminare verso i vampiri. Il Signore e la regina dei vampiri fecero lo stesso. Un silenzio calò sulla valle mentre i capi dei due eserciti si preparavano a parlare insieme. Erano ancora a qualche metro di distanza l'uno dall'altro, quindi dovevano parlare a voce abbastanza alta perché l'altro lo capisse.

Sebbene fossimo ancora lontani, potevamo ancora sentirli, mentre il suono delle loro voci riecheggiava sulle pareti rocciose.

"Siamo qui oggi perché avete rotto il trattato di pace!"

"Sciocchezze!" rispose il signore dei vampiri. "Siete stati voi per prima a rompere il trattato di pace".

Anche da lontano, la tensione tra loro era palpabile.

"Siete entrati nel nostro territorio, ci avete attaccato e avete rapito mia figlia! Come osate accusarci di aver infranto il trattato di pace?" la voce di moi padre era dura.

Il Signore dei Vampiri sorrise. "Il trattato è stato violato da molto più tempo e voi lupi mannari lo sapete! Smettila di fare l'innocente!".

Era frustrante vederli discutere. Mio padre non aveva idea del libro, quindi ovviamente non poteva sapere cosa intendesse il Signore dei Vampiri. Di conseguenza, il Signore dei Vampiri era sicuro che i lupi mannari l'avessero rubata. Entrambi avevano ragione dal loro punto di vista. In realtà, si sbagliavano entrambi. Se solo potessi mostrare loro la verità.

Ciascun leader aspettò che l'altro ammettesse le proprie colpe e che mostrasse debolezza.

Corremmo il più velocemente possibile giù per la collina. Quando raggiungemmo una distanza tale da avere la possibilità che ci sentissero, il Signore dei Vampiri disse: "Così sia".

I miei genitori e quelli di Damien si inchinarono leggermente e ripresero la loro posizione iniziale.

Cercammo di attirare la loro attenzione, di gridare, ma i tamburi di guerra avevano iniziato a suonare da entrambi i lati degli eserciti, rendendo vano ogni tentativo di parlare con loro. I guerrieri si stavano preparando da entrambe le parti. Le Succubi stavano spiegando le ali, preparandosi a spiccare il volo, ad attaccare dal cielo. Le ninfe dei boschi stavano preparando le loro magie, evocando sfere di energia, spingendo radici in punti strategici, pronte ad afferrare le caviglie dei nemici di passaggio. Alcuni lupi mannari si trasformarono. Ai vampiri erano cresciute le zanne. Alcuni si alzarono in volo, altri rimasero a terra.

Si sentiva l'adrenalina pompare al ritmo della batteria. Tutti erano in allerta, in attesa del segnale finale. Infine, mentre i capi tornavano ai loro posti di comando, i corni di guerra suonarono da entrambe le parti e i due eserciti cominciarono a caricarsi l'uno verso l'altro.

Caddi in ginocchio mentre guardavo sconcertata la mia famiglia combattere contro quella di Damien. Sentii la disperazione attanagliarmi il cuore. Sapevo che le persone che amavo rischiavano di essere fatte a pezzi da una guerra inutile. Mi sentivo così impotente. Le lacrime mi scesero dalle guance fino a terra.

Due braccia forti si posarono sulle mie spalle. Alzai lo sguardo per vedere gli occhi grigi di Damien che mi guardavano con tenerezza. Mi offrì la mano. La presi e lui mi sollevò tra le sue braccia.

"Vieni, mia piccola lupa. Fammi vedere quel fuoco in te che amo così tanto. So che è lì, da qualche parte".

C'era così tanto da assimilare che non sapevo se avevo le capacità per farcela. Anche se, nel profondo, sapevo che aveva ragione. Lo guardai negli occhi, percependo il mio riflesso, cercando una risposta.

Nei suoi occhi vidi paura, ma anche amore, speranza e... il nostro futuro insieme. Quello era il momento. Quello era il momento di ottenere il nostro futuro. Era la nostra occasione di essere anime gemelle. Era un'occasione da cogliere, anche se comportava dei rischi. Dovevamo andare a fermare quella guerra, a prescindere dalle conseguenze.

Quando lo guardai, iniziò a sorridere.

"È meglio così".

"Grazie per avermi ricordato chi sono. Sono una combattente. Lo supereremo, fermeremo questa guerra. Dopodiché, potremo vivere insieme".

Lo abbracciai, assaporando il suo amore e il suo profumo. Era come prendere una boccata d'aria prima di immergersi nelle profondità dell'acqua, senza sapere se si potrà avere un'altra boccata.

Mi avvicinai alla sua bocca e lo baciai appassionatamente, le nostre lingue danzavano insieme mentre lui mi accarezzava la schiena. Quando ci siamo lasciati, mi ha detto: "Ora e per sempre, ti amerò".

Il mio cuore palpitò alle sue parole e risposi: "Qualunque cosa accada, il mio cuore sarà sempre tuo".

Più che mai sicuri del da farsi, terminammo la nostra discesa per raggiungere gli eserciti. Non dovevamo arrenderci.

Capitolo 18 (Kate)

La guerra

Quando arrivammo nel bel mezzo della battaglia, tutti erano in pieno combattimento. Le Succubi attaccavano dal cielo, cercando di afferrare con gli artigli le ninfe dei boschi più piccole o i lupi. Le ninfe dei boschi stavano sferrando sfere magiche ai vampiri e facevano crescere radici per tenere fermi i loro nemici, lavorando in squadra per sconfiggerli.

I vampiri attaccavano i licantropi con velocità divina. La loro magia era più potente di quella della maggior parte dei lupi mannari. Gli umani dei nostri branchi indossavano armature e brandivano spade d'argento contro i vampiri. Erano i più a rischio in quella guerra, poiché non avevano poteri magici rispetto alle altre razze. Ma gli umani compensavano la loro mancanza di forza con l'ingegno.

I lupi mannari attaccavano in gruppo, mordendo la carne dei loro nemici o lacerando la loro pelle con i propri artigli affilati. Alcuni di loro, nella loro forma umana, mettevano alla prova la loro forza contro i vampiri a braccia nude.

Bisognava fare attenzione, perché i morsi provenivano da Succubi, vampiri e lupi mannari. Nella foga della battaglia, non si poteva essere del tutto sicuri se il morso avesse colpito un amico o un nemico. Il sangue si stava già riversando sull'erba della valle, macchiando i fiori e formando piccole pozze in alcuni punti.

Insieme decidemmo di cercare di raggiungere il Signore e la Regina che stavano lottando contro i miei genitori. Steven e Bianca erano già più lontani.

Cercai di raggiungerli quando fui colpita da un forte dolore. Sentivo unghie affilate sulla schiena e denti che mi scavavano le spalle. Cercai di guardare il mio aggressore e vidi dei capelli rossi. Non avevo bisogno di guardare, perché potevo riconoscere l'odore del suo profumo da quattro soldi ovunque. Quella puttana si stava vendicando.

Cercai di liberarmi, ma era fuori portata sulla mia schiena e mi faceva male.

Sentii un forte grido: "Ellie, lasciala andare! Ora!"

Il vampiro alle mie spalle mi sollevò verso Damien. Non c'era modo che mi lasciasse andare.

Lo sentivo attraverso la forza che esercitava. Le sue unghie scavarono più a fondo nella mia pelle, il sangue colava dalle ferite. Mi voleva morta. Forse pensava di poter riavere il suo ragazzo se mi avesse ucciso?

Il dolore mi dava le vertigini. Supplicai il mio compagno nei miei pensieri: "Damien, per favore".

Non dovetti chiedere di nuovo. Damien saltò addosso a Ellie. Lei lanciò un urlo di sorpresa e lasciò la presa su di me. Mi misi in piedi incespicando e li guardai combattere.

Ellie grugnì incredula. "Combatteresti contro i tuoi stessi simili?"

"Combatterò chiunque minacci la mia compagna", replicò Damien prima di sferrare un attacco che la fece cadere a terra a pochi metri di distanza.

La avvertì mentre era ancora sdraiata sul pavimento. "Dovresti sapere che non si combatte contro un principe. Faresti meglio a salvarti, se sai cosa è bene per te".

Si avvicinò lentamente a lei, guardandola minacciosamente.

Ellie si alzò e si issò nella sua direzione. Sembrava che stesse valutando le sue opzioni. Infine, decise di scappare, scomparendo in pochi secondi attraverso il campo di battaglia.

"Grazie", dissi.

Mi fece un cenno con la mano. Mi faceva male la schiena e anche il collo. La ferita non sembrava troppo grave. Probabilmente sarebbe guarita presto. Non avevo tempo. Mi girai e mi diressi verso la battaglia dei leader. Quella era la nostra unica possibilità di fermare la guerra.

POS di Damien

Almeno era al sicuro. Non avrei mai pensato che Ellie avrebbe fatto una cosa così audace come cercare di uccidere la mia partner. Avrei dovuto darle una punizione più grande di quella. L'avrei fatto se non fossimo stati nel bel mezzo di una guerra. Mi sarei occupato di lei quando sarà tutto finito. Nessuno minacciava la donna che amavo e la faceva franca.

Non ebbi nemmeno il tempo di seguire Kate dai miei genitori quando venni attaccato da tre lupi mannari. Uno mi morse il braccio, un altro la gamba e l'ultimo cercò di afferrarmi il collo. Cercavano tutti di buttarmi a terra per potersi mettere sopra di me sul pavimento.

Ero forte e, sebbene non volessi far loro del male, non potevo permettere loro di uccidermi. Spinsi via uno dei lupi, gettandolo a terra. Ma sembrava che ogni volta che ne respingevo uno, un altro mi saltava addosso. Credevo che il lavoro di squadra pagasse davvero.

Inviai un'onda del mio potere intorno a me, mandandoli tutti a terra in una volta. Mi accerchiarono, ringhiando. Adesso erano in sei e aspettavano solo l'occasione per farmi fuori.

"Non attaccate", disse una voce severa. La volontà arrivò con un tempismo perfetto. Si fece strada tra i lupi e venne al mio fianco.

"Non sarà un lupo, ma è un alleato. Il vampiro che state vedendo in questo momento ha appena salvato il tuo futuro Alfa, sorella".

I lupi si fermarono, mi guardarono intensamente. Poi, come se avessero deciso, fecero un cenno nella nostra direzione e se ne andarono.

"Grazie! Mi hai davvero salvato" dissi a Will.

Sorrise. "Grazie per aver salvato mia sorella", mi diede una pacca sulla spalla.

Arius arrivò con il fiatone. "Stai bene?"

Will e io gli facemmo un cenno.

Girando la testa, sentimmo una voce familiare. Steven e Bianca erano un po' più lontani, invasi dai vampiri. Steven faceva del suo meglio per proteggere Bianca e Bianca faceva del suo meglio per combatterli, ma erano troppi.

Io e Arius annuimmo e ci buttammo nella mischia, proteggendoli. Insieme eravamo due dei vampiri più potenti; sicuramente non avremmo avuto problemi a sopraffarli.

POS di Kate

Ero vicina ai miei genitori. Percepii un potere schiacciante dalla loro lotta contro il Signore e la Regina dei Vampiri. Mi voltai per controllare se gli altri mi stessero seguendo, ma con mia grande sorpresa non c'erano.

"Mamma! Papà! Devi fermarti!" urlai.

Nessuno di loro mi sentiva o, se lo faceva, mi ignorava. Cercai di andare verso di loro, ma Lilith apparve davanti a me, fermandomi.

"Sembra che ci incontriamo di nuovo", disse con voce calma.

"Per favore... so che non sei così. Ricordo il tuo sorriso. Mi ricordo com'eri. Tu lo amavi e lui ti amava. Per favore, non farlo".

"La donna di cui parli è morta da tempo" rispose lei, con gli occhi pieni di odio e tristezza.

Lentamente, cominciò a ridurre la distanza tra noi. Aveva uno sguardo minaccioso e io mi stavo spaventando. Speravo di non dover lottare con lei.

"Pagherai il prezzo del tuo tradimento", disse con uno sguardo freddo.

"Non ho fatto niente!" supplicai.

Ma lei non si fermò, avvicinandosi lentamente ma inesorabilmente a me con occhi assassini. Sapevo che era la compagna di Zach, ma allo stesso tempo non volevo essere ucciso.

"Lilith, fermati!" gridò una voce dietro di me.

Riconoscerei quella voce ovunque. Sembrò che anche Lilith lo avesse riconosciuto.

Zach correva al mio fianco, senza fiato. "Sono venuto il più velocemente possibile".

Tra le mani teneva un sacco di pelle di cervo ricoperto di terra.

"Mi hai tradito!" gli gridò Lilith.

"No... no per favore, amore, ascoltami", cercò di spiegare Zach.

"Non osare chiamarmi così! Mi hai lasciato da sola per tutti questi anni! Mi hai tradito! Non hai più il diritto di chiamarmi amore".

Attraverso i suoi occhi potevo intravedere il dolore che aveva dentro, che ribolliva, che la divorava dall'interno. Tutto quel dolore stava venendo a galla con l'arrivo di Zach. Aveva ragione, non aveva il diritto di chiamarla amore dopo tutti quegli anni da sola. Anche se non le aveva fatto del male di proposito. Quelle cose avevano bisogno di tempo per guarire.

Sentivo di non avere un posto in quella conversazione. Eppure non c'era modo di sgattaiolare. Volevo raggiungere il Signore e la Regina e fermare la guerra, ma Lilith mi bloccava la strada.

Zach non parlava, credevo che facesse fatica a trovare le parole, così parlai io per prima.

"Lui... non poteva tornare da te", dissi a Lilith.

Mi guardò senza dire nulla.

"Quando ho cercato di aprire il libro, la maledizione si è attivata. Perché non sono un vampiro", spiegò Zach.

"Di cosa diavolo stai parlando? Quale maledizione?" chiese Lilith, incredula.

"Ne hai mai sentito parlare? Damien mi ha detto che c'è una maledizione che protegge il libro. Una maledizione per preservare i segreti dei vampiri. Per essere sicuri che non cada mai nelle mani di qualcuno che non sia un vampiro".

"La maledizione mi ha fatto dimenticare tutto! Ho persino dimenticato i desideri del mio cuore... Mi fa tanto male... Mi dispiace tanto Lilith" Zach era davvero sincero.

"Perché dovrei crederti? Mi hai lasciato! Mi hai imbrogliato con il nostro libro e mi hai lasciato!"

Zach sembrava ferito. "Ti prego, Lilith. Ti prego di credermi. Non è stato affatto così".

"Hai idea di quanto faccia male?"

Zach fece un passo verso di lei. "Non posso nemmeno immaginare quanto devi aver sofferto... Ma ti prego, dammi la possibilità di farmi perdonare. Il mio amore per te è immutato. Ti prego, lascia che ti dimostri che è stato a causa della maledizione".

Zach sembrava davvero sincero. Il volto di Lilith si addolcì, la rabbia sembrò lasciare il posto alla sorpresa e alla tristezza quando capì cosa era successo. Certo, ci sarebbe voluto del tempo perché le cose tornassero come prima tra loro, ma almeno il primo passo era stato fatto.

Zach sembrava ferito da tutto ciò che stava accadendo, ma sembrava determinato ad andare avanti e a sistemare le cose. Aprì lentamente la borsa che teneva in mano, rivelando un grande libro. La copertina sembrava fatta di diversi pezzi di pelle cuciti insieme.

Il libro emise un'onda di magia quando Zach lo estrasse dalla borsa, facendo cadere a terra tutti i presenti, compresi i combattenti.

Ora c'era un'area larga qualche metro di calma senza combattimenti. Tutti a terra, guardandosi intorno stupiti.

Più avanti, tutti stavano ancora combattendo. La furia si scatenava intorno a noi. Era come se fossimo nella calma dell'occhio del ciclone.

Gli occhi dei miei genitori, il Signore e la Regina dei Vampiri, si rivolsero a noi. Il Signore dei Vampiri esclamò: "Finalmente arriva il ladro!" indicando Zach.

Sembrava arrabbiato, sul punto di attaccare Zach.

Lilith parlò, "Lui... non l'ha rubato... sono stata io".

Il Signore dei Vampiri inarcò le sopracciglia. "Di cosa si tratta?"

Zach si avvicinò a Lilith e la prese delicatamente in braccio. Lei accettò il suo abbraccio, gli strinse il braccio in risposta e gli posò un bacio sulla guancia. Poi si liberò dal suo abbraccio e fece un passo verso il Signore dei Vampiri.

"È la mia anima gemella. Gli ho portato il libro anni fa, cercando un modo per allungare la sua vita, in modo da poter vivere a lungo con lui. Ma quando ha aperto il libro, la maledizione si è attivata e ha dimenticato tutto".

"Sono venuto a restituirlo" aggiunse Zach, tendendo il libro all'estremità delle braccia.

La voce di Lilith tremava mentre parlava al Signore dei Vampiri. Aveva un'espressione severa. "Mi dispiace di aver preso il libro senza chiedere", ammise, supplicando con gli occhi il Signore.

Il Signore dei Vampiri sembrava furioso. Alzò la mano e scagliò un fulmine di energia contro Lilith, ma Zach lo respinse e incassò il colpo.

Zach volò a terra a pochi metri dall'impatto. Il libro dei segreti del vampiro cadde a terra a qualche metro di distanza.

"Zach", gridò Lilith, gettandosi a terra accanto a lui.

Lilith controllò ansiosamente i segni vitali di Zach. Coprì il corpo di lui con il suo, piangendo.

Corsi al suo fianco. "È morto?"

Scosse la testa. "No, ma è appena vivo. Ho desiderato che tornasse per tanti anni. E ora che è tornato...", la voce le si spezzò. Non riuscì a finire la frase.

Mi voltai a guardare il Signore e la Regina dei Vampiri. La madre di Damien sembrava furiosa.

"Orfeo! Come hai potuto? Avresti ucciso mia sorella?".

Sembrava arrabbiata. Il Signore dei vampiri sembrava pentito di aver fatto arrabbiare la moglie. Non ha avuto il tempo di rispondere. Il gruppo di succubi iniziò a librarsi sopra il Signore dei vampiri. Lo sguardo del Signore si rivolse al cielo. All'improvviso, tutti si buttarono a terra nello stesso momento, inviando un'onda di energia al suolo. L'onda di energia era abbastanza forte da far cadere a terra la madre di Damien e me, più lontano.

Il Signore dei Vampiri era ancora in piedi. Aveva una forza incredibile. "Oraya, come osi attaccarmi? Sono stato io a ingaggiare il vostro gruppo".

Oraya sorrise maliziosamente. "Mio caro Orfeo, mi sono stancata di questa guerra, ecco tutto. Ho pensato che mi sarei divertita molto di più se mi fossi liberata di te", disse scherzosamente, leccandosi i denti affilati.

Il Signore dei vampiri li guardò pensieroso. Era forte, ma anche le Succubi erano demoni forti. Erano in cinque e lui era solo.

Le Succubi circondarono Orfeo, aspettando che facesse una mossa, studiandolo. Quando finalmente decise di provare a raggiungere Oraya, le altre succubi lo attaccarono da dietro e dai lati. Non avrebbe avuto la meglio in questa battaglia, lo sentivo.

Mi alzai, leggermente stordita, ma non ferita. La madre di Damien fece lo stesso. Sapevo di non essere forte come loro, ma non potevo restare lì a guardare. Contro demoni e le Succubi, la mia lancia di fuoco sacro sarebbe sicuramente utile. Erano avversari potenti, valeva la pena di usare il mio potere interiore.

Mi concentrai come mi aveva detto Ayanna e ben presto la lancia fiammeggiante apparve nella mia mano. Uno dei succubi lo sollevò, guardando l'arma che brandivo.

La madre di Damien mi guardò sorpresa, ma rimase al mio fianco e mi aiutò a combatterli. Vedendo la propria figlia combattere, i miei genitori decisero di unirsi a noi e iniziarono ad attaccare un'altra succube.

Combattemmo con tutte le nostre forze, ma Oraya, la leader del gruppo, riuscì a uccidere il Signore dei Vampiri, strappandogli la carne e bevendo il suo sangue. Dopo aver banchettato con il corpo del Signore, le altre succubi hanno rivolto la loro attenzione a noi.

Per nostra fortuna, Will, Arius, Steven e Bianca si unirono a noi nella lotta. Ora eravamo otto contro cinque. Scagliai contro di loro la mia lancia, che sembrava abbastanza efficace. Con un solo colpo riuscì a decapitare la succube più vicina. Insieme fummo in grado di ucciderne un'altra abbastanza rapidamente e a spaventare gli altri tanto che decisero di fuggire. Ero contenta che fossero scappati, perché sapevo che presto la mia arma sarebbe sparita.

Non ebbi il tempo di dire nulla prima che i miei genitori mi abbracciassero. Avranno avuto paura di perdere una delle loro figlie. Ero felice che anche loro fossero al sicuro, il loro abbraccio mi scaldava il cuore.

"Sono così orgoglioso di te, figlia mia. Il tuo potere interiore è fantastico!" mi disse mio padre.

Lo guardai, notando la sua pelle ispessita. "Anche il tuo".

La regina dei vampiri ordinò di suonare il corno di guerra. Tutti smisero di combattere. La guerra era finita.

Mi guardai intorno: c'erano corpi ovunque. Nelle fessure del terreno si formavano pozze di sangue. Ma finalmente era finita.

Guardai Lilith, che stava borbottando qualcosa tra sé e sé. La guardai mentre si tagliava il polso con l'unghia e lasciava scorrere il sangue nella bocca di Zach prima di occuparsi della ferita.

Mi avvicinai a lei e le chiesi: "Cosa stai facendo?"

Mi guardò. "Zach è gravemente ferito. Non sopravviverà. Ma gli ho dato il mio sangue. Con essa, si trasformerà in un vampiro. Non lo perderò una seconda volta".

Lo guardò, con gli occhi pieni d'amore. Poi si rivolse a me con un sorriso. "La cosa migliore è che ora sarà un lupo mannaro-vampiro, così potrà vivere quanto me".

Lo prese delicatamente tra le braccia. "Lo porterò nella mia stanza e mi prenderò cura di lui. La trasformazione dovrebbe richiedere solo pochi giorni. Avremo tutto il tempo per risolvere le cose tra noi".

Annuii mentre la guardavo allontanarsi con mio zio in braccio. Sembrava finalmente felice e in pace. Credevo che il legame dell'anima gemella fosse *così* forte che, anche dopo tutti questi anni, lei non avesse rinunciato a lui. E in quel momento potevano aggiustare ciò che era rotto e ricominciare da capo.

Poi mi voltai per vedere se tutti stavano bene. Will stava bene, era con Bianca e Steven.

"Sono felice che tu stia bene", disse Bianca a Steven.

Steven le sorrise e tirò fuori dalla tasca il portafortuna che gli aveva dato.

"Sembra che il portafortuna che mi hai fatto mi abbia tenuto al sicuro".

Tutti risero, con un'aria felice e sollevata. La regina dei vampiri era in lutto per la perdita del marito. Arius era al suo fianco e la consolava.

Mi si formò un nodo allo stomaco. Mi resi conto che non vedevo Damien da un po' di tempo.

"Hai visto Damien?"

Lui e la regina mi guardarono. Arius scosse la testa. Alzai lo sguardo verso Will, Bianca e Steven e chiesi loro.

"Qualcuno di voi ha visto Damien?".

Tutti scossero la testa.

"Chi è Damien?", chiese mia madre.

"È la mia anima gemella".

La madre di Damien si mise una mano sulla bocca quando pronunciai queste parole.

Cominciavo ad avere paura, il battito cardiaco aumentava. Cercavo di non pensare a tutto quello che sarebbe potuto accadere. Non volevo saltare alle conclusioni.

Cercai di parlare con Damien attraverso il nostro collegamento, ma non riuscì riuscito a comunicare con lui. Che cosa stava succedendo? Dov'era? Era l'erede al trono, per l'amor di Selene! Doveva essere forte.

Tutti iniziarono a cercare Damien insieme a me. Cercai di concentrarmi sul suo odore, ma c'erano troppi corpi e sangue ovunque. Non c'era modo di trovarlo tra tutti quegli odori.

Dopo qualche minuto, finalmente individuai Damien, disteso a terra, inerte.

Gridai mentre correvo verso il suo corpo. "Damien!"

Non si muoveva. Non era possibile! Toccavo il suo corpo, ma era freddo. Più freddo della sua temperatura corporea abituale. Gli occhi non si aprivano e naturalmente non respirava. Le lacrime cominciarono a scendere sulle mie guance. Come era possibile? Non era possibile! Non avevo ancora avuto il tempo di stare veramente con lui!

Mia madre cercò di allontanarmi da lui e di abbracciarmi, ma io non glielo permisi. Non volevo allontanarmi da lui.

"No!" urlai. Era un urlo profondo, misto a un ululato del mio lupo.

Sapevo che la mia famiglia era lì, a guardarmi. Bianca tra le braccia di Steven, in lacrime. Will, che mi guardava, impotente, incapace di consolare la sorella. La regina dei vampiri, che piangeva per il marito e il figlio, e Arius, che cercava di confortarla come meglio poteva.

Tutte le volte che avevo avuto bisogno di lui, lui era lì per me. Mi aveva curato per riportarmi in salute. Mi aveva salvato la vita. Era stato così gentile con me, si era preso cura di me, come dovrebbe fare un compagno. Ma non ero lì per salvarlo. A cosa serviva un potere interiore se alla fine non si poteva salvare la persona amata?

Implorai la dea della luna. "Ti prego, Selene, mia dea, ridammi il mio compagno. Abbiamo lavorato tanto per poter vivere insieme! La guerra è finalmente finita. Per favore, mi aiuti?"

Niente poteva consolarmi. Stavo soffrendo. Il mio cuore era spezzato. La mia lupa stava soffrendo per la perdita del suo compagno. Le ci sarebbero voluti diversi giorni per riprendersi completamente dalla perdita del compagno. Soprattutto perché il legame era stato sigillato. Pensare che non avrei mai più sentito la sua voce. Quanto mi mancava il suo profumo delizioso. Mi mancava già tutto di lui.

Mi accasciai sul corpo di Damien, singhiozzando. Il dolore mi colpiva come un terremoto. Il mio mondo mi crollava addosso. Sapevo benissimo che, anche se avessi rimesso insieme il mio mondo, le scosse di assestamento avrebbero colpito di nuovo, non permettendomi mai di tornare veramente quella che ero prima. Il futuro che avevo costruito nella mia testa. Le mie speranze, i miei sogni... tutto distrutto.

Sentii un calore dietro di me. Mi girai e vidi Bianca che si illuminava di bianco. Una voce di donna giungeva da tutte le parti.

"Entrambi avete aiutato molto mia figlia. Grazie a voi e a lui, mia figlia si è risvegliata dalla maledizione. Vi compatisco, come vedete, sono una buona dea. E così, ti restituirò il tuo compagno".

Era davvero chi pensavo che fosse? Era davvero possibile? Non osavo credere a ciò che sentivo. Temevo di avere le allucinazioni. Mi guardai intorno; sembrava che anche gli altri lo sentissero. Guardai con stupore Bianca che smetteva di brillare e tornava normale.

Era come se stesse conversando con qualcuno che solo lei poteva sentire.

Bianca fece qualche passo e si inginocchiò davanti al corpo di Damien. Mise le mani sopra Damien e si concentrò. Un vento di energia cominciò a scorrere dalle sue mani. Soffiava intorno a noi, sollevando i capelli di Bianca nell'aria. Durò per qualche secondo, prima che Bianca ritirasse le mani e il vento si placasse.

Stavo guardando Damien, in attesa, quando notai che il suo petto si alzava e si abbassava di nuovo. Respirava!

POS di Damien

Aprii gli occhi lentamente. Cercai di ricordare quello che era successo, ma non ci riuscii; la mia mente era confusa. All'improvviso ho sentito un caldo abbraccio. Era il suo odore dolce, era il mio amore. La strinsi forte, godendo del suo calore.

Che cosa era successo? La guerra era finita? Non capivo. Guardai Kate, i suoi occhi erano rossi di lacrime. Poco più avanti c'era mia madre che ci guardava, piangendo, ma allo stesso tempo sorridendo. C'erano anche Arius, Will, Bianca e Steven. Accanto a loro c'erano un uomo e una donna, che dovevano essere i genitori di Kate, perché somigliavano molto a Kate e Will.

Non avevo assolutamente idea di cosa stesse succedendo. L'unica cosa che sapevo era che amavo Kate con tutto il cuore. Le presi il viso tra le mani e la baciai. Mi sentivo così bene, come se non la baciassi da anni.

Mi sedetti. "Che cosa è successo? Perché siete tutti lì? La guerra è finita?"

Kate non mi abbandonò, mi tenne la mano. Non sapevo cosa fosse successo, ma aveva bisogno di stare con me in quel momento.

Mia madre venne ad abbracciarmi. "Oh, grazie a Dio Ecate, Damien, eri sparito... eri morto". Poi baciò anche Kate.

Ero morto? Non potevo crederci. Questo potrebbe certamente spiegare perché Kate aveva pianto. Guardai mio fratello, che annuì.

Bianca parlò. "La dea della luna ti ha restituito la vita, affinché tu possa vivere con la tua compagna. Questo è il suo modo di ringraziarti per aver aiutato me, sua figlia".

Era seria? La dea della luna mi aveva ridato la vita? Li guardai, ma tutti annuirono.

Poi Bianca si avvicinò a noi. "La dea della luna ha anche detto che avrei potuto concederti un'altra cosa che desideravi".

Mi chiesi cosa intendesse dire. Poi guardò la sorella.

"Se vuoi, posso aumentare la tua durata di vita, in modo che tu possa vivere quanto il tuo compagno. Ti piacerebbe?"

Era troppo bello per essere vero. Era tutto ciò che avrei potuto desiderare. Kate pianse di felicità mentre annuiva alla sorella e l'abbracciava.

Bianca si asciugò le lacrime e sorrise. Poi chiuse gli occhi e posò le mani su Kate. Un soffio bianco circondò le due ragazze, che brillarono per qualche secondo prima di svanire.

Bianca disse: "È fatta".

I genitori di Kate vennero ad abbracciarci. "Figlia mia, sono così felice che tu abbia trovato il tuo compagno. Che bel ragazzo", disse la madre di Kate avvicinandosi per abbracciarmi.

Kate ridacchiò: "Mamma, papà, questo è Damien, il mio compagno". Poi mi guardò: "Damien, questa è mia madre Sarah e mio padre Sam".

Guardai i suoi genitori. "È un onore conoscervi entrambi".

Guardai Kate. Sembrava sopraffatta da tutto ciò che stava accadendo. Se era vero che ero morto, come dicevano, allora deve aver provato il dolore di avermi perso. Sapevo che non avrei mai voluto vivere senza di lei. Volevo assicurarmi che saremmo stati insieme per sempre.

Presi la mano di Kate nella mia e mi misi in ginocchio. "Kate, sembra che tu abbia già dovuto affrontare il dolore di perdermi una volta. Non voglio che tu debba mai più provare questo dolore. Mi farai diventare l'uomo più fortunato del mondo, diventerai la mia principessa e presto la mia regina? Vuoi sposarmi?"

Kate si mise le mani sulla bocca e annuì. "Sì! Oh, Damien, sì, lo voglio!"

Mi saltò in braccio e mi baciò. Non avrei potuto essere più felice. Mia madre si mise di fronte ai vampiri e parlò a voce alta.

"Il Signore è morto in guerra. Nelle prossime settimane ci sarà l'incoronazione di mio figlio, il principe Damien, che prenderà il posto che gli spetta come nuovo Signore dei Vampiri, insieme alla sua regina, Kate".

Stavano accadendo così tante cose nello stesso momento. Mio padre era morto? Allora avrei dovuto sposarla presto, per salire al trono con lei. Tutti i vampiri intorno a noi esultarono.

POS di Kate

Non potevo credere a quello che era appena successo. C'erano troppe cose da assimilare in una volta sola e non ero ancora sicura di averne compreso la portata. Sapevo che questo era probabilmente il giorno più brutto e più bello della mia vita. Quando Damien era morto era il giorno più brutto della mia vita, ma ora diventava allo stesso tempo il giorno più bello della mia vita.

La mia lupa era felice di sapere che non solo il mio compagno era vivo, ma che io avrei vissuto quanto lui. Non potevo credere che mi avesse chiesto di sposarlo. Era semplicemente perfetto. E poi pensare che presto sarei diventata la prossima regina dei vampiri. Era tutto troppo!

All'improvviso mi venne in mente una domanda. Mi rivolsi a mia sorella e le chiesi: "Ora che la guerra è finita, sei finalmente libera da Eurynomos?"

Mia sorella scosse la testa. "Sembra che non sia stato sufficiente per liberare completamente la mia anima dal demone".

Era deludente, ma non l'avrei lasciata da sola. Non mi arrenderò con lei. Soprattutto dopo che aveva riportato in vita il mio partner e aveva prolungato la mia vita.

"Troveremo ciò che serve per liberarti, e lo faremo", gli dissi risolutamente. Guardai Damien e lui annuì.

Mamma, papà, Will, Bianca e Steven tornarono a casa dei miei genitori. L'esercito dei licantropi tornò alle case del branco.

Le ninfe dei boschi avevano recuperato i loro territori, anche se erano stati parzialmente distrutti, ma tutti avevano accettato, licantropi e vampiri, di venire ad aiutarle a ricostruire e ripulire nei prossimi giorni.

Anche i vampiri erano tornati nel loro territorio. Per quanto riguarda me, fu deciso che avrei vissuto con Damien, nel castello, per imparare i miei futuri doveri di regina. Sua madre mi prese sotto la sua ala e mi mostrò tutto ciò che avrei dovuto imparare. Ciò significava anche che avrei potuto stare sempre al fianco di Damien, il che era fantastico. La mia lupa era ancora a disagio all'idea di essere separata da lui.

Damien mi strinse la mano, facendomi uscire dai miei pensieri.

"C'è qualcosa che ti preoccupa?".

Sinceramente, non mi ero mai sentita così felice in vita mia. Gli sorrisi.

"No, va tutto bene, andiamo a casa".

Appoggiai la testa sulla sua spalla e lui mi abbracciò forte. Presto volammo nel cielo verso il castello.

Epilogo

Felicità per sempre... o quasi

POS di Damien

Negli ultimi giorni erano successe molte cose. Poter trascorrere tutte le mie giornate con Kate mi sembrava un sogno che si realizzava. Aveva molto da imparare da mia madre in poco tempo, quindi non potevo passare tutto il tempo che volevo con lei. E ora che mio padre non c'era più, avevo molto da preparare come suo successore. Tuttavia, potevo mangiare con lei e tenerla tra le braccia ogni sera. Questo era stato di per sé una benedizione.

Il libro dei segreti dei vampiri era finalmente tornato nel nostro sacro caveau, al suo posto. Con il ritorno del libro, i nostri eserciti avevano esultato e accettato la pace. Tutti avevano accettato facilmente Kate come mia fidanzata, anche se non era un vampiro. Non potrei essere più felice, soprattutto perché ora sapevo che la sua vita era stata prolungata e che avrebbe vissuto con me per il resto della mia vita.

Una delle prime cose che decidemmo di fare dopo il ritorno dalla guerra fu di dichiarare che i vampiri erano liberi di visitare i licantropi e di entrare nei loro territori, se si rispettavano a vicenda, e viceversa. Le nostre due specie potevano essere amiche e incoraggiavamo tutti a provare e imparare l'uno dall'altro. Kate e io avevamo molti progetti per raggiungere la pace eterna tra licantropi e vampiri. Speravamo che i nostri popoli si capissero meglio e imparassero gli uni dagli altri.

Ero perso nei miei pensieri mentre mi preparavo.

"Non ti tirerai indietro, vero?", disse una voce dietro di me.

Era Zach. Lilith lo aveva trasformato in un vampiro per salvarlo dalla morte. La sua trasformazione era ormai completa, ma stava ancora imparando a usare appieno i suoi poteri di vampiro. Aveva mantenuto le sue capacità di trasformazione in lupo, diventando il primo vampiro licantropo (che io sappessi). Sembrava più che felice di essersi riunito alla sua compagna.

Mi piaceva averlo intorno. Era diventato immediatamente il mio zio preferito senza nemmeno provarci, come se avesse fatto parte della mia vita fin dall'inizio. Ed ero felice che Kate avesse lo zio che viveva con noi nel castello, dato che il resto della sua famiglia viveva nel territorio dei licantropi.

Gli sorrisi mentre mi aggiustavo il papillon allo specchio. "Certo che no!"

Indossava una giacca da sera, come me. Gli chiesi di essere uno dei miei testimoni. L'altro era mio fratello.

"Non mi sto tirando indietro, ma devo ammettere che sono un po' nervoso".

Zach sorrise alla mia risposta. "Andrà tutto bene".

Sapevo che aveva ragione. Mi diede una pacca sulla spalla quando mio fratello entrò nella stanza. Insieme ci siamo diretti alla cerimonia.

Erano già tutti lì. Avevamo invitato molti licantropi dalla parte di Kate. C'erano Sarah e Sam, Will, Bianca e Steven. Invitammo anche alcuni dei migliori amici di Kate, che non avevo mai incontrato prima, alcune zie e zii.

Tutta la mia famiglia era presente al mio fianco. Mia madre mi guardò con tenerezza, con le lacrime agli occhi per l'emozione. Le file posteriori erano piene di vampiri nobili e delle loro famiglie.

All'esterno sembravo forte e alto, sorridente, ma all'interno ero nervoso. Attendevo con ansia l'arrivo di Kate. Mi chiedevo che aspetto avesse. Sono sicura che sarà bellissima.

Non avevo avuto molto tempo per preparare il matrimonio, ma fortunatamente il fatto di essere un principe mi aveva permesso di avere a disposizione molte persone a cui delegare i compiti. Per questo motivo, sembrava che tutto fosse stato preparato da tempo. Bouquet di fiori ovunque, lasciando che il loro profumo riempia la stanza. Dal soffitto pendevano festoni di pizzo bianco, decorati con cristalli.

Il mio sguardo cadde sul tappeto ricoperto di petali di rosa dove Kate avrebbe presto camminato. Non vedevo l'ora che uscisse. Non dovetti aspettare molto, perché di lì a poco la musica iniziò a suonare e Kate apparve sotto l'arco, accompagnata dal padre.

Indossava un lungo ed elegante abito bianco che abbracciava le sue curve. La parte superiore del vestito era in pizzo e senza spalline, rivelando la splendida pelle delle sue spalle. Fiori bianchi decoravano i suoi capelli intrecciati. E poiché ora è una principessa, un piccolo diadema completa il look.

Era ancora più bella di quanto avessi immaginato. Ero in soggezione mentre la guardavo percorrere la navata con suo padre. Aveva un'espressione orgogliosa mentre metteva la mano di sua figlia nella mia.

POS di Kate

Il mio cuore batteva così forte. Ci rivolgemmo al sacerdote per dire: "Lo voglio". Anche se avevo già segnato Damien come mio compagno, il matrimonio lo aveva reso più ufficiale per tutti gli altri, soprattutto per i vampiri.

Damien mi prese delicatamente il viso tra le mani. Avvicinai le mie labbra alle sue. Avevo le farfalle nello stomaco. Una scintilla si accese in me al tocco di Damien mentre ci baciavamo. Alla fine interrompemmo il bacio.

Il sacerdote parlò con aria solenne: "Vi presento il principe Damiano, nostro futuro Signore, e la principessa Kate, nostra futura Regina".

Tutti applaudirono. Arrossii quando mi resi conto che adesso ero ufficialmente una principessa. Sembrava tutto irreale. Sapevo che in sole due settimane avrei dovuto assumere il ruolo e le responsabilità di una regina. Ma per il momento volevo solo godermi il momento.

Ci dirigemmo verso la sala del ricevimento. La luce della luna entrava dalle grandi finestre. Le porte di vetro della sala erano aperte e le persone potevano uscire sulla terrazza per godersi la serata. All'esterno, le luci pendevano dalla pergola della terrazza. All'interno, al centro della sala, c'era una grande pista da ballo. Alcune persone erano ancora sedute ai tavoli ai lati della sala, altre erano in piedi, parlavano e ci guardavano.

Ballai un valzer con Damien davanti a tutti. I suoi occhi brillavano come le stelle all'esterno. Attraverso il nostro legame, potevo sentire la sua felicità. Mi sentivo amata e al sicuro e sapevo che non sarei mai più stata sola. Tutti si unirono presto a noi sulla pista da ballo. Il cuoco aveva preparato per noi una torta scandalosa. Il cibo era eccellente e anche il vino.

Io e Damien eravamo seduti a un tavolo con i miei genitori, i suoi genitori, mio fratello, mia sorella e il suo compagno. Tutti si divertivano. Sembrava che finalmente potessi rilassarmi un po' con il mio partner e pensare al nostro futuro insieme. Magari anche pensare di avere dei figli insieme, chi lo sapeva? Sorrisi tra me e me al pensiero. Ora avevo qualche centinaio di anni davanti a me per godermi la mia vita con Damien.

Maledette quelle miserabili creature! Come avevano potuto fermare la guerra? La rabbia mi scorreva nelle vene. Non importava! Avevo ancora il frammento della sua anima. Non era ancora libera. Non era il momento di scherzare. Sentivo il mio esercito agitarsi. Avrei colpito prima che avessero potuto liberarla.

Ho dato un'occhiata al mio esercito. Centauri, chimere e arpie a centinaia. Vicino al cancello, gli orchi stavano forgiando le armi e si preparavano a passare. Presto... molto presto. Attaccheremo.

Se quella misera dea pensava di potermi tenere imprigionato qui, si sbagliava.

All'improvviso Bianca si alzò in piedi, con aria ansiosa. La guardammo tutti.

"Che cos'è?" le chiesi.

"C'è una vecchia porta, una porta degli inferi. Si dice che la porta si trovi in fondo ad una grotta. Eurynomos sta cercando di aprire questa porta per entrare nel nostro mondo" mi rivelò.

Sobbalzai alle sue parole e guardai Damien. Mi fece un cenno con la mano. Guardai tutti i presenti al tavolo. Zach e Lilith erano proprio accanto a noi, anche loro avevano sentito tutto. Tutti avevano un'espressione seria. Sapevamo cosa andava fatto.

Il mio "vissero felici e contenti" avrebbe dovuto aspettare un po'.

Anteprima di *Un peccato d'amore*

Prologo
Eurynomos

Rimasi a guardare lo Stige per un momento, osservando le anime tormentate che salivano sulla barca per attraversare il fiume nero e fangoso. Il suono dei loro lamenti era musica per le mie orecchie. Attraversare il fiume era l'unico modo per le anime maledette di raggiungere gli inferi. Caronte, quello scheletro vecchio ed emaciato, era il traghettatore. Egli sovrintendeva all'attraversamento delle anime, ma si assicurava anche che pagassero la tassa. Alcune di loro cercarono di attraversare il fiume a nuoto, ma morirono nelle sue acque velenose. Ho adorato il fatto che le anime che non avevano una moneta per pagare dovessero vagare per le rive per cento anni. La loro disperazione e la loro agonia per l'attesa erano deliziose da guardare. Ma la parte migliore è che, alla fine di questa attesa, il loro tormento e la loro punizione erano solo all'inizio. Ho gioito per il piacere di provare tali pensieri.

Il suono degli incudini mi distolse dai miei pensieri. Mi voltai a guardare i miei lavoranti. Gli orchi stavano forgiando armi, colpendo il metallo con i loro pesanti martelli, con il sudore che colava dalle loro fronti. Le scintille provocate dall'impatto del metallo contro il metallo illuminavano l'oscura caverna del Tartaro. Poco più in là, altri lavoranti stavano versando a mani nude il metallo liquido negli stampi, come punizione per i peccati più gravi. L'aria era calda e l'odore di cenere era onnipresente.

Guardai il mio portale magico, che si trovava poco distante da me. I suoi pilastri di bronzo erano saldamente ancorati al terreno. Le porte avevano l'aspetto di un fiume di lava rossa e incandescente. Facce urlanti apparivano e scomparivano, mentre le anime perdute cercavano di attraversarlo per fuggire dagli Inferi, senza riuscirci. Anche se poteva sembrare che il portale fosse aperto, sapevo che era sigillato. Nessuno poteva entrare o uscire. La miserabile Dea della Luna se ne era assicurata secoli fa.

Non vedevo l'ora di aprire quel dannato cancello! Alcuni maghi goblin stavano esercitando la loro magia su di esso, cercando di aprirlo, in modo che il nostro esercito potesse attraversare il mondo dei vivi. L'incanto era già iniziato. Lentamente, vedevo il sigillo del cancello indebolirsi. Presto il mio esercito avrebbe potuto invadere il mondo dei vivi. Avrebbero preparato tutto per il mio arrivo. Dopo tutto, non dovrebbe passare molto tempo prima che io possa unirmi a loro. Quando ciò accadrà, io regnerò su tutto!

Guardai il mio esercito che si preparava a combattere. Erano armati solo di una picca, tanto era potente la forza bruta del corpo del destriero del centauro. Le arpie si tuffavano e si esercitavano con i loro artigli affilati sui goblin che erano ormai troppo stanchi per fuggire. Queste creature veloci erano particolarmente feroci, crudeli e violente con le loro vittime. Mi piaceva il modo in cui torturavano le persone quando le portavano nel Tartaro.

I miei orchi sarebbero stati presto armati e corazzati, mentre i goblin stavano preparando il loro arsenale di bombe e macchine volanti. Il mio esercito si estendeva a perdita d'occhio. Senza contare i miei demoni inferiori. Sarebbero stati disposti a fare qualsiasi cosa per cercare di guadagnarsi un posto più elevato nei ranghi. Anche se quella miserabile puttana ha sigillato una parte del mio potere, con una forza smisurata, nulla potrà fermarmi!

La maledizione del demone può essere spezzata? A quale costo?

Il prossimo libro "Un Peccato d'Amore" è già disponibile su Amazon. Ha vinto un premio come miglior libro fantasy nel 2023.

Acquistatelo oggi stesso su Amazon.

https://www.amazon.it/dp/B09S4THG9Z

Una parola dell'autore

Grazie per aver letto!

Spero davvero che il mio libro vi sia piaciuto. Vi prego di dedicare qualche minuto a lasciare una recensione. Potete anche lasciare una recensione su Amazon o Goodreads.com.

Le recensioni aiutano molto gli autori. Vi sarei molto grata se poteste lasciare una recensione positiva se il libro vi è piaciuto. Grazie mille!

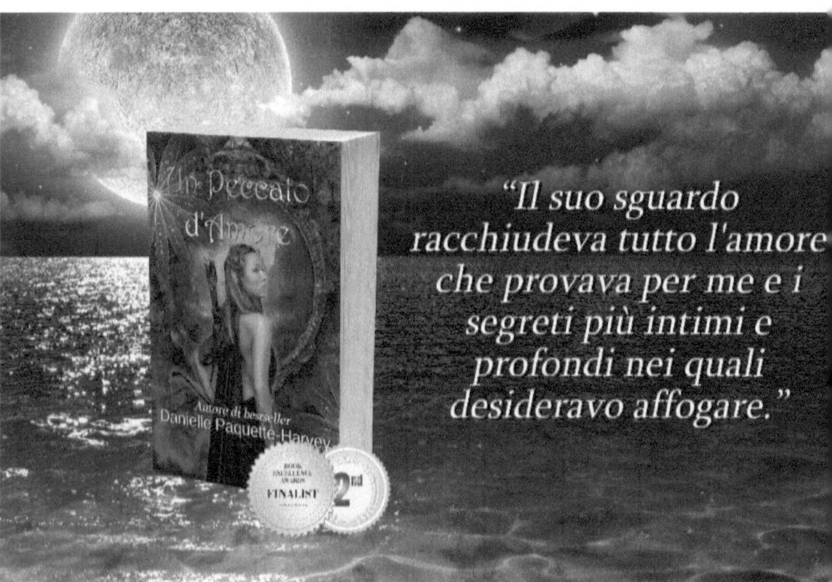

Seguitemi su Instagram: @daniellephauthor

Il mio account è principalmente in inglese.

Potete anche iscrivervi alla mia mailing list sul mio sito web daniellephauthor.com

Lasciate una recensione su Amazon e Goodreads!

Grazie per il vostro sostegno

Danielle Paquette-Harvey

www.ingramcontent.com/pod-product-compliance
Lightning Source LLC
Chambersburg PA
CBHW022300310726
48973CB00001B/151